Das große Scheitern

VOLKER HIMMELSEHER

Das große Scheitern

Mord auf Teneriffa

Roman

Bibliografische Information der Deutschen Nationalbibliothek:
Die Deutsche Nationalbibliothek verzeichnet diese Publikation
in der Deutschen Nationalbibliografie; detaillierte bibliografische
Daten sind im Internet über https://portal.dnb.de/ abrufbar.

© 2022 Dr. Volker Himmelseher
Satz, Umschlaggestaltung, Herstellung und Verlag:
BoD – Books on Demand, Norderstedt

ISBN: 978-3-7557-4670-6

Inhalt

Zu diesem Buch

Der Roman spielt in Köln und auf der Insel Teneriffa.

Ein Studentenpaar lernt sich in Köln beim Karneval kennen und lieben. Die beiden erleben die glückliche Zeit einer aufkeimenden Liebe. Doch dann treten nicht nur Gewöhnungseffekte ein, sondern die Spielsucht des jungen Mannes wird zum Problem. Sie bringt die Beziehung mit Schulden, Lügen und Streit an den Rand des Scheiterns. Wie oftmals das Böse, wird dies zur Triebfeder der Geschichte.

Eine Reise nach Teneriffa, wo er einen Großteil seiner Jugend verlebte, soll das Ende der Beziehung verhindern.

Aber die Angst vor dem großen Scheitern befeuert ein Wechselbad der Gefühle. Was mit den beiden passiert, geht ans Herz und unter die Haut.

Die Zeit auf Teneriffa wird zugleich ein gelungener Reisebericht, in den der Autor sein eigenes Erleben einbringt. Er hatte auf der Insel über zwanzig Jahre ein Zuhause.

Die Probleme der Liebenden erweisen sich für ihre beiden Schultern schlussendlich als zu schwer. Erneut kommt Sand ins Getriebe. Plötzlich blicken die beiden ins Verderben und stehen vor dem großen Scheitern.

Die Geschichte und ihre Figuren sind frei erfunden. Episoden basieren zum Teil auf wahren Begebenheiten. Dinge wurden hinzugefügt, weggelassen oder nach freiem Ermessen angepasst, um der Handlung einen realistischen Spannungsbogen für den Leser zu verleihen.

Kennen- und Liebenlernen

Die Kölner hatten den Sitzungskarneval nun lang genug genossen. Jetzt sehnten sie den Straßenkarneval herbei.

Man schrieb den Donnerstag vor Aschermittwoch.

Endlich war Weiberfastnacht, Wieverfastelovend hieß es auf gut Kölsch.

Für einen Tag im Jahr gestand man den Frauen die alleinige Macht zu. Spätestens um die Mittagszeit ruhte für sie die Arbeit. Das offizielle Feiern begann um 11:11 Uhr am Alter Markt. Alle wollten dabei sein, natürlich kostümiert!

In grauer Vorzeit hatte man sich hässlich gemacht, heute zeigte sich die närrische Jugend lieber geschönt.

An diesem Tag gab es noch keine Festumzüge. Es wurde im Kostüm in den Kneipen und auf der Straße gefeiert.

Männer mit Krawatten wurden von den rebellischen Weibern bestraft. Das Zeichen ihrer Macht wurde mit der Schere abgeschnitten. Die Klugen unter ihnen trugen an diesem Donnerstag »Altertümchen«. Damit fiel es ihnen leichter, über den Brauch mitzulachen.

Im historischen Kölner Rathaus wurde das Dreigestirn empfangen und übernahm für die närrischen Tage das Zepter. Alle echten Kölner waren stolz darauf, dass dieses ehrwürdige Haus schon als Haus der Bürger in den Jahren zwischen 1135 und 1152 urkundlich erwähnt wurde. Die Kölschen Kinder bekamen das schon in der Schule eingebläut.

Es war dem Tag angemessen, dass Köln mit Frau Henriette Reker eine Oberbürgermeisterin hatte. Sie trug zur Feier des Tages ein Kostüm der Roten Funken. Auf dem Alter Markt war ein bunt geschmücktes Podium

9

aufgebaut worden. Hier gab sich nun Musikgruppe nach Musikgruppe die Hand, und die Stimmung stieg unentwegt an.

Die Soziologiestudentin Greta Neumayer studierte bereits im zweiten Semester an der Kölner Universität. Sie war aus Bad Münstereifel in die Domstadt gekommen. Während ihre Schwester Kathrin in der väterlichen Konditorei das Konditorhandwerk lernte, hatte sie sich von vornherein aus dem Kleinstadtmilieu fortgesehnt. Sie war eine gute Schülerin gewesen und wollte auf Empfehlung ihrer Klassenlehrerin studieren. Die Schwester hatte inzwischen die Geschäftsführung übernommen, die der Vater nach einem Schlaganfall nicht mehr ausführen konnte. Sie kümmerte sich mittlerweile neben dem Beruflichen zusammen mit der Mutter rührend um den kranken Vater. Doch bei der Mutter zeigten sich inzwischen Anzeichen aufkommender Demenz.

Greta hatte sich mit dem Großstadtleben zunächst schwergetan. Sie war von zurückhaltendem Wesen. Erst eine Freundschaft mit ihrer Kommilitonin Veronika Lang und deren Freund Thomas hatte ihr die Schönheiten Kölns nähergebracht. Mit Veronikas Unterstützung fieberte sie nun den närrischen Tagen, die für sie Neuland waren, entgegen. Veronika hatte sie bestärkt, Weiberfastnacht zu nutzen, endlich einen Freund zu finden. »An dem Tag bestimmen wir Weiber und du hast die freie Auswahl«, hatte sie gemeint.

Greta war eine schöne junge Frau, zierlich, hatte hellblonde Haare, eine niedliche Stupsnase und leuchtend blaue Augen. Gegenüber Männern war sie eher kontaktscheu. Dabei konnte sie durchaus zum Ausdruck bringen, was sie wollte oder nicht wollte. Für den heutigen Tag hatte sie sich fest vorgenommen, kess aufzutreten. Schließlich waren die Frauen an der Macht.

Veronika hatte sie mit dem Tageshoroskop bestärkt: »Wegen kosmischer Power dürfte es heute kaum jemandem gelingen, Sie aus dem Konzept zu bringen. Sie wissen nicht nur, was Sie nicht wollen, sondern auch, wo das berufliche oder private Schiff in nächster Zeit hinsegeln soll. Ein wahrer Erfolgskurs!«

Veronika baute ihre Freundin noch weiter auf: »Ich glaube an dich. Du kannst sogar der Schwerkraft trotzen und fällst bestimmt immer nach oben.« Darüber hatten beide herzlich gelacht.

Veronika hatte ihr auch ein Kostüm vorgegeben. »Du gehst als Bärbelchen, so lecker zurechtgemacht, wie die Mädchen der Tanzgruppe Kölsch Hännes'chen 1955 e. V. Das passt zu deinem Typ. Die Mädchen haben geflochtene blonde Zöpfe, ein weißes Spitzenhemdchen und -schürzchen, eine schwarze Weste und ein rotes Röckchen mit schwarzen Streifen an. Außerdem tragen sie schwarze Lackschuhe.«

Die beiden Studentinnen hatten ihre Kostüme zusammen gebraucht erstanden.

Greta sah darin zum Anbeißen aus und war mit ihren Freunden gerade am Alter Markt angekommen, um sich unter das närrische Volk zu mischen.

Das Wetter war gut, die Stimmung genauso. Als sie den Platz erreichten, sangen die Black Fööss auf dem Podium »Dat Wasser vun Kölle«. Veronika und Thomas hakten Greta unter, schunkelten und grölten aus vollem Hals mit.

Die Höhner standen schon in Wartestellung. »Die werden gleich nachziehen«, meinte Thomas. »Ich rechne damit, dass dann »Hey Kölle, du bes e Jeföhl« kommt. Das mag ich noch lieber.«

In dem Trubel hatte ein rothaariger Mann, der schon ganz schön geladen hatte, erkannt, dass Greta mit ihren beiden Freunden solo war. Langsam pirschte er sich zu ihr hin. Mit vom Alkohol geröteten Augen schaute er sie an und meinte: »Blondchen, wie wär es mit uns beiden?«

Greta sah ihn ungnädig an und erwiderte barsch: »Für so blöd, wie du mich haben willst, kann mich kein Friseur färben. Denk einfach, ich wäre bereits vergeben. Das erspart dir einen Korb. Ich suche nämlich jemanden für den Ringfinger und treffe scheinbar nur auf welche, die den Mittelfinger verdienen.«

Der Mann setzte frustriert eine Flasche Kölsch an den Hals und leerte sie in einem Zug. Dann baggerte er Greta weiter an. Die blieb jedoch bei ihrer eingeschlagenen Linie: »Denk an deine Leber, hör auf zu trinken.«

Veronika und Thomas amüsierten sich über die Schlagfertigkeit ihrer Freundin und feuerten sie sogar dabei an.

Der Kerl versuchte nun auf Krampf lustig zu sein: »Zwei Nieren und nur eine Leber, Gott hat wirklich keine Ahnung vom Feiern.«

Niemand von den dreien fand das zum Lachen.

Das ärgerte den Störenfried, und er versuchte es nun mit Schmeichelei: »Ich liebe dich.«

»Das ist schön«, antwortete Greta kess.

»Und du?«, wollte er wissen.

»Ich bin auch schön«, brachte Greta mit einem Kichern hervor.

Er erfasste ihr Wortspiel nicht ganz, raunte sie aber trotzdem an: »Du könntest ruhig mal Gefühle zulassen.«

»Sind zu«, sollten ihre letzten Worte sein. Greta verdrehte bei dieser Antwort die Augen.

Das bescherte ihr einen bösen Abgang des Angetrunkenen: »Wenn du den Mann deiner Träume suchst, dann geh doch schlafen.«

Gott sei Dank ließ der Mann danach von ihr ab.

Greta erklärte ihrer Freundin ihr Stimmungsbild: »Ich bin keine Frau, die einen solchen Kerl ohrfeigen kann, auch wenn ich es gerne wollte. Ich würde eher zwei Flaschen Abführmittel ins Chili tun und die Klorollen verstecken.«

Veronika lachte lauthals heraus.

Ein gut aussehender Mann im Köbes-Kostüm, dem Outfit des typischen Kölschen Kellners, hatte diesen Disput aus der Distanz verfolgt. Er war der genaue Gegensatz von Greta: dunkelhaarig mit großen dunkelbraunen Augen.

Und wieder einmal bewies sich die Richtigkeit des Satzes: Der kürzeste Weg zwischen zwei Menschen ist ein Lächeln.

Der Mann lächelte Greta an, und sie lächelte automatisch zurück. Er war ihr auf den ersten Blick hin sympathisch. Sie suchte mit ihm intensiven Augenkontakt. Der Mann im Köbes-Kostüm dachte für sich: Die Sprache, die jeder versteht, ist die des menschlichen Gesichts. Ihres zeigt mir, dass ich ihr nicht unsympathisch bin. Ich werde versuchen, Kontakt aufzunehmen.

Inzwischen hatten die Höhner das Podium bestiegen und Thomas behielt recht, sie begannen ihr Programm mit »Hey Kölle, du bes e Jeföhl«.

Der junge Mann musste Greta deshalb mit lauterer Stimme ansprechen: »Mir hat sehr imponiert, wie Sie dem angetrunkenen Egomanen Paroli geboten haben. Hoffentlich sind Sie mit mir etwas gnädiger. Das ist mein erster Karneval in Köln, und ich würde gern mit Ihnen und Ihren Freunden mitfeiern.«

Veronika kam ihrer Freundin zuvor, sie wollte eine neuerliche Abfuhr verhindern. Sie fand den Köbes nett und wollte ihm eine solche Unfreundlichkeit ersparen.

»Zusammen feiern tun hier doch alle. Machen Sie einfach mit. Im Übrigen duzt man sich an solchen Tagen. Ich bin Veronika, und das sind Greta und Thomas.«

Ein Strahlen ging über das Gesicht des Mannes und er antwortete prompt: »Nichts tue ich lieber als das. Ich heiße Dominik Müller, bin aus Koblenz und studiere an der Uni Chemie.«

Auch Greta hatte keine Einwände gegen ihn und begrüßte ihn mit einem weiteren, warmen Lächeln. Und plötzlich waren sie zu viert.

Das Quartett hielt es noch längere Zeit auf dem Alter Markt aus. Dominik arbeitete sich zu einer Kneipe am Rand vor und kam mit vier Kölsch zurück. »Das ist mein Einstand«, meinte er. Sie stießen an und tranken vergnügt. Auf dem Platz wurde weitergeschunkelt, gesungen, gelacht. Doch irgendwann äußerte Thomas den Wunsch nach einem Ortswechsel. »Wir sollten mal versuchen, einen Platz in einer Kölschen Kneipe zu ergattern, bevor die Chose hier vorbei ist. Sonst werden wir kein Glück damit haben. Ein Stuhl unterm Hintern, ein Kölsch auf dem Tisch und ein Happen zu essen schadet bestimmt keinem von uns. Ich schlage Peters Brauhaus vor. Es liegt direkt um die Ecke in der Mühlenstraße. Die werben mit: Freundlich, fröhlich, lecker, und das stimmt. Seid ihr einverstanden?«

»Da simmer dabei«, trat Veronika ihm als Sprachrohr für die beiden anderen zur Seite, und sie machten sich ohne Zögern auf den Weg.

Ihre Entscheidung war fast schon zu spät gefallen. Denn vor dem Eingang drängte sich bereits eine Menschentraube und suchte Einlass. Zum Glück kamen aber auch immer wieder Narren heraus, und so reihten sie sich mit der nötigen Portion Geduld in die Schlange der Wartenden ein. Eine Viertelstunde später hatten sie einen Platz, und der Köbes setzte vor jeden von ihnen ein Kölsch und strich es auf einem Deckel ab. Alles passierte ohne Bestellung.

Als er eine Speisekarte auf den Tisch warf, meinte er dazu: »Die Küche arbeitet heute am Limit. Es wäre für euch besser, wenn ihr alle das Gleiche wählt. Dann verhungert ihr wenigstens nicht.« Er zeigte auf Dominik und meinte: »Mein Kollege kann euch das bestätigen.«

Greta war die Erste, die den Gag verstand, und herzhaft lachte. Mit der ersten Runde Kölsch wurde das Duzen mit Dominik offiziell begossen. Danach forderte Thomas ihn auf, die beiden Mädchen zu küssen. »Das ist Pflichtprogramm«, meinte er dazu. Dominik erledigte das höchst bereitwillig, jeweils mit zwei Wangenküsschen.

Nach kurzer Diskussion einigten sie sich fürs Essen auf eine Kölsche Spezialität: Himmel un Äd, gebratene Blutwurst mit Zwiebeln auf Kartoffelpüree und Apfelkompott.

»Das ging schnell«, meinte Dominik anerkennend. »Zum Glück ist keiner von uns Vegetarier. Ich habe neulich gelesen, das Wort Vegetarier kommt aus dem alten Sanskrit und heißt: zu doof zum Jagen.« Die Lacher waren auf seiner Seite.

Trotz der Lärmkulisse im Raum begannen sie sich ein wenig mehr zu beschnuppern. Dominik widmete sich dabei in besonderem Maße Greta. Schnell fanden sie heraus, dass sie beide eine jüngere Schwester hatten. Dominiks Schwester war, wie Kathrin Neumayer, ebenfalls zu Hause geblieben.

Sie entdeckten immer mehr Gemeinsamkeiten. Das galt auch für ihre Zukunftspläne. Beide wollten stramm durchstudieren und möglichst vor dem Berufsleben ein Auslandspraktikum einschieben. Ihre Lieblingsstadt dafür war London.

»Ich hoffe, dass uns der Brexit diesen Plan nicht versaut«, befand Dominik. Er war ein Jahr älter als Greta.

Nach gut zwei Stunden angeregter Unterhaltung beschlossen sie aufzubrechen. Sie tauschten ihre Adressen aus und auch die Telefonnummern. Dominik fand, das sei ein gutes Zeichen. Sie wollten mit ihm in Kontakt bleiben. Die drei wohnten in Ehrenfeld, er in Sülz. Die Entfernung dazwischen war nicht allzu groß.

»Zum ersten Mal habe ich Weiberfastnacht keinen Schlips abgeschnitten«, maulte Veronika zum Abschluss und zog eine Schnute.

Dominik reagierte sofort darauf: »Hätte ich das gewusst, wäre ich trotz des Köbes-Kostüms mit Krawatte aufgelaufen. Ich muss allerdings gestehen, du hättest meinen einzigen Schlips gehimmelt.«

Greta fand seine Reaktionsschnelligkeit bewundernswert. Sie summte leise: »Am Aschermittwoch ist alles vorbei. Aber ich werde mir wenigstens in der Kirche ein Aschenkreuz holen. Wie hältst du es damit, Dominik?«

Der grinste und meinte: »Ich bin gutgläubig.«

»Ist das eine Religionszugehörigkeit?«, fragte Veronika mit Spott in der Stimme.

Bevor Dominik etwas erwidern konnte, hatte sich Thomas zu Wort gemeldet: »Ich glaube zwar nicht, kenne aber einen guten Christenwitz: Jesus wird nach dem Symbol des Christentums gefragt. Ich glaube, das Kreuz, antwortet er. Aber bitte nagelt mich nicht fest.«

»Pfui, den Witz finde ich fies.« Greta war empört. Der Einzige, der darüber lachen konnte, war Thomas selbst.

Nachdem er einen Abschiedskuss ergattert hatte, machte sich Dominik beschwingt auf den Weg.

Auch Greta fühlte sich in Hochstimmung. Sie hatte sich zum ersten Mal von einem Mann richtig wahrgenommen empfunden.

Abends rekapitulierte sie die Qualitäten ihrer Eroberung: Dominik hatte Charme, Wortwitz und Charisma. Außerdem sah er blendend aus. Er schien ihr auf den Leib geschrieben. Verliebt sein bedeutet, dass dein Kopf nicht mehr funktioniert, warnte sie sich trotzdem.

Mit der positiven Beurteilung und im Glauben, dass alles bestens war, schlief sie selig ein.

Dominik lag im Bett und zog ebenfalls das Fazit zum Tag: Greta war keine freizügige Frau. Sie gab nicht alles am ersten Tag. Aber er wollte an ihr kleben bleiben. Sie war etwas Besonderes. Er war froh, dass es ihm gelungen war, seine positiven Seiten so gut zu präsentieren.

Bestätigung der jungen Liebe
beim ersten Wiedersehen

Dominik hatte sich vorgenommen, Greta möglichst bald wieder zu kontaktieren. Er versuchte es schon am nächsten Abend und hatte Glück, Greta war zu Hause. Ihre Stimme sagte ihm, dass sie sich über seinen Anruf freute. Sie fragte sogar: »Hast du alles gut überstanden und warst wieder brav an der Uni? Ich fand den närrischen Tag auf jeden Fall sehr nett.«

Er druckste nicht lange rum, sondern bestätigte ihr das ebenfalls. »Hast du Lust, dich mit mir zu treffen?«

»Natürlich, aber die Zeit muss passen und auch das Wo. Hast du schon konkrete Vorschläge?«

»Mehrere. Du wirst wahrscheinlich auch eine Mittagspause machen. Wir könnten uns am Mäuerchen vor dem Unikomplex verabreden, etwas trinken und das Essen in der Mensa mal ausfallen lassen. Stattdessen gehen wir gegen Abend ins Kwartier Latäng. In der Luxemburger Straße befindet sich die Gaststätte Oma Kleinmann. Sie hat ab 17 Uhr geöffnet. Auf der Speisekarte finden sich sagenhafte Variationen vom Schnitzel. Alles bio, mit Pommes, Bratkartoffeln oder Kartoffel-Gurken-Salat und auch noch zu akzeptablen Preisen. Was hältst du davon?«

»Davon habe ich schon gehört. Ich wollte immer schon mal hin, also lass uns das anpacken. Sagen wir doch jetzt schon, wir treffen uns dort um 17 Uhr und lassen das Treffen am Mäuerchen wegfallen. Dann bin ich zeitlich flexibler.«

»Auch gut, dann treffen wir uns dort. Ich freue mich riesig. Mach dir einen schönen Abend und schlaf gut.« Dominik war happy darüber, dass alles so problemlos hingehauen hatte. Ach, wäre es doch schon 17 Uhr morgen!

Der nächste Tag wollte einfach nicht vergehen. Dominik konnte sich in den Vorlesungsstunden nicht richtig konzentrieren. Immer musste er an das Treffen mit Greta denken. Das war zurzeit das Wichtigste für ihn. Die Unruhe seiner Spielsucht, die ihn ansonsten in Schüben packte, war total aus dem Sinn. Er machte sich fortwährend Gedanken zum Treffen. Würde es Greta bei Oma Kleinmann gefallen? Sollte er sie für alles einladen? Er war sich sicher, das würde Eindruck machen. Allerdings musste er an seine begrenzten Mittel denken. Oftmals war schon vor Ultimo Ebbe in seiner Kasse. En verra, man wird sehen, sagt der Franzose, dachte er und stellte eine Entscheidung zurück.

Dominik machte sich schon früh auf den Weg, um auf jeden Fall da zu sein, wenn sie kam. Er trug seinen guten dunkelblauen Pullover mit weißem Hemd, eine Jeans und Turnschuhe. Das waren seine besten Klamotten. Das Weitere lag in Gottes Hand.

Dominik wartete vor der Tür des Eckhauses. Sein Warten währte nicht lange, denn Greta war pünktlich. Der Zeitpunkt 17 Uhr war gut gewählt. Bei Oma Kleinmann herrschte noch kein Trubel. Problemlos fanden sie einen netten Tisch, einen runden geschrubbten Holztisch. Neugierig sah sich Greta um. Was sie sah, gefiel ihr. Kleine Armlämpchen mit Schirm an der Wand gaben ein warmes Licht. An den Wänden hingen viele gerahmte Fotos. Die Personen darauf waren allesamt in bester Stimmung. Hier ging es meist laut und seltener leise zu. Greta meinte einige der Gäste zu erkennen, es waren lokale Prominente. Auch dumme Sprüche hingen gerahmt an der Wand: Jedes dumme Huhn findet auch einen Korn, zum Beispiel, ließ sie lachen. Die Bierdeckel verrieten, dass hier wohl überwiegend Sünner-Kölsch getrunken wurde.

Dominik hatte einige Erklärungen parat. »Ich habe sie extra gegoogelt. Du weißt ja, ich bin noch recht neu in Köln«, begann er. »Die Gaststätte gehört zu den ältesten der Domstadt. Der Name bei Oma Kleinmann geht auf die Köchin und Wirtin Paula Kleinmann zurück. Deren Mann, Gustav Kleinmann, wird im Internet zitiert: »Das ist ein ordentliches Speiselokal.«

»Es ist schön zu verspüren, wie sehr du bemüht bist, mich in Köln heimisch zu machen«, erwiderte Greta, begleitet von einem sehr warmen Blick. Dominik verspürte ein leises Kribbeln auf dem Rücken.

Zwei Kölsch standen schnell auf dem Tisch, und sie nahmen sich die Speisekarte vor. Darin wurde damit geworben, dass Oma nur Fleischwaren von Neuland bezog, einem Verbund bäuerlicher Betriebe mit eigenem Schlachthof. Hier gab es keine Massenproduktion auf den Tisch. Die Karte versprach einiges, und sie entschieden sich für zwei Varianten der berühmten Schnitzel: Greta wählte Schnitzel Chili Lilli mit kalter, würziger Tomatensauce. »Mein Verstand sagt mir zwar Salat, aber mein Bauch meint Schnitzel. Demokratie ist einfach nicht gut für die Figur.«

Dominik lachte und blieb bei dem schon öfter gegessenen Schnitzel Holzfäller mit Schmorzwiebeln. Dazu nahmen sie Omas Beilagensalat.

»Eines müssen wir vorher regeln«, meldete sich Greta zu Wort: »Ich gehe davon aus, wir müssen beide mit einem bescheidenen Wechsel über den Monat kommen. Deshalb sollte als vereinbart gelten, jeder von uns beiden kommt für sich selbst auf. Ich bin gern mit dir zusammen, Dominik, aber nicht auf deine Kosten.«

Dominik war ein wenig beschämt und antwortete nicht sofort. Schließlich sagte er: »Ich hoffe, du hältst mich nicht für jemanden, der hundert Euro in seiner Hosentasche findet und sich fragt: Wessen Hose habe ich an? Aber es stimmt, ich kann auch kein Stroh zu Gold machen. Bei mir ist oft am Ende des Geldes immer noch viel Monat übrig.«

Greta begann zu kichern. »Du bist unmöglich!«

Letztlich war Dominik durch ihre Ausführungen die Befürchtung genommen, er könne den Abend über die Verhältnisse leben. Mit einem kleinen Aber stimmte er ihr zu: »Dann lass mich wenigstens den Nachtisch übernehmen. Du kannst zwischen Panna Cotta, Crème brûlée und Mousse au Chocolat wählen.«

»Also gut, aber nur das erste und einzige Mal.«

Die Weichen waren auf ein gutes Miteinander gestellt. ...

Als das Essen auf den Tisch kam, war Greta sprachlos. »Mein Gott, eine solche Portion schaffe ich doch gar nicht. Aber das sieht ja köstlich aus.« Mit spitzbübischem Gesicht fuhr sie fort: »Dann müssen wir uns für den Nachtisch wohl auf das bescheidenere Angebot an der Wand besinnen, mit einem Kaffee versteht sich.« Sie zeigte auf eine gerahmte Empfehlung. Tipp: Omas Kekse, Ivanas selbstgebackene Kekse passen noch nach jedem Schnitzel.

Dominik musste lachen. Beim Essen hielten sie sich an das Gebot: Mit vollem Mund spricht man nicht. Doch beiden mundete es.

Als der Kaffee kam, waren sie schon in ein angeregtes Gespräch vertieft. Sie wollten alles voneinander wissen. Immer mehr gleiche Interessen traten zutage, und sie hatten sich zu all diesen Dingen etwas zu sagen. Sie sahen auch Ansätze für zukünftige gemeinsame Exkursionen. Ein Hobby von Dominik stach besonders hervor. Mit dem Chemiedozenten hatte er mit mehreren Kommilitonen begonnen, im Unilabor mit molekularer Küche zu experimentieren. Greta hatte zwar schon davon gehört, konnte sich aber nicht so richtig etwas darunter vorstellen.

Dominik erklärte es stolz: »In der molekularen Küche werden biochemische und chemische Erkenntnisse zum Kochen genutzt. Der französische Chemiker Hervé This soll um 1990 der Erfinder gewesen sein. Seine Überlegungen fußten auf der Erkenntnis, dass sämtliche Dinge aus Molekülen bestehen, die durch Kombinieren von Zutaten und durch Kühlen, Gefrieren, Kochen und Backen geändert werden können. Der größte Unterschied zu anderen Zubereitungsarten ergibt sich durch die Verwendung der Kochutensilien. Speisen werden im Vakuum gegart, Kochen im genau temperierten Wasserbad kommt zum Einsatz, aber besonders spektakulär ist das Kühlen mit Trockeneis oder flüssigem Stickstoff. Die behandelten Nahrungsmittel verändern sich dramatisch. Säfte verwandeln sich in kleine Kaviarkugeln, Saucen türmen sich zu einem Schaumberg, oder heißes Eis schmilzt im Mund, wenn es auskühlt. Ich möchte nicht weiter theoretisieren, aber vielleicht hast du Lust, einmal dabei zu sein, wenn wir experimentieren. Wir stellen dann immer ein kleines Menü zusammen und dürfen jeweils einen Gast mitbringen.«

Greta sagte begeistert zu. »Wir treffen uns das nächste Mal am kommenden Wochenende. Würde das für dich passen?«

Auch das machte keine Probleme, und so war das nächste Treffen schon fest vereinbart. Dominik brachte seine Freude nicht nur mimisch zum Ausdruck. Er war so bewegt, dass er auch zu gestelzten Erklärungen griff: »Du bist fremd, und ich bin fremd in Köln. Und zwischen uns ist so viel Seelenverwandtschaft. Wollen wir uns nicht zusammentun? Für mich wäre das ein großes Glück.«

Greta war gerührt. Da saß ihr ein Mann gegenüber, der sich nicht cool wie ein Eiswürfel gab, sondern Gefühle zeigte. Das gefiel ihr und brachte ihre übliche Vorsicht ins Wanken. Deshalb sagte sie leise: »Okay, lass es uns versuchen.«

Als sie auseinandergingen, wollte Dominik sie unbedingt nach Hause bringen. Nicht aus dem Grund, bei ihr voranzukommen. Er wollte sich nur noch nicht trennen.

Ob es bei Greta die angeborene Vorsicht war oder ob sie ihre Selbstständigkeit manifestieren wollte, blieb offen. »Ich bin schon groß, ich komme allein nach Hause und habe auch noch eine Monatskarte für die Bahn.«

Dominik war ein wenig enttäuscht und antwortete: »Dann hoffe ich nur, dass du mir keine Hintergedanken unterstellst.«

»Nein, bestimmt nicht. Auch da fühle ich mich stark genug, mich zum richtigen Zeitpunkt für das Richtige zu entscheiden.«

Das verliebte Paar verabschiedete sich in verbliebener Seelenverwandtschaft mit einem Kuss.

Immer noch ganz im Bann seiner Eroberung kam er zu Hause an. Der heutige Tag war wirklich mal wieder nötig, dachte er beseelt. Obwohl er aufgewühlt war, ging er bald zu Bett. Am nächsten Tag hatte er sehr früh Vorlesungen. Er rollte sich auf der Matratze hin und her und konnte nicht einschlafen. Sein Gehirn hörte einfach nicht auf, Zwiesprache zu halten. Seit Greta in sein Leben getreten war, fühlte er sich ständig von ihr angezogen, wie von einem Magneten. Es wurde 2 Uhr, bis seine Augen endgültig geschlossen blieben.

Dominik brachte es nicht über sich, bis zum Molekularkochen am nächsten Wochenende auf ein Wiedersehen oder wenigstens eine Kontaktaufnahme mit Greta zu warten. Schon am nächsten Abend rief er sie an. Sie freute sich merklich darüber, und sie sprachen fast eine halbe Stunde miteinander. Als sie zum Ende kamen, meinte er: »Das habe ich noch nie in meinem Leben getan. So lang quatschen doch eigentlich nur Frauen miteinander.«

»Du alter Macho!«, rief sie empört ins Telefon. Ein unterschwelliges Lachen zeigte ihm aber, dass sie ihm nichts nachtrug. Trotzdem meinte sie abschließend: »Du musst mir deine Männlichkeit nicht unter Beweis stellen. Ich mag dich lieber so einfühlsam wie sonst.«

Am nächsten Tag lauerte er zwischen den Vorlesungen auf dem Mäuerchen an der Uni und hielt nach ihr Ausschau. Doch er hatte keinen Erfolg. Er bedauerte das sehr, entschied sich aber nicht, wieder anzurufen. Das Telefon blieb still. Umso mehr freute er sich, als Greta am Abend darauf anrief. Diese Freude ließ er offen heraus: »Ich habe schon neben dem Apparat gesessen und auf dich gewartet.« Sie erzählten sich, was sie tagsüber unternommen hatten. »Also sind wir alle beide fleißig gewesen. Was hältst du davon, wenn wir uns noch mit einem kleinen Abendspaziergang belohnen? Lass uns vor die Tür gehen.«

Greta war nicht begeistert. »Ach ne, draußen stürmt es. Hast du das nicht gesehen?«

»Das macht mir nichts aus. Und für dich hält der Wind bestimmt viele neue Frisurvorschläge bereit. Gib dir einen Stoß!«

Sie fand seine Art, sie zu überzeugen, zwar lustig, blieb aber beim Nein.

Nun trat bis zum Wochenende eine ewig lange Pause ein. Aber wenigstens rief sie Samstagmorgen an und ließ sich von Dominik die Wegbeschreibung geben.

Molekularküche als Vorspiel – und dann …

Dominiks Wegbeschreibung war gut gewesen. Greta erreichte den Laborraum, ohne nachfragen zu müssen. Die Tür stand offen. Die Zahl der Personen im Raum war überschaubar. Greta zählte sechs Männer und zwei Frauen. Der eine Mann war etwas älter, er war bestimmt der Dozent. Man hatte schon mit den Vorbereitungen angefangen. Auf einem großen Tisch lagen Gerätschaften, standen Geschirr und eine Menge Zutaten. Als Dominik Greta sah, kam er ihr strahlend entgegen. Sie sah bezaubernd aus. Greta hatte ihr Haar zum Pferdeschwanz gebunden, trug einen strahlend blauen Rollkragenpullover und Jeans. An den Füßen hatte sie in passendem Blau Sneakers an.

Nach einem Kuss auf die Wangen stellte er sie den anderen vor. »Das ist meine Freundin Greta Neumayer. – Du bist heute unser einziger Gast, Greta. Deshalb habe ich von Dr. Herze die Erlaubnis, wenn wir kochen, einige Erklärungen für dich abzugeben.«

Greta bedankte sich freundlich und meinte: »Ich freue mich und bin sehr neugierig.«

Dr. Herze zeigte, wer der Chef im Ring war. »Dann lasst uns gleich beginnen. Je eher und länger haben wir das Vergnügen, unsere Machwerke zu genießen. Wir haben ein kleines, überschaubares Menü zusammengestellt, alles natürlich mit molekularem beziehungsweise chemischem Touch: Nitrobaisers mit Melonenscheiben Cantaloupe als Gruß des Hauses.

Erster Gang: Pfannekuchen mit Heumilchjoghurt.

Zweiter Gang: Foie-Gras-Pralinen auf Kürbisspalten mit Bratapfelespuma.

Dessert: Vanillecreme und Orangenkaviar.

Frau Neumayer, Sie können ruhig näher kommen, dann können Sie besser sehen, was geschieht, und Dominik Müller wird Ihnen den Werdegang noch zusätzlich erklären.« Er übergab das Wort an Dominik Müller.

»Wir beginnen mit dem Gruß des Hauses. Zunächst bereiten wir die Zutaten für die Nitrobaisers vor: Eiweiß und Holundersirup. Das Eiweiß wird geschlagen und der Sirup untergerührt. Mit einem Plastiklöffel schöpfen wir etwas Eischnee ab und geben ihn in die bereitgestellte Schale mit abgezapftem Stickstoff. Die Masse löst sich vom Löffel und schwimmt auf dem Stickstoff als kleine Nocken. Je länger wir sie schwimmen lassen, umso gefrorener werden sie. Die Nocken werden auf Melonenscheiben serviert und gegessen. Sie zerspringen erfrischend im Mund.

Auch den nächsten Gang kommentierte er: »Pfannekuchen mit Heumilchjoghurt sind auch von Anfängern gut zuzubereiten. Hier arbeiten wir nicht mit Stickstoff, sondern mit anderen chemischen Vorgängen. Vieles kann beziehungsweise muss länger vorbereitet werden:

Die Pfannekuchen sollen süß sein. Sie werden nach dem üblichen Rezept von Oma zubereitet, mit einer beliebigen Marmelade bestrichen und eingerollt. Wir backen sie gern in Schmalz aus.

Das gibt mehr Geschmack. Ihr seht, auch sie wurden von uns bereits vorbereitet und müssen jetzt nur noch warmgehalten werden.

Auch die erste Phase für den Joghurt wurde bereits erledigt:

Für ihn wurde zunächst eine Handvoll Heu in einen Topf gepresst und mit Milch zweimal aufgekocht. Danach musste das Heu eine halbe Stunde ziehen, um Geschmack abzugeben. Circa ein Liter der Milch wurde durch ein Tuch in eine Schüssel abgegossen und auf dreiundvierzig Grad abgekühlt. Zehn Esslöffel Naturjoghurt kamen in die Mitte der Schüssel. Die wurde abgedeckt und der Inhalt hat bei circa vierzig Grad zwölf Stunden geruht. In dieser Zeit haben sich Bakterienkulturen vermehrt. Die entstandene, noch recht flüssige Joghurtmasse wurde gut durchgerührt.

Etwa vier Stunden vor der Zubereitung der Speise wurde in zwei Liter Wasser in Raumtemperatur zehn Gramm Alginat mit dem Pürierstab verquirlt. Alginat ist rein pflanzlicher Natur und wird aus der Braunalge gewonnen. Dort werden nun kleine Joghurtbällchen vorsichtig hineingegeben. Nach circa acht Minuten hat sich um den Joghurtbrei eine gelatineartige Masse gebildet, die die Bällchen zusammenhält. Man muss aufpassen, dass sie sich nicht berühren, sonst kleben sie zusammen und der dünnflüssige Joghurt verliert seine Form. Der Schutzmantel um die Heumilch-Joghurt-Flüssigkeit ist der besondere chemische Vorgang, den wir erarbeiten wollten.

Nun legen wir gezuckertes Obst, Erdbeeren, Blaubeeren, Himbeeren, mit etwas Honig in Apfelsaft und lassen alles einen Moment ziehen, wobei sich eine fruchtige Sauce bildet. Alle Zutaten werden nun zum Verzehr ansprechend auf Tellern angerichtet. Beim Anstechen der Haut läuft der Heumilchjoghurt auf den Tellern aus und gibt sein besonderes Aroma an die anderen Speisenbestandteile ab. Wir haben darauf verzichtet, das Ganze noch mit Trüffelraspeln zu verfeinern. Das war uns ehrlich gesagt zu teuer.«

Greta war fasziniert von den fantasievollen Kochvorgängen.

Dr. Herze griff erneut in das Geschehen ein: »Ich meine, wir sollten mit dem Kochen eine Pause einlegen. Wir haben Halbzeit. Es erscheint mir richtig, unsere ersten beiden Kreationen gemeinsam zu verspeisen. Der Laborraum ist nicht als Restaurant ausgerichtet. Wenn wir weiterkochen, ohne Platz zu schaffen, wird es hier sehr wühlig.«

Alle waren sehr einverstanden. Bald saß man an den freien Tischen und aß voll Stolz und Lust. Die beiden Gänge hielten, was versprochen worden war. Die Nitrobaisers zersprangen als Geschmackswunder im Mund und vermischten sich köstlich mit den reifen Melonenstückchen. Der beim Anpicken auslaufende Heumilchjoghurt dominierte als Geschmacksbombe die Pfannekuchen und das gezuckerte Obstsortiment. Greta zeigte ihre Bewunderung für die Meisterköche deutlich.

Dominik brachte seine Einstellung zu diesem Hobby auf den Punkt: »Solche Gemeinsamkeiten lösen Stress und räumen einem eine ganze Menge Frust und Ärger von der Seele fort. Individualität trifft dabei auf Gemeinschaftssinn. Und alles zusammen ist sogar ein bisschen Studium.«

Greta nickte mit einem breiten Lächeln.

Dr. Herze pfiff bald die zweite Halbzeit an.

»Also gut, dann darf ich den zweiten Hauptgang moderieren«, sagte Dominik. »Der Kürbis wird in Stücke geschnitten und in Olivenöl angebraten. Er soll noch bissfest bleiben. Gewürzt wird er mit Gorria; das Wort kommt aus dem Baskischen und heißt: der Rote. Ich spreche von Pfeffer. Auch eine Prise Salz ist nötig.

Die Dose mit Foie gras wird im Ofen auf vierzig Grad erwärmt.

Das Raffinierteste ist natürlich der Espuma. Wir lassen Zucker karamellisieren und löschen ihn mit Butter und Apfelsaft ab. Die geschälten und entkernten Äpfel und Birnen werden mit Gewürzen in dem Sud gegart. Das wurde bereits vorbereitet, denn die Chose musste wieder abkühlen. Nun fügen wir Eiweiß und Sahne hinzu. Die Masse wird dreimal durch ein Sieb gestrichen. Sie kommt in einen Siphon und bekommt drei Stickstoffpatronen aufgedrückt. Das kalte Espuma ist fertig! Wir richten den Gang auf kleinen Tellern an. Auf Kürbisstücke kommen jeweils zwei geformte und angewärmte Pralinen Foie gras. Darauf setzen wir den molekular erzeugten Espuma. Guten Appetit!«

Auch dieser kleine Gang hatte einen herrlichen Geschmack. Greta musste allerdings im Geheimen an die armen Gänse denken, die für die Foie gras gestopft worden waren. Sie hatte das Ergebnis einer solchen Mästung einmal in Frankreich, im Périgord, gesehen und geahnt, wie sehr die Tiere dabei litten.

Das Dessert war dagegen wieder so gewählt, dass ähnliche Ressentiments ausblieben. »Für den Nachtisch benutzen wir durchsichtige Gläser, damit wir einen guten Blick auf die verschiedenfarbigen Schichten haben. Ganz unten haben wir eine Schicht von kaltem Vanillepudding nach normalem Hausmannsrezept fabriziert. Mit Orangenlikör, Orangenaroma, orangefarbener Lebensmittelfarbe und Gelatine zaubern wir ein Orangengelee, das die zweite Lage bildet. Es folgt eine weitere Lage Vanillepudding. Obendrauf thront der Orangenkaviar, dessen Fertigung uns einiges abverlangt: In das Orangenmark, das wir hier sehen, ist das berühmte Alginat eingerührt worden. Es hat bereits einen Tag geruht und hat dem Mark Struktur und Festigkeit gegeben. Für die Weiterverarbeitung brauchen wir nun eine Schüssel mit einem halben Liter Wasser, dem wir Calcid hinzufügen. Das vorbereitete Orangenmark wird nunmehr mit einer Einwegspritze tröpfchenweise in das Calcidbad gegeben. Dort müssen diese Tropfen circa eine Minute ziehen. Danach sind die orangefarbenen Kaviarkügelchen sichtbar. Wir heben sie aus dem Bad heraus, spülen sie kurz ab. Dann bilden sie die Krönung unserer Nachspeise. Erneut wünsche ich guten Appetit!

Ich hatte als Dessert molekulares Schokoladeneis vorgeschlagen, bin aber überstimmt worden. Wir hätten eine cremige Schokoladenmasse erstellt und ihr portionsweise Stickstoff zugegeben und sie dabei ständig mit dem Schneebesen bearbeitet. Dabei wären kleine Kristalle entstanden und wir hätten total auf Emulgatoren verzichten können.«

Nach dem Essen ergab sich eine interessante Plauderei, bis Dr. Herze daran erinnerte, dass noch aufgeräumt werden musste.

»Da werde ich mitmachen«, sagte Greta. »Mitgefangen, mitgehangen.«

Die anderen waren von ihrer Hilfsbereitschaft sehr angetan, und erst recht davon, dass sie ordentlich zupackte.

Das erste Mal

Nach einer Dreiviertelstunde wurde Abschied genommen und Greta blieb mit Dominik allein vor der Uni zurück. Sie ließ ihre Gedanken noch einmal mäandern, dann war sie bereit, sie auszusprechen: »Du kannst gern mit zu mir kommen.« Greta hatte sich diesen Satz lange überlegt und was er bedeuten sollte. Bisher hatte sie nur einen Liebhaber gehabt. Im letzten Schuljahr in Bad Münstereifel war es nach einer Party ein Mitschüler geworden. Der hatte sturmfreie Bude, seine Eltern waren auf Reisen, und sie schlief offiziell bei ihrer Freundin. Sie hatten beide keine Erfahrung, und so war ihr erster Liebesakt eine Riesenenttäuschung geworden. Auch ansonsten erwies sich der junge Mann als Flop. Für eine gemeinsame Zukunft kam er nicht infrage. Greta hatte sich damit getröstet, noch jung genug zu sein, ihren Traummann zu finden. Aber sie hatte seitdem auf Annäherungen sehr kritisch reagiert. Sie wollte auf »den Richtigen« warten. Dominik schien das für sie zu sein.

Dominik hatte den Satz direkt richtig eingeordnet. Er war sehr überrascht. »Nichts tue ich lieber als das. Ich bin glücklich über dieses Liebeszeichen.«

Greta wollte den Vorschlag nicht totreden, ging lieber zu Allgemeinem über: »Wollen wir mit der Bahn fahren oder gehen wir zu Fuß? Das Wetter ist gut genug dafür. Wer weiß, wie lange wir solche Temperaturen noch haben.«

Sie entschieden sich, zu Fuß zu gehen. Sie waren beide gute Läufer.

Vor einem ockerfarbenen Haus aus den Sechzigerjahren blieb Greta stehen und sagte: »Hier wohne ich in der dritten Etage. Die Eigentümerin lebt Parterre. Sie hat die anderen Wohnungen zu kleinen Studentenbuden umgebaut. Von deren Miete lebt sie wohl. Sie ist ganz okay. Die Stimmung im Haus ist jedenfalls gut.«

Das Haus hatte keinen Aufzug, und so schlossen sie ihren Ausflug mit dem Treppensteigen in den dritten Stock ab. Sie ist gut in Schuss, dachte Dominik. Denn sie war, wie er auch, nicht außer Atem gekommen.

Ihre Wohnung hatte Küche, Bad, einen Schlafraum sowie ein größeres Wohnzimmer. Alles war recht einfach eingerichtet, aber sehr individuelles Dekor gaben der Wohnung eine gemütliche und persönliche Note. Besondere Wirkung hatten auf Dominik die vielen gerahmten Fotografien. Die abgelichteten Personen erklärte Greta ihm gerne. Da standen ihre Eltern stolz vor der Konditorei. Ein Bild zeigte Greta mit der Schultüte. Selbst die Großeltern waren abgelichtet und natürlich auch Greta mit ihrer Schwester.

Das Haus, vor dem die Erft floss, erinnerte sie an ihr Zuhause. Vor dem Fenster hatte sie keine Gardinen, schließlich wohnte sie im dritten Stock. Aber auf der Fensterbank standen viele bunte Glastöpfe mit Teelichtern drin. »Das sieht abends bestimmt romantisch aus«, meinte Dominik dazu. Im Wohnzimmer stand eine Bettcouch sowie zwei Stühle, die Richtung Fernsehen und Musikanlage ausgerichtet waren. Eine Wand war ganz mit Bücherregalen bedeckt. Er sah neben vielen Fachbüchern auch eine größere Anzahl Romane. So viel lese ich nicht, dachte Dominik selbstkritisch, behielt aber diese Erkenntnis für sich.

Zunächst nahmen sie auf dem Sofa Platz.

»Ich kann dir einen spanischen Roten anbieten.«

Dominik mochte Rotwein und nahm das Angebot dankend an.

Bald brannten einige der Kerzen und mit dem Rotwein war eine Schale mit gesalzenen Erdnüssen auf dem Tisch erschienen. Alles zusammen brachte sie in eine besinnliche Stimmung, die dazu führte, dass Dominik Greta in den Arm nahm und zärtlich küsste. Sie ließ es willig geschehen und merkte, wie sich ihr Körper zunehmend erregte. Spätestens da wusste sie: Heute gab es kein Zurück mehr.

Nachdem das Küssen und Berühren schon länger intensiver geworden waren, meinte Greta leise: »Was hältst du von einem Ortswechsel?«

Dominik stand langsam auf und zog sie an der Hand hoch. »Aber du musst die Richtung vorgeben«, meinte er mit einem Lächeln.

Der Weg führte in das kleine Schlafzimmer, das mit einem französischen Bett, einer Kommode und einem Kleiderschrank nahezu ausgefüllt war. Die beiden Liebenden küssten sich und kleideten sich gegenseitig aus. Dominik bewunderte Gretas wunderschönen Körper. Zärtlich rieb er ihre Brüste. Bald standen ihre rosa Brustwarzen wie kleine Knospen und wurden hart, ganz wie die Erektion, die in seiner Hose stattfand. Zärtlich küsste er Greta. Völlig nackt verschwanden sie unter der Bettdecke. Greta fand es wohltuend, wie viel Zeit sich Dominik ließ. Er hatte zweifellos Erfahrung, es würde anders werden als bei ihrem ersten Mal.

»Du brauchst nicht zu verhüten. Ich habe deinetwegen damit begonnen, die Pille zu nehmen«, flüsterte sie.

Seine Liebesbezeugung war zärtlich, aber bestimmt. Sie führte sie zu ihrem ersten Orgasmus.

Dominik blieb die ganze Nacht bei ihr. Und am Morgen wachten sie auf wie ein Ehepaar.

»Du bist sowas von kuschelig. Mit dir braucht man selbst im härtesten Winter keine Wärmflasche. Ich stehe jetzt auf und mache mich fertig.«

»Für mich brauchst du dich nicht zu schminken. Sei nur den ganzen Tag du selbst.« Zärtlich biss er ihr ins Ohrläppchen und schaute sie verliebt an. Dann schob er ein »Ich liebe dich« nach.

»Wie sehr denn? Sag es mir mit einem Wert zwischen eins und zehn.«

»Mindestens vierzehn«, antwortete er mit einem schelmischen Lächeln.

»Aha, Verliebtsein bedeutet also, dass dein Kopf nicht mehr funktioniert.«

Als er aufbrechen wollte, fragte er: »Wann sehen wir uns wieder? Ich kann es gar nicht erwarten.«

Greta sah ihn fest an. Dominik merkte, dass sie etwas auf dem Herzen hatte. Er wollte wissen, was. »Was ist mit dir? Keine Geheimnisse! Sprich dir alles von der Leber.«

Dienst ist Dienst und Schnaps ist Schnaps

»Dominik, was ich jetzt sagen muss, fällt mir sehr schwer. Auch ich sehne mich nach dem nächsten Mal. Aber ich habe Probleme. Ich muss eine Seminararbeit schreiben und mir läuft die Zeit davon. Ich darf den Seminarschein nicht gefährden, für diese Arbeit muss ich mich etwas zurückziehen. Aber ich habe eine Idee. Du kannst mir helfen.«

»Dann lass mal hören. Aber schade, man begehrt umso mehr, wen man täglich sieht.«

Dominik war sichtlich enttäuscht. In seinen Gedanken hatte er nur noch rosige Zeiten gesehen. Nun holte ihn die Realität ein. Letztlich muss ich für Gretas Disziplin Verständnis aufbringen, dachte er schließlich doch.

»Ich bin immer für dich da, versprochen. Was ist denn das Thema deiner Arbeit?«

»Ich werde eine empirische Untersuchung zum sogenannten Johari-Fenster vornehmen. Das wurde 1955 von den Sozialpsychologen Joseph Luft und Harry Ingham entwickelt. Mit diesem Fenster wird der Unterschied zwischen Selbst- und Fremdwahrnehmung demonstriert:

In der Innenperspektive ist alles enthalten, was der Mensch über sich selbst wissen kann. Sie umfasst den ersten Teil des Fensters.

Die Außenperspektive zeigt alles, was die Mitmenschen über ihn wissen können. Zum Beispiel das Erscheinungsbild, erkennbare Reaktionen, Eigenschaften und Umgangsformen. Dabei gibt es Eigenschaften, die der Mensch kennt, und solche, die ihm verborgen sind. Die Außenperspektive umfasst den zweiten Teil des Fensters.

Wo die eigene Kenntnis und die der Mitmenschen sich decken, entsteht die sogenannte öffentliche Person.

Es verbleiben damit immer Eigenschaften, die der Mensch nur selbst kennt. Er hält sie unbewusst zurück oder auch bewusst. Sie nennt man seine Geheimnisse.

Die Eigenschaften, die beiden nicht bekannt sind, nennt man das Unbekannte. Sie bilden den dritten Teil des Fensters.

Als vierter Teil existiert der sogenannte blinde Fleck. Was darin liegt, erkennen die Mitmenschen, aber der Mensch selbst nicht.

Je mehr ein Mensch von sich selbst preisgibt, umso deutlicher tritt die öffentliche Person hervor. Umso leichter fällt es, miteinander zu kommunizieren.

Dazu können auch die Mitmenschen einen Beitrag leisten, indem sie objektiv offenbaren, was sie über die Eigenschaften des Menschen wissen, die für ihn im blinden Fleck befindlich sind. Auch das vergrößert die gemeinsame Basis.

Für das Experiment erhalten die Teilnehmer eine Liste mit knapp sechzig Adjektiven, albern, energievoll, extrovertiert zum Beispiel. Aus diesen Adjektiven müssen sie sechs auswählen, die ihrer Meinung nach ihr Wesen am besten beschreiben. Ein Mitmensch tut für diese Person das Gleiche. Anhand der Angaben ergeben sich Kenntnisse über die öffentliche Person. Ich bitte dich, mich mit sechs Adjektiven zu beschreiben sowie dich selbst. Ich werde das Gleiche machen und die Überschneidungen analysieren. Durch dieses Experiment lernen wir uns gegenseitig besser kennen. Die entsprechenden Adjektive und die Aufgabenstellung würde ich dir als E-Mail zusenden. Veronika und Thomas stellen sich übrigens auch zur Verfügung. Ich arbeite mit fünfzehn Testpersonen. Machst du ebenfalls mit?«

Dominik war ein bisschen überrollt von den vielen Überlegungen, die Greta im Schnelldurchgang ausgesprochen hatte. Aber die Grundzüge waren ihm klar geworden. Er fand sie hochinteressant. Insbesondere erkannte er schnell, dass es möglich war, mehr über Greta zu erfahren.

»Natürlich mache ich mit. Und dann können wir wenigstens jeden Tag darüber miteinander telefonieren. Das ist doch möglich, oder?«

Greta war erleichtert, dass er ihr Verhalten in der nächsten Zeit so sportlich nahm. Seine aufgeworfene Frage beantwortete sie gerne mit einem Ja. Nach einem langen, innigen Kuss gingen sie auseinander.

Noch am gleichen Tag traf Dominik Thomas. Er saß mit einer Bierdose auf dem Mäuerchen vor der Uni, plusterte sich vor mehreren Studentinnen wie ein Pfau auf und redete mit Händen und Füßen. Dominik grüßte ihn und dachte dabei amüsiert: Der hält sich für cool, cool wie ein Eiswürfel.

Thomas zeigte sich gut informiert: »Na, Greta muss bei dir ja wohl alles essen.«

»Da gibt es einen passenden Witz dazu: ›Ich habe Schmetterlinge im Bauch.‹ – Er knuffte sie zärtlich und antwortete: ‚Du frisst aber auch alles!‹ – Dich Gourmet-Banause hätte ich zu unserem Molekularmenü sowieso niemals eingeladen.«

Thomas lachte mühsam und legte nach. Er tat es besonders laut, die Kommilitoninnen sollten es ruhig hören: »Aber meine Hochachtung: Wie ich von Veronika weiß, hast du unser Fräulein Rührmichnichtan geknackt. Übung macht den Meister!«

Dominik zog eine finstere Miene und erwiderte barsch: »Erspare mir solche dummen Sprüche über Greta. Sie ist für mich kein Sexobjekt. Ich bin in sie verliebt.«

Auch dafür hatte Thomas nur ein hämisches Lachen. »Wehret den Anfängen«, meinte er dazu.

Gretas Seminararbeit
wird zur ersten Bewährungsprobe

Die Aufgabenstellung von Greta erreichte Dominik per Mail schon einen Tag danach. Schnell machte er sich an die Arbeit. Er wollte zügig und gründlich vorgehen. Greta sollte ihn in guter Erinnerung behalten. Unter den zur Auswahl stehenden Worten befanden sich viele positive. Dominik konnte sich schwer entscheiden, welche sechs davon er auswählen sollte. Er wechselte die Adjektive mehrfach aus. Am Schluss hatte er folgende für sich gewählt: zuverlässig, liebevoll, energievoll, tapfer, selbstsicher und flexibel. So würde ich zumindest gerne sein, dachte er für sich. Für Greta schrieb er folgende Eigenschaften nieder: heiter, mitfühlend, scheu, intelligent, geduldig und idealistisch. Per Mail setzte er seine Auswahl ab und wartete gespannt auf Gretas Rückmeldung. Ob ihre Beurteilungen von seinen erheblich abweichen würden?

Er fühlte in sich eine gewisse Unruhe wachsen. Die hatte er nicht mehr gespürt, seit er mit Greta zusammen war. Dieses Gefühl war wieder aufgekommen, seit Greta die Zeit im Nacken saß. Früher war sie für ihn ein erstes Anzeichen aufkeimender Spielsucht gewesen. Die hatte ihn immer wieder erfasst. Er wischte den Gedanken rüde fort. An die Spielsucht wollte er nicht einmal nur denken. …

Dominiks E-Mail war angekommen. Er war die erste Testperson, die mit Daten herübergekommen war. Dominik war wirklich zuverlässig und hilfsbereit. Ihre eigenen Aufzeichnungen hatte Greta ebenfalls fertiggestellt. Sie wollte zur Uni gehen und eine erste Auswertung vornehmen. Sie ging zum Fenster und sah hinaus. Die Sonne brach im Moment durch die bisher geschlossene Wolkendecke. Schmale Lichtlanzen fielen in ihr Zimmer. Sie beschloss, zur Uni zu radeln. Heute brauchte sie nur kleines Gepäck. Ihre Collegemappe mit dem iPad und einige Unterlagen. Bücher und Zeitschriften würde sie in der Bibliothek finden.

Problemlos fand Greta einen Platz im Leserraum und legte sich ihre Arbeitsunterlagen zurecht. Im Licht der Leselampe sahen ihre Züge viel härter aus als sonst. Die Konzentration und der Ernst, mit denen sie an ihre Arbeit ging, trugen mit dazu bei. Mit großer Neugierde machte sie sich an den Vergleich der Adjektive, welche sie Dominik zugeordnet und welche er selbst für sich als dominant ausgewählt hatte.

Dominik hatte zuverlässig, liebevoll, energievoll, tapfer, selbstsicher und flexibel ausgewählt.

Sie selbst hatte für ihn organisiert, interessiert, charmant, zuverlässig, warmherzig und selbstsicher genommen.

Nur zwei Adjektive stimmten in der Bewertung überein. Das erschien ihr sehr wenig. Kannte sie Dominik noch nicht gut genug? Hatte Dominik vielleicht ein Wunschbild von sich, das sie als ein anderer Mensch nicht ebenso sah?

Gab es unterschiedliche Prioritäten bei der Auswahl durch Männer beziehungsweise Frauen?

Sie nahm eine Gegenüberstellung der für sie selbst gewählten Adjektive vor.

Von Dominik kamen die Adjektive heiter, mitfühlend, scheu, intelligent, geduldig und idealistisch.

Sie selbst hatte für sich vernünftig, scheu, religiös, verlässlich, warmherzig und suchend als dominant empfunden.

Nun gab es sogar nur eine Übereinstimmung.

Greta suchte Faktoren, welche diese Bewertungsunterschiede begründen ließen. Sie entwickelte folgende einfache Theorie dafür: Das Abspeichern der Eigenschaften einer Person nimmt jeder Mensch in Form einer Schubladenbildung vor.

In der Schublade bewahrt er für die Person die nach seiner Meinung dominanten Eigenschaften.

Werden ihm durch dritte Personen oder auch durch eigene Erkenntnisse andere Eigenschaften für die Testperson bekannt, die als dominanter als die bisherigen angesehen werden müssen, überdenkt er den Bestand in der Schublade. Sein Hirn vergleicht die vorhandenen mit den neuen Erkenntnissen und nimmt gegebenenfalls Änderungen vor. Die erste statische Bewertung wird durch neue Erkenntnisse zu einem laufenden Bewertungsprozess.

Sie selbst hatte beispielsweise Dominiks Verhalten unlängst als hilfsbereit erkannt. Dieser Eigenschaft würde sie nach ihren neuen Erfahrungen eine höhere Priorität als dem Adjektiv warmherzig geben. Wir lernen dazu und ändern unsere Meinung, erkannte sie. Damit war klar, dass es eine endgültige, objektive Bewertung nicht gab. Ob es Unterschiede in der Bewertung durch Männer und Frauen gab, konnten die noch ausstehenden Antworten ihrer Testpersonen aus beiden Geschlechtern noch zeigen. Sie hatte das gute Gefühl, auf dem richtigen Weg zu sein. Am Abend wollte sie Dominik anrufen und sich für seine Hilfe bedanken.

»Hallo Dominik, schön dass ich dich sofort erreiche. Du bist ein richtiger Schatz und hast mir sehr geholfen. Hab herzlichen Dank dafür. Ich bin mit meiner Arbeit durch dich einen ganzen Schritt weitergekommen.«

Dominik versank in einen Rausch der Gefühle. Er freute sich nicht nur, ihre Stimme zu hören, nein, das ausgesprochene Lob war Extraklasse.

»Immer wieder gern«, antwortete er. »Je eher du mit der Arbeit fertig bist, je eher kann ich dich sehen.«

»Oh, dann hast du das aus Berechnung getan?« Greta verband die Mutmaßung mit einem Lacher und machte sie damit zum Scherz.

»Dich sehen möchte ich nicht aus Berechnung, nein, vielmehr aus Sehnsucht. Ich möchte schnell wieder in so glückliche Momente wie zuletzt eintauchen, also spute dich, mein Schatz.«

»Da wirst du trotzdem noch etwas Geduld aufbringen müssen. So schnell verdient man sich in meinem Lehrfach keine Meriten. Aber glaub mir, ich spute mich. Schließlich will ich dich ja auch sehen. Was hast du eigentlich selbst getrieben, außer mir zu helfen?«

»Ich bin brav in meine Vorlesung gegangen. Eine Hausarbeit steht zurzeit nicht an. Wir haben heute in der Chemievorlesung von einer interessanten Entwicklung in der Bestattungstechnik erfahren. Hast du schon mal etwas von Promession gehört?«

»Nein, das sagt mir gar nichts. Erkläre es mir bitte.«

»Leichen werden durch flüssigen Stickstoff, ähnlich wie in der Molekularküche, steif und zerbrechlich gemacht. Wenn man den Leichnam dann rüttelt, kann man ihn in millimeterkleine Teile zerlegen. Unser Körper besteht aus rund siebzig Prozent Wasser, die Prozente verschwinden bei diesem Vorgang ganz. Aus dem Granulat müssen nur Fremdkörper wie Zahngold heraussortiert werden. Der Rest wird in einem kompostierbaren Sarg bestattet und verrottet unauffindbar innerhalb eines halben Jahres. Diese Bestattungsmethode ist bei uns noch verboten, in den nordischen Ländern aber sehr populär.«

»Ob ich darin die beste Möglichkeit sehe, mal meine letzte Ruhe zu finden, muss ich erst mal überdenken«, meinte Greta.

Dominik musste lachen. »Wenn es so weit ist, ist mir das egal. Ich glaube nicht an ein Leben nach dem Tod, und diese Bestattungsart ist jedenfalls sehr platzsparend. Das kann bei unserer Überbevölkerung einmal bedeutsam werden.«

Greta schwieg. Als Christin sah sie zwar das ewige Leben auch nicht in ihrem körperlichen Leib. Trotzdem war ihr dieses Atomisieren in ein Nichts unheimlich. Eines war ihr klar geworden, Dominik war nicht religiös. Aber wie sagt das Wort: Gegensätze ziehen sich an.

»Mach dir einen schönen Abend, › ich denke an dich. Wenn du das auch tust, sind wir wenigstens ein bisschen zusammen.« Greta war es danach, das Gespräch mit einer großen Portion Zärtlichkeit ausklingen zu lassen. Sie traf bei Dominik damit die richtigen Saiten. »Ich ruf dich morgen wieder an. Bis dahin zähle ich die Stunden.« Mit einem Kuss auf den Lautsprecher zeigte er ihr seine ganze Liebe.

Als das Gespräch zu Ende war, empfand er das wie ein Unglück. Er war wieder allein, und das würde noch etwas länger so bleiben. Er fühlte volle Traurigkeit, als ihn die Unruhe wieder einholte. …

Das Warten auf Greta verlangt Ablenkung

Dominik konnte nicht einschlafen. Er wälzte sich in seinem Bett herum. Irgendetwas musste er tun. Sofort dachte er an Spielen. Der Teufel hatte ein weiteres Mal seine wunde Stelle erkannt.

Er versuchte, sich gegen den Trieb zur Wehr zu setzen. Aber ganz kam er von der Versuchung nicht los. Vielleicht konnte ihn ein Blick ins Internet ein wenig zerstreuen. Er stand auf und warf den Computer an. Der Bildschirm erwachte aus seinem Ruhestand. Sein Suchauftrag lautete: Black Jack auf Video. Er mochte dieses Spiel, es war ein schnelles Spiel, man kam rasch zum Ergebnis und musste nur einen kurzen Moment bangen, wie es ausfallen würde.

Dominik wurde auf HotCASINO.de geführt. Ein farbiger Croupier erklärte die Regeln. Die waren ihm bekannt, aber immer wieder spannend zu hören.

Ziel war es, mit den aufgenommenen Karten so nahe wie möglich an einundzwanzig Punkte zu kommen, ohne diese Zahl zu überschreiten. Bube, Dame, König waren allesamt jeweils zehn Punkte wert. Das Ass wurde eins oder elf gezählt, wie es für den Spieler, den Pointeur, günstiger war. Zwei bis zehn zählten entsprechend ihren Augen.

Man spielte gegen den Dealer, den Croupier. Dabei konnten bis zu sieben Spieler gegen ihn antreten.

Vor Beginn jedes Spiels platzierten die Spieler in den sogenannten Boxes zunächst den Mindesteinsatz entsprechend den Limits des Casinos oder mehr.

In einer Extrabox konnten neben dem Boxeninhaber auch andere Spieler mitsetzen. Jeder Spieler bekam dann zwei offene Karten, der Dealer nur eine. Nun konnte jeder Spieler weitere Karten verlangen, bis er glaubte, nahe genug an einundzwanzig zu sein. Wurde die Zahl überschritten, fiel er sofort aus dem Spiel und sein Einsatz wurde vom Dealer eingezogen. Wenn sich alle Spieler als bedient erklärten, zog der Dealer seine zweite Karte. Mit siebzehn oder mehr Punkten musste er aufhören. Mit sechzehn oder weniger Punkten musste er noch mal ziehen. Bei ihm zählte das Ass immer elf Punkte. Überstieg der Dealer einundzwanzig Punkte, hatten alle anderen Spieler automatisch gewonnen. Blieb er unter einundzwanzig, hatten nur die Spieler gewonnen, die näher an einundzwanzig waren als er. In der Regel erhielten sie einen Gewinn in Höhe ihres Einsatzes.

Der Gewinn erhöhte sich bei folgenden Sondersituationen: Hatte ein Spieler die Einundzwanzig mit drei Siebenern erreicht, erhielt er einen Bonus als Zusatzgewinn.

Als zweitbestes Ergebnis galt das Erreichen der Einundzwanzig durch Ass und Zehn. Ohne einen Gleichstand des Dealers erhielt der Spieler einen Gewinn in Höhe von drei zu zwei. Spieler, die auf andere Weise einundzwanzig Punkte hatten oder weniger, verloren.

Dominik sah sich in Gedanken gewinnen. In seiner Fantasie hatte er endlich genug Geld in den Händen, um Greta zu verwöhnen. Doch die Gefahr des Verlustes ernüchterte ihn. Er entging gerade noch dem Drang, online wirklich Geld zu verspielen. Sein nächtlicher Schlaf wurde zum Desaster. Er stand morgens auf und war wie gerädert. Aber er war dem Teufel noch einmal von der Schippe gesprungen.

Ein bewegtes Jahr nimmt seinen Fortgang

Die gemeinsamen rosa Zeiten gingen weiter. War es vielleicht zu viel Plüsch? Aber vorerst herrschte eine solche Harmonie und Zuneigung, dass die beiden Liebenden beschlossen, zusammenzuziehen. Das war natürlich bei der Kölner Mietsituation ein schwieriges Unterfangen. Auf eine bezahlbare Wohnung kamen bis zu hundert Interessenten. Doch die beiden hatten Glück. Der Vater von Thomas war Immobilienmakler und nahm sich auf Bitten seines Sohnes ihrer an. Sie bekamen für eine geeignete Wohnung das erste Recht, den Vertrag abzuschließen.

Auch in diesem schwierigen Marktsegment half am besten Vitamin B. Greta musste schmunzeln, dieses Mittel gab es auch schon in Bad Münstereifel. Wenn einer einen kannte, der ihn mochte, war auch dort alles möglich gewesen. Beziehungen schadeten eben nur dem, der keine hatte.

Die Wohnung lag in Lindenthal, Eckertstraße, die von der Bachemer Straße abging, also fußläufig zur Universität. Dort gab es eine ganze Reihe Nachkriegshäuser mit drei Stockwerken. Ihre Wohnung lag im zweiten Stock. Da sie nun die Miete teilten, lagen sie etwas günstiger im Vergleich zu ihren beiden Einzelwohnungen. Auch räumlich hatten sie sich verbessert: An den kleinen Flur mit Gäste-WC schloss sich das Wohnzimmer an. Von ihm gingen zwei kleine Arbeitszimmer ab, nach hinten in den Garten lagen das gemeinsame Schlafzimmer und die Küche. In der Küche hatte Dominik mehr Möglichkeiten, seinem Hobby nachzugehen, als zuvor. Der Vermieter bot alles eingerichtet an, es gab aber noch Stellfläche für eigene Möbel. Diese Möglichkeit wollten sie ausnutzen. Die Wohnung sollte nur aus Lieblingsplätzen bestehen.

Sie waren glücklich in ihrem neuen Reich. Sie arrangierten eine bescheidene Einweihungsparty, an der nur Veronika und Thomas teilnahmen. Dominik kochte ein ganzes Menü. Nur beim Nachtisch setzte er flüssigen Stickstoff ein.

Thomas trat ein mit einem lauten »Mahlzeit, gibt es wieder Chemie?«

Greta kam Dominiks kritischer Kommentierung zuvor: »Hätten wir gewusst, was du für ein Banause bist, wärst du nicht eingeladen worden.«

»Okay, okay«, beschwichtigte Veronika sie. »Nach dem Testen gehört Dominik sicher zu den Besten.«

Das allgemeine Lachen rückte alles wieder zurecht.

Das Essen mundete köstlich, der Wein war süffig und zeigte bald seine Wirkung. Mit fortgeschrittenem Abend nahm das Gespräch fast »philosophische« Züge an:

»Mit der Studentenzeit geht in Windeseile unsere Jugendzeit vorbei. Ich will sie genießen und keinen Tag davon missen«, betonte Dominik.

»Das heißt aber nicht, dass du im Studium rumtrödeln solltest«, monierte Thomas. Er konnte nicht aufhören zu lästern.

»Du bist ein knallharter Faktenmensch, Thomas, sieh das doch alles mal etwas lockerer. Du vermiest einem jegliche Sentimentalität. Und die braucht man doch, um glücklich zu sein.«

»Ich denke eher an Heiraten und Kinderkriegen. Die Zeit mit Kindern ist bestimmt genauso schön und geht genauso schnell vorüber wie unsere Jugend.« Thomas guckte bei diesen Worten die beiden Frauen um Zustimmung heischend an.

»Männer können noch mit grauen Schläfen den Verführer spielen. Bei uns Frauen klingelt die biologische Uhr viel früher«, meinte Greta dazu. Ein warmes Lächeln federte den Umstand ab, dass sie Thomas damit indirekt unterstützt hatte.

Thomas reagierte mit einem humorlosen Lachen und hatte trotzdem für Greta noch einen giftigen Seitenhieb: »Dahinter steckt doch nur der Gedanke, sein eigenes Erbgut weiterzugeben und durch den Nachwuchs ewig zu leben.«

Dominik behielt trotzig das letzte Wort: »Meine Oma hat noch daran geglaubt, man könne anhand der Rufe eines Kuckucks die Jahre bis zur Hochzeit erkennen. Wir sehen dafür erst die Möglichkeit, wenn die ›Schulaufgaben‹ gemacht sind. Wir müssen, laut Thomas, sachlichen Gründen folgen und dürfen nicht an romantische Bestimmung glauben.«

Auch wenn Thomas ihnen mit der Wohnung geholfen hatte, konnte Dominik nicht richtig warm mit ihm werden. Thomas war keine charismatische Erscheinung. Er ließ ihn das spüren: »Hör auf, die Welt zu verbessern. Verbessere lieber dich selbst.« …

Am nächsten Morgen fühlte Dominik den vielen Alkohol. »Ich bin heute Morgen mit dem falschen Wein aufgestanden«, sagte er.

Greta quittierte seinen Spruch mit einem erfrischenden Lachen. Das kam bei ihr leicht zustande, denn sie hatte sich beim Trinken sehr zurückgehalten.

»Lach nicht so ordinär!«

»Es gibt nichts Gesünderes, als sich ab und an krankzulachen.«

Nach dieser Party schotteten sich die beiden erst einmal in ihren vier Wänden ab und waren nur für sich da. Sie genossen die neuen Möglichkeiten. Die Vorlesungen kamen dabei nicht zu kurz. Beide schafften das geplante Soll und bekamen Scheine mit guten Noten.

Der Alltag hat sie wieder

Doch irgendwie traten Änderungen ein. Krisen fallen nicht vom Himmel. Sie entwickeln sich. So war es auch bei Greta und Dominik. Am Anfang belächelten sie die kleinen Fehler des anderen, schauten über sie hinweg. Frisch verliebt ließ es sich leicht verzeihen. Dieser Zustand erwies sich auf Dauer als Pseudoharmonie. Je länger sie eng zusammenlebten und den Partner mit seinen Stärken und Schwächen kennenlernten, schlichen sich Reibereien ein, die ihr Zusammenleben begleiteten. Ihre Bereitschaft, wechselseitig Unvollkommenheiten zu akzeptieren, hatte abgenommen.

Worte wie immer, nichts, alles und nie wurden zu oft benutzt. Das war eine Ernüchterung.

– Du bist **immer** so selbstgerecht; **alles** bleibt an mir hängen; **nie** gehst du freiwillig einkaufen.

»Beim Nichtstun entstehen oft die besten Ideen, mein Schatz«, gab ihr Dominik vergrätzt als Antwort. Er ballte seine Hände unter dem Tisch zu Fäusten.

Greta fuhr unbeirrt fort: »**Nichts** liegt am gewohnten Platz, wenn du es wegräumst. Nach dem Benutzen des Badezimmers hinterlässt du eine Wüstenei: Die Zahnpastatube ist **nicht** zugedreht, Haare kleben im Waschbecken, der Kamm ist voll Schuppen.«

»Das soll also heißen: Du bist ein total schlampiger Typ. Das hört sich aus deinem Mund unerwartet aggressiv an. Eine höfliche Anmerkung wäre besser als so ein persönlicher Angriff, fast eine Kriegserklärung.«

Solche Sätze führten zu Frust zwischen dem Bilderbuch-Pärchen. Dominik rutschte mit seinem Stuhl zur Seite und brachte mehr Distanz zwischen Greta und sich. Er hasste diese Vorwürfe und wollte am liebsten, offen sichtbar, seine Ohren zuhalten.

Das Geplänkel fand jedoch kein Ende: »Kannst du bitte im Sitzen pinkeln?«, fügte sie anklagend mit angewidertem Gesicht hinzu, wollte aber in Wirklichkeit moderater sein. Das kam jedoch bei Dominik nicht so an, und er hatte nur ein beleidigtes Kopfschütteln für sie übrig. Das machte Greta erst richtig ärgerlich: »Diese Bitte musst du schon akzeptieren. Ich spiele nicht für dich die Klofrau.«

Sie zeigten wenig Verständnis füreinander, es bewegte sich nichts in die richtige Richtung.

Dominiks Verteidigung: »Der Klügere gibt nach«, fand bei Greta keine Gnade. Gegen ihren Willen errötete sie. Sie atmete tief durch, dann machte sie ihrem Unmut Luft: »Wenn die Klügeren immer nachgeben, geschieht nur das, was die Dummen wollen. Hätte, täte, Henriette! Der Klügere gibt nach? Nein! Wenn es funktionieren soll, muss es heißen: Die Klügeren geben gleichzeitig nach. Wenn beide aufeinander zugehen, löst sich die Spannung zwischen den Polen.«

Ein »Bravo, was für ein Bild!« lag Dominik auf der Zunge, doch dann versuchte er, nochmals eine Versöhnung zu erreichen.

Doch seine weitere Beschwichtigung: »Ich tue doch alles für dich«, wurde ebenfalls abgewehrt: »Männer, die das behaupten, meinen meist Drachen töten und Kugeln abfangen, nicht aber putzen und Müll rausbringen.«

Sein dritter Kommentar war dann nur noch eine frustrierte Feststellung, die auch nicht zu einer Einigung führen konnte: »Du bist wirklich kompliziert!«

»Natürlich bin ich das. Ich bin ja auch der Abenteuerurlaub und nicht die Pauschalreise!«

Nun stellte Dominik auf stur. Er empfand das alles als Aufzählung von Banalitäten. Das brauchen wir nicht. Läuft doch alles leidlich, dachte er uneinsichtig. Das klang zwar erst mal cool. War fürs Zusammenleben aber nicht gedeihlich. Seine wegwerfende Handbewegung, die er zu diesem Gedanken machte, reizte Greta noch mehr. …

Schienen es vorerst nur Kleinigkeiten zu sein, so läpperten die sich bald zusammen. Die Krise nahm zu. Wo war ihre Leidenschaft geblieben? Kaum noch Intimitäten, kein Kuscheln, kein Händchenhalten, keine kleinen Zärtlichkeiten. Dominiks Verlangen nach Sex wurde von Greta öfter mit dem Hinweis auf Müdigkeit abgelehnt. Dann fiel von ihm gerne ein sarkastischer Satz: »Aha, du nimmst wieder deine Migräne. Magst du auf einmal keine Kinder mehr?« Hinter dem Sarkasmus konnte er seine Verzweiflung aber nicht wirklich verstecken.

Greta antwortete bissig: »Doch, Kinder sind toll, aber sie bringen auch jede Menge Stress in eine Partnerschaft. Allein der damit verbundene Schlafmangel lässt mich heute noch nicht an Kinder denken. Kinder wären jetzt nicht das i-Tüpfelchen für unsere Beziehung.«

Es wurde stets ein unversöhnlicher Schlagaustausch.

Der Wunsch, Zeit miteinander zu verbringen, nahm deutlich ab. Gemeinsames TV-Gucken wurde zum Problem. Sie wollten auf einmal unterschiedliche Sendungen sehen.

Wurde früher das Essen zelebriert, so schwärmte Greta nicht mehr von den Gerichten, die Dominik zubereitete. Mit Einladungen an Freunde ging das gar nicht mehr einher. Dominik sperrte sich deswegen, aus frischen Zutaten leckere Dinge auf den Teller zu zaubern. Es wurde lustlos in sich hineingegessen, und das, ohne miteinander zu reden. Dominik nannte das ironisch: »Sei ruhig, wenn du gehört werden willst.« Nette Worte waren blöden Videos auf WhatsApp gewichen. Pauschale Vorwürfe wurden zu Killersätzen.

Die Zeit der Tagundnachtgleiche war längst vorbei. Die Tage waren kürzer geworden. Aber nichtsdestotrotz kam Dominik inzwischen oftmals objektiv später nach Hause als zu Beginn ihres Zusammenzugs. Er begründete das mit Arbeit an der Uni oder Sport, zeigte aber kein Interesse, den gemeinsam zu betreiben.

Ihre Probleme waren zu spüren wie das ferne Rollen des Donners. Der Blitzschlag blieb zum Glück noch aus.

Keiner von beiden machte jedoch ernsthaft Versuche, die Krise weitsichtig zu lösen. Die wunden Stellen an ihren Seelen nahmen zu. Eine faire Aussprache wurde immer wichtiger.

Greta beschäftigte sich als Erste mit den Problemen, leider allein, ohne zu kommunizieren:

Sie fühlte nicht mehr die anfängliche Sicherheit, dass ihre Beziehung etwas Wunderbares war. Sie suchte nach Abhilfe und machte sich in beziehungswissenschaftlichen Veröffentlichungen kundig. Gary W. Lewandowski, ein Beziehungswissenschaftler und Professor für Psychologie an der Monmouth University in den USA, bot ihr einen guten Ansatz, ihr Verhältnis zu Dominik zu überprüfen.

Der Professor hatte eine Frageliste mit fünfzehn Fragen entwickelt, die dafür geeignet sein sollten.

Sie machte sich insgeheim daran, diese durchzugehen. Am Ende hatte sie für sich einen Prüfkatalog gefunden, den sie künftig immer mal wieder hinterfragen wollte:

- Brachte die Partnerschaft für beide von ihnen eine Entwicklung zum Besseren?
- War ihre Gemeinsamkeit auf Dauer ausgerichtet, verlässlich, konnte man sich nah sein und Gefühle teilen?
- Akzeptierten sie sich so, wie sie waren, oder versuchten sie sich gegenseitig zu ändern?
- Konnten sie Meinungsverschiedenheiten respektvoll miteinander besprechen?
- Sahen sie sich bei Entscheidungen, Einflussnahme und Machtverteilung als gleichwertig an?
- Waren sie sich gegenseitig die besten Freunde?
- Dominierte das Wir-Gefühl das Ich und Du?
- Ging das Vertrauen ineinander so weit, dass sie ihre jeweiligen PIN-Nummern kannten und Einsicht in die finanziellen Verhältnisse hatten?

- War ihre Meinung voneinander realistisch und nicht geschönt?
- Hatten ihre Freunde den gleichen positiven Eindruck von ihnen?
- Waren Kontrollverhalten, Eifersucht oder gar Täuschung auszuschließen?
- Teilten sie überwiegend die gleichen Werte und hatten die gleichen Ziele, wie beispielsweise Kinderkriegen?
- Konnten Sie beide, ohne sich selbst aufzugeben, ihre eigenen Bedürfnisse für den anderen hintanstellen?
- Waren sie beide stabile Persönlichkeiten?
- Passten sie in sexueller Hinsicht zusammen?

Viele »Jas« auf diese Fragen waren eine gute Nachricht.

Das schien für Greta immer noch gegeben und beruhigte sie. Ihr wurde aber auch bewusst, dass in manchen Bereichen Luft nach oben war.

Auch Dominik beschäftigte sich mit ihren Problemen, allerdings auf ganz andere Art und Weise. Er stand ziemlich unter Strom. Irgendwie musste er wieder runterkommen. Eine innere Stimme sagte: »Spiel ein wenig«, und er gab ihr recht. Eine Ablenkung war auf jeden Fall gut. Er wollte ein Glücksspiel versuchen, dabei allerdings auf eine eigene Strategie setzen. Das schien ihm bei Black Jack besonders leicht möglich. Dominik wollte gewinnen, denn er war sich sicher, dass er mit mehr Geld Greta so viel Komfort bieten könne, dass sich die Gesamtsituation zwischen ihnen zum Guten wenden würde. Alsbald wollte er die Sache in die Hand nehmen.

Er dachte darüber nach, online zu spielen. Doch irgendwie war ihm das Spielen im Internet suspekt. Er hatte zu viel darüber gelesen, wie infam das WWW die Gewohnheiten, Adressen und gar die Telefonnummern der User speicherte und preisgab. Andererseits war es auch nicht in seinem Sinn, beim Betreten eines Spielcasinos gesehen zu werden. Auch da wurden seine Daten abverlangt und bei Bedarf zwischen den Häusern ausgetauscht. Im Übrigen war erst kürzlich in Elsdorf ein Casino ausgeraubt worden. Ein vermummter Krimineller hatte zunächst versucht, durch einen Nebeneingang einzusteigen. Als er den verschlossen fand, nutzte er frech den Haupteingang. Am Tresen der Spielhalle verlangte er mit einer Pistole in der Rechten von der jungen Casinoangestellten Geld. Das größere Bündel Scheine stopfte er in einen blickdichten Einkaufsbeutel und flüchtete. Trotz einer recht guten Beschreibung seiner Person: etwa ein Meter achtzig groß, sportlich, bekleidet mit einem schwarzen Kapuzenpulli, einer Jogginghose und Turnschuhen, wurde er nicht gefasst. In eine solche Situation wollte Dominik erst recht nicht hineinschlittern.

Er beschloss deshalb, sich doch mit den Gepflogenheiten des Onlinespielens bekannt zu machen. Was er erfuhr, machte ihn mutiger:

In der Regel waren es bekannte Spielcasinos, die nebenher auch das Onlinespiel anboten. Auf ihrer Website war die gesetzlich geforderte Glücksspiellizenz angegeben. Er konnte sich selbst überzeugen, ob die Lizenznummer und die ausgebende Stelle gültig waren.

Wenn man um Echtgeld spielen wollte, musste man sich bei allen Angeboten registrieren. Zu seiner Beruhigung wurden nur einige wenige Daten abgefragt, und die schienen ihm verständlich und akzeptabel. Er führte eine Registrierung durch. Auf der Website fand sich ein Button: »Jetzt registrieren«. Den drückte er. Es öffnete sich ein Menü, das ihn durch sämtliche Schritte der Registrierung leitete. Neben seinen persönlichen Daten, die er eingab, musste er die allgemeinen Geschäftsbedingungen akzeptieren. Er konnte sie sogar vorher lesen, was er allerdings nicht tat. Danach wurde für ihn ein Konto erstellt, auf das er Einzahlungen für seine Einsätze machen konnte. Neue Spieler wurden zur Registrierung mit einem Bonus gelockt, der dem Konto gutgeschrieben wurde, sobald die eigene Einzahlung des Spielers vorlag. Dominik hatte bei der Auswahl darauf geachtet, dass der Bonus sich im üblichen Rahmen hielt. Anbieter, die weit darüber hinausgingen, schienen ihm suspekt. Wer mit zu viel Geld lockte, musste sicher sein, sich das mit Zins und Zinseszins zurückholen zu können.

Er hatte einen Anbieter in die engere Wahl genommen, der seiner Meinung nach mit dem bekannten PayPal-Verfahren für Einzahlungen und Auszahlungen einen besonders sicheren Weg bot. Das Casino warb auch damit, bei aufkommenden Fragen und Problemen jederzeit per Live-Chat erreichbar zu sein. Alles schien Dominik so geregelt, dass er fünfhundert Euro Spielgeld einzahlte. Mit Befriedigung stellte er fest, dass schon kurz darauf die versprochene Bonuszahlung von hundert Euro diesem Konto ebenfalls gutgeschrieben wurde.

Das Spielen wollte er von zu Hause aus erledigen. Greta durfte es allerdings nicht mitbekommen. Er kannte ihre Vorlesungszeiten ziemlich genau und konnte sich die Zeiten aussuchen, an denen er sie mit Sicherheit nicht antraf. Ich habe alles richtig durchdacht, befand er zufrieden. Beim Spielen kannte er sich aus und würde bestimmt auch Glück haben. Dominik holte eine Zigarette aus der Packung, klopfte sie bewusst auf dem Bild mit dem Hinweis auf die tödliche Gefahr zurecht und zündete sie an. Der blaue Qualm wanderte stimulierend durch seine Lungen, und er ließ ihn in einigen Kringeln wieder hinaus. Alle Zweifel waren verflogen. Er fand sich cool und erfolgreich. Er würde es Greta schon zeigen.

Dominiks Spielsucht erwacht,
wenn auch noch unentdeckt

Schon der nächste Tag passte in seine Pläne. Greta hatte nachmittags ein Anwesenheitsseminar, er hatte vorlesungsfrei. Es blieben ihm fast drei Stunden, die er für eine Spielserie nutzen konnte, ohne von Greta überrascht zu werden.

Nach der Vorlesung am Morgen hatte er in der Mensa gegessen. Dort traf er Thomas. Sie hatten nur ein kurzes Gespräch. Dominik wollte sich von ihm nicht aufhalten lassen. Er wollte an den Computer. »Du, Thomas, sieh es mir nach, dass ich mich fortmachen muss. Ich habe dringend etwas zu erledigen«, leitete er seinen Abflug ein. Mit dem Finger deutete er auf einen weiter entfernten Tisch und meinte: »Dahinten sitzen Kommilitonen von dir. Dort findest du bestimmt Gesellschaft.«

Sein schneller Abschied machte Thomas neugierig, aber er ließ es nicht erkennen. »Dann muss ich wohl in die bittere Pille beißen«, erwiderte er.

»Du meinst wohl in den sauren Apfel, oder willst du die bittere Pille schlucken?«

Thomas kicherte und zeigte unauffällig auf eine Studentin, die dort mit am Tisch saß. »Die Lady ist so prickelnd wie Krimsekt ohne Kohlensäure«, flüsterte er Dominik zu.

»Du wirst dir schon zu helfen wissen. Du bist so gefragt, du könntest einen Doppelgänger gebrauchen. Für die Lady wäre das doch prima.«

Dominik machte sich lachend auf den Weg. »Also tschüs, und sag deinen Problemen, ich komme zwar morgen wieder vorbei, aber sie müssen nicht auf mich warten.« In Erwartung des Spielens war er in bester Stimmung.

Vor der Tür der Mensa wurden seine Schritte wieder gemächlich. Seine erschwindelte Eile war vergessen. Bei dem angenehmen Wetter konnte er ruhig trödeln. Das war sogar besser, denn er wollte Greta keinesfalls antreffen. Es kribbelte ihm vor Erregung in den Fingern. Wie lange hatte er nicht mehr gespielt! Er schwor sich, ganz diszipliniert vorzugehen. Er durfte nicht verlieren. Sein Vater hatte immer gesagt: »Wegen eines fehlenden Nagels geht das Hufeisen verloren, geht das Pferd verloren, geht der Reiter verloren, geht die Schlacht verloren.« Er wollte alles Schritt für Schritt bedenken und würde nach einer passgenauen Strategie vorgehen. Ein Verlust war für ihn undenkbar.

In der Wohnung ging er sofort in sein Arbeitszimmer und warf den Laptop an. Er ging auf die Seite des Casinos und loggte sich ein. Auch wenn der Auftritt virtuell war, fühlte Dominik sich wie in einem richtigen Casino. Er verspürte ein angenehmes Kribbeln. Der Spieltisch hatte den gewohnten grünen Überzug. Kartenspiele mit den zweiundfünfzig Karten, jeweils in Herz-, Karo-, Pik- und Kreuz-Karten von Ass, 2, 3, 4, 5, 6, 7, 8, 9, 10 und Bube, Dame, König. Er machte sich mit den Feldern vertraut, die er bedienen musste, atmete einmal tief durch, und dann legte er los. Schon beim ersten Spiel gewann er gegen die Bank. Der Gewinn war etwas höher als sein Einsatz. So konnte es weitergehen! Doch das war nur ein Wunschtraum. Die nächsten zwei Stunden brachten ein Auf und Ab. Seine Stimmung folgte den Ergebnissen. Eine Verluststrähne wurde nie so lang, dass sie sein Guthaben aufzehrte. Doch manchmal war der kritische Punkt sehr nah. Dann gönnte er sich eine Pause und überdachte seine Strategie. Auf jeden Fall musste er einen kühlen Kopf bewahren. Die Zeit verstrich wie im Flug, und auch die musste er im Auge behalten. Das Spielen musste auf jeden Fall vor Gretas Rückkehr enden. Und dann sollten die Karten so gefallen sein, dass der Saldo zu seinen Gunsten ausfiel. Er kämpfte gegen die aufkommende Nervosität an und behielt schließlich ruhiges Blut. Ob es mit dem Glück des Anfängers oder der richtigen Strategie geschah, war nicht festzumachen. Aber am Ende hatte er immerhin sechshundert Euro hinzugewonnen. Dominik war mehr als zufrieden. Er ließ diesen Betrag auf sein Girokonto transferieren und nahm sich vor, Greta mit diesem Geld eine Freude zu bereiten. Er hoffte, damit Boden gutzumachen.

Bis Greta kam, hatte Dominik ein Baguette, Strauchtomaten, einige Käseecken und eine Flasche roten Rioja gekauft und den Tisch für ein gemeinsames Abendbrot eingedeckt. Greta war davon angenehm überrascht. Ihr Lächeln ließ ihn auf bessere Zeiten hoffen. Doch beim Zubettgehen kam die Ernüchterung: Kein Sex! Greta vertröstete ihn auf ein anderes Mal, sie war zu müde. Er fühlte, dass immer noch Sand im Getriebe war, er musste noch weiter um sie kämpfen. Hoffentlich brachte die geplante Überraschung aus dem Spielgewinn zusätzliche Pluspunkte. Er würde sich etwas Schönes überlegen und sich nicht unterkriegen lassen.

Dominik blieb noch im Wohnzimmer zurück. Mit Chopins Ozean-Etüde Opus 25, Nr. 1, brachte er seine aufgewühlten Gefühle zur Ruhe. Er liebte die CD von Murray Perahia. Mit dieser Musik fühlte er sich vom Meer umgeben, wie einst auf Teneriffa, wo er mit seinen Eltern lebte.

Er wollte noch etwas lesen. In der Uni lagen Magazine aus, und er hatte sich eines mitgenommen. Das kam nun zum Einsatz. Wie der Teufel es wollte, stolperte er über eine Beziehungsgeschichte, und er las sie:

Ein Datenanalyst erklärte, er könne voraussagen, wer sich in fünf Jahren scheiden ließe.

Frauen trafen auf den Tag X hin markante Entscheidungen. Sie kauften zum Beispiel viel Schmuck. Nicht etwa, weil der Mann keinen mehr kaufte, sondern weil Schmuck bei der Vermögensaufteilung weniger Ärger machte.

Auch bei Männern gab es deutliche Zeichen: Wenn auf ihren Kreditkarten Windeln und Bier gleichzeitig abgebucht wurden, sprach das Bände. Sie waren in ihrer Beziehung in Oppositionsstellung und belohnten sich mit einem Sixpack für die Strafarbeit des Windelkaufs. Supermärkte hatten das längst erkannt. Sie boten Bier direkt neben Windeln an und hatten damit signifikante Umsatzsteigerungen. Er sinnierte über die Anzeichen, die seine Beziehung zu Greta beschrieben. Aber eine abschließende Diagnose wollte und konnte er nicht stellen. Irgendwie war es jedoch komisch, dass eigene Probleme in Artikeln angesprochen waren, die man plötzlich und zufällig in die Hände genommen hatte.

Als er ins Bett ging, schlief Greta schon. Was für ein Glück, dass sie mir noch nicht das gemeinsame Bett verbietet, dachte er frustriert. Plötzlich kam ihm eine Idee, was er ihr schenken könnte. Ein eigener Fernsehapparat war ihm in den Sinn gekommen, damit sie immer die Programme ihrer Wahl sehen konnte. Zufrieden schlief er ein.

Am nächsten Tag surfte Dominik im Internet und machte sich über die Qualität und den Preis mittelgroßer TV-Geräte kundig. Dabei ging er sehr gründlich vor. Am Schluss fiel seine Entscheidung zugunsten des SHARP 55 Smart LED-TV 4K Ultra HD 60Hz. Er hatte die beste Energieklasse, Energieklasse G. Das Bild wurde für sehr guten Schachbrettkontrast und beste Farbqualität gelobt. Der Preis von sechshundertfünfzig Euro passte in sein Budget. Er konnte das Gerät als Selbstabholer sofort bekommen und erledigte das schon am nächsten Tag.

Als Greta von der Universität zurückkam, hatte er das Gerät bereits in ihrem Arbeitszimmer aufgebaut. Nach der üblichen Begrüßung nahm er sie mit dem Wort »Überraschung« an die Hand und führte sie in das Zimmer. Sie sah den Fernseher nicht sofort, doch direkt danach schaute sie ihn fragend an.

Kein bisschen Freude im Gesicht, dachte Dominik bestürzt und stammelte eine Begründung: »Greta, ich möchte doch alles tun, dass es wieder so harmonisch zwischen uns wird wie in den Anfangswochen. Es hat sich herausgestellt, dass wir oft lieber unterschiedliche Programme sehen wollen. Ich will, dass du keine Kompromisse mehr eingehen musst. Du sollst jederzeit entscheiden, was du sehen willst. Ich hatte noch ein kleines Guthaben zusammengespart. Damit wollte ich dir diese Freude machen.«

In ihrem Gesicht sah er völliges Unverständnis. Dann sagte sie: »Du meinst also, wir sollten unsere Freizeit lieber getrennt verbringen, als uns zusammenzuraufen. Willst du, dass wir uns noch weiter auseinanderleben? Es scheint mir keine Lösung zu sein, Probleme im Übereinstimmen einfach unter den Teppich zu kehren. Die Suche nach einem Kompromiss ist schließlich nichts Schlechtes.«

Nun war Dominik fassungslos. So hatte er das gar nicht gesehen.

»Ich dachte, wenn wir Meinungsverschiedenheiten haben und die nicht durch Kompromisse lösen, bauen sich böse Emotionen auf und nehmen überhand. Das Austragen sachlicher Meinungsverschiedenheiten, ohne Schaden zu nehmen, ist schwer. Das zu vermeiden, erschien mir leichter.«

»Wenn man seinen eigenen Willen oder seine Meinung durchsetzen will, indem man für sich allein bleibt und dafür aneinander vorbeilebt, hat man wohl noch weniger Erfüllung. Unter den Tisch gekehrte Probleme sind wie nimmersatte Bestien: Sie wachsen, wenn man sie füttert.«

Dominik hatte darauf keine Antwort mehr. Er hatte etwas ganz anderes erreichen wollen und konnte schließlich keine Gedanken lesen. Er fühlte sich im Recht. Das Schweigen stand wie eine Mauer zwischen ihnen. Verbittert verzog er sich in sein Zimmer und schlief später auf dem Sofa im Wohnzimmer. Nun hatten sie auch noch getrennte Betten, über die er gerade noch gespottet hatte.

Der nächste Morgen brachte keine Annäherung. Greta musste als Erste aus dem Haus. Sie ging ohne Gruß und hatte schwarze Wolken in der Stimme, als sie von der offenen Tür her sagte: »Ich weiß nicht, wann ich heute Abend komme.« Die Tür fiel zu, bevor Dominik nachfragen konnte.

Wütend blieb er zurück. Er musste etwas Gutes für sich tun. Da gab es nur einen Gedanken: Beim Spielen werden Glückshormone ausgeschüttet, die hat man nicht einmal beim Sex. Heute Nachmittag würde er wieder online gehen. Dieses Mal nicht für Greta, sondern für sich selbst. ...

Greta war noch immer aufgewühlt, als sie in die Uni kam. Veronika sah ihr das an und fragte sofort: »Was ist mit dir?«

Da konnte Greta ihren Frust nicht bei sich behalten. Sie redete wie ein Wasserfall.

Schnell wurde Veronika klar, warum mit den beiden in der letzten Zeit kein Treffen mehr stattgefunden hatte. Das vermeintlich verliebte Pärchen hatte Stress miteinander. Doch was sie zu hören bekam, veranlasste sie, zu versuchen, die Wogen zu glätten. »Greta, mach doch bitte halblang. Dominik wollte dir eine Freude bereiten. Ich versteh dich, aber Männer ticken eben anders als wir. Damit müssen wir leben. Wenn ich dafür nicht längst einen Weg gefunden hätte, wäre ich mit Thomas nicht mehr zusammen. Aber ich glaube, wir brauchen Männer, auch weil sie anders sind. Wir sind zusammen ein Ganzes.«

Greta platzte mit ihrem Lieblingsspruch heraus: »Sagt der Walfisch zum Thunfisch: Was sollen wir tun, Fisch? Sagt der Thunfisch zum Walfisch: Du hast die Wahl, Fisch.«

Veronika lachte gequält. Dann erwiderte sie beschwichtigend: »Ja, du hast wirklich die Wahl. Und ich kann dir auch sagen, was du tun solltest. Arrangiere dich. Der Unterschied der Geschlechter verlangt das immer wieder. Kompromisse sind besser, als allein zu sein.«

Der Beginn der Vorlesung beendete ihr Gespräch. Aber Greta hatte nun so viel zu überdenken, dass sie dem Prof nur mit halbem Ohr zuhörte. Es war vielleicht wirklich nicht das Schlechteste, von der besten Freundin Ratschläge anzunehmen. …

Dominik hatte sich eingeloggt. Er war nicht in der gleichen Stimmung wie das letzte Mal, nicht so diszipliniert wie damals. Sein Spannungsbogen blieb hoch. Unkonzentriertheit und Unruhe belasteten ihn. Mit seinem inneren Auge sah er den schlimmen Satz: Selten gewonnen, meistens verloren. Der machte ihm Angst. Seine Spielweise war heute aggressiv. Er wollte schnell zum Ziel kommen, natürlich wieder Geld gewinnen. Seine Gefühle rasten auf einer Achterbahn. Bald merkte er, dass es nur abwärts ging. Denn er verlor und verlor, aber konnte nicht aufhören. Beim Onlinespielen kann ich die Zeit, die ich spielen will, doch selbst bestimmen, rief er sich in Erinnerung. Aber selbst das stellte sich nun als falsch heraus. Greta würde noch lange ausbleiben, aber auf einmal hatte er kein Geld mehr im Depot. Er konnte es auch nicht mehr auffüllen, denn auf seinem Girokonto war Ebbe.

»Was soll ich nur tun?« Dominik war ratlos. Mit Geld imponieren konnte er Greta jedenfalls nicht. Das erschien ihm gar nicht mal so schlimm, denn es hatte ja auch das erste Mal nicht funktioniert, obwohl es da war. Doch jetzt sah die Welt anders aus. Monatsultimo stand bevor und Greta hatte Anspruch auf seinen Mietanteil. Dann musste der immer auf ihrem Konto sein. Das war nun unmöglich. Aus Gründen, die in der Vergangenheit lagen, hatte er keinen Kreditspielraumund verspürte nicht die Traute, Greta seine Lage einzugestehen. Lieber wollte er den Kopf in den Sand stecken und warten, dass sie nachfragte. Ein wenig Mut machte ihm die Hoffnung, sie würde es hinnehmen. Einmal war schließlich keinmal. Besser noch musste eine plausible Ausrede für seinen finanziellen Engpass her. Aber er machte sich dabei nicht bewusst, dass Lügerei an dem Band zerren würde, da sie eigentlich zusammenhalten sollte.

Es kam, wie es kommen musste. Greta sprach Dominik morgens, als er gerade in seine Schuhe schlüpfte, um das Haus zu verlassen, wegen seinem ausstehenden Mietanteil für den Monat an.

Mittlerweile hatte er sich eine Ausrede zurechtgelegt, und die kam ihm nun flüssig und plausibel von den Lippen: »Ach ja, entschuldige bitte, dass ich vergessen habe, das anzusprechen. Wie du weißt, habe ich mein kleines finanzielles Polster für eine Überraschung benutzt, die bei dir nicht gut angekommen ist. Nun hat mich ein Versehen meiner Eltern etwas in die Bredouille gebracht. Sie sind seit vielen Jahren das erste Mal in Urlaub gefahren und haben anscheinend vergessen, vorher den Monatswechsel an mich anzuweisen. Ich hoffe, du kannst dich noch ein wenig gedulden.«

Greta antwortete ruhig: »Gut, das kann passieren. Hättest du nicht die unglückliche Überraschung getätigt, wäre die Überbrückung für dich selbst möglich gewesen. Ich habe meine Reserven angelegt, also gehe ich nun mit meinem Girokonto ins Minus. Hättest du das nicht auch tun können?« Bei dieser Frage sah sie ihn fest an.

»Wird das ein Kräftemessen mit Blicken?«, fragte Dominik sarkastisch.

»Nein, das war eine einfache Frage.«

»Dann muss ich dir wohl auch eine einfache Antwort geben: Ich habe keinen Dispokredit, ich konnte leider nicht ins Minus gehen.«

Greta erwog nachzufragen, warum das so war, doch sie verkniff sich die Frage. Sie wollte sich nicht zur Chefinquisitorin aufspielen. Trotzdem hatte sie ein ungutes Gefühl.

Dominik bemerkte sehr wohl, dass ihr Schweigen Bände sprach. Ihm steckte eine giftige Antwort wie eine Kröte im Hals. Doch er schluckte sie runter, sollte sie doch in seinen Eingeweiden nagen. Frechheiten konnte er sich nicht erlauben. Stattdessen sagte er: »Komm, beruhig dich, alles wird gut.«

Gretas Antwort verdarb die Hoffnung auf einen friedlichen Tag: »Alles wird gut ist der kleinere Bruder von Finde dich damit ab«, antwortete sie vergrätzt.

Jetzt war es sehr still, selbst die Widerworte hatten den Raum verlassen. Aber in seinen Gedanken drehte er den Disput hin und her. Er wusste: Ich bin mir selbst der größte Feind. Aber ich mag mich nicht entschuldigen, wenn ich einmal nicht im Hamsterrad laufen, sondern etwas wagen will. Ich tat das doch für sie. Sie sollte es besser haben.

Grußlos verließ er die Wohnung.

Entscheidungen mit heißem Kopf

Dominik war viel zu aufgewühlt, um in die Vorlesung zu gehen. Er setzte sich in ein Café bei der Uni. Dort wollte er nachdenken. Er suchte sich dazu einen Ecktisch aus. Hier erwartete er möglichst wenig Störung.

Nervös trommelte er mit den Fingernägeln auf der Tischplatte. Des Ernstes der Lage war er sich bewusst. Es galt jemanden zu finden, der im Geld lieh, viel Geld. Denn er wollte die Schulden bezahlen und mit dem Rest die Tilgung seiner Schuld durch einen Sieg bei Black Jack erreichen.

Nach seinem Horoskop würde er gewinnen, da war er sich sicher: Sollten Sie im Laufe des Tages nicht immer genau wissen, ob Sie Fisch oder Fleisch sind, dann ist das nicht weiter tragisch, denn Unsicherheitszustände haben den Effekt, dass man noch engagierter den Dingen auf den Grund geht. Kräftig analysieren, Dr. Freud!

Ich bin Fisch, es macht keinen Sinn, dass Greta meint, mir auch noch das Schwimmen beibringen zu müssen, dachte er. Er war schließlich nur ein Homo ludens und kein pathologischer Gambler und hatte von ihr bereits genug Vorhaltungen zu hören bekommen.

Dass er sie belogen und ihr Vertrauen missbraucht hatte, ignorierte er, genauso wie den Umstand, dass die Weltgesundheitsorganisation (WHO) Spielsucht als psychologische Störung einordnete. Auf Spielsucht plante er nun seinen finanziellen Befreiungsschlag!

Wer kam als Schuldner für einen Betrag von circa viertausend Euro infrage? Es schien ihm opportun, dafür mehrere Schuldner zu gewinnen. Je kleiner die Beträge waren, umso weniger riskierte er eine schnelle Rückforderung. Allzu viele Freunde und Bekannte, die dafür infrage kamen, hatte er nicht. Nur Josef Strömer war eine Bank. Mit dem war er schon zur Schule gegangen, und nun studierte er in Köln Betriebs-wirtschaftslehre. Als Reiche-Leute-Kind war der schnell zu überzeugen, denn er war gewohnt, sich seine Freunde kaufen zu müssen. Veronika konnte er für einen kleineren Betrag anhauen. Er musste ihr nur über-zeugend verklickern, dass er das Geld für eine Überraschung für Greta brauchte. Dann sah sie sich vielleicht in der Pflicht. Thomas war ihm zu unsympathisch, und er wollte sich nicht in dessen Hände begeben. Der hatte den Charakter dafür, diesen Umstand irgendwann mal für sich auszunutzen. Da blieben noch zwei Kommilitonen aus dem Kochkurs. Mit einer schönen Story könnte er die in einer Größenordnung von tausend Euro für sich gewinnen. Mit Veronika und den beiden wollte er anfangen. Für den großen Rest, oder nötigenfalls auch für alles, sollte dann Josef Strömer herhalten. Er würde versuchen, sie heute noch alle zu treffen.

Auf Veronika traf er in der Mensa. Sie winkte ihm schon von Weitem strahlend zu. Er ging zu ihr hin und fragte sie nach einem kurzen Wort-geplänkel nach Geld. »Du hast ja deine Riesenhandtasche dabei, vielleicht kannst du mir direkt aushelfen«, sagte er kokett.

Greta stutzte für einen Moment, dann war sie wieder voll da und fragte: »Wie viel und wofür?«

»Ich dachte an tausend Euro. Ich brauche sie, weil ich Greta gern über-raschen möchte. Das Geld geht natürlich so schnell wie möglich an dich zurück.«

»Ist das für eine Reise?«

»Nein, aber wofür es ist, möchte ich nicht verraten. Ich habe nur heute die Chance, es zu kaufen. Darum brauche ich jetzt Geld, um eine Ebbe in meiner Kasse zu überbrücken.«

Veronika rang um eine Entscheidung. Ihr war nicht wohl dabei, einen solchen Betrag aus der Hand zu geben. Außerdem erinnerte sie sich an das Gespräch mit Greta, in dem sie hörte, dass die beiden Schwierigkeiten miteinander hatten. Da war es wohl besser, sich nicht einzumischen. Sie kam zu dem Schluss, Dominiks Bitte auszuschlagen.

»Schade, das geht leider nicht. Ich habe zurzeit selbst nur wenig in Reserve, und das möchte ich behalten. Du findest bestimmt jemand anders.«

Dominik nickte. Er war enttäuscht. »Dann lass mich woanders gucken, ich brauch das Geld noch heute. Also tschüss, bis bald.«

Er sah sich im Saal um und entdeckte Detlef Boll, der mit ihm in der Kochgruppe experimentierte. Er ging zu ihm hin. Veronika sah ihm gebannt nach.

Auch da hatte er kein Glück. »Tut mir leid, Dominik, aber Beträge in solcher Höhe verleihe ich grundsätzlich nicht. Wenn ich sie wirklich einmal habe, liegen sie sicher auf der Bank. In meinem Portemonnaie habe ich immer nur den Tagesbedarf.« Detlef holte es aus seiner Hosentasche und zeigte theatralisch, wie leer sein Geldbeutel war. Dann fügte er hinzu: »Es wäre ein Desaster, wenn ich so viel Geld verlieren würde.«

Dominik erkannte sofort, dass es keinen Sinn hatte, weiter zu argumentieren. Um seinen Versuch abzubrechen, heuchelte er Verständnis. Nun blieb nur noch Josef Strömer, doch den traf er an diesem Tag nicht mehr. Er beschloss, heute noch mit ihm zu telefonieren, um sich wenigstens für morgen zu verabreden. Es war ganz schön schwierig, an anderer Leute Geld zu kommen. …

Als Dominik nach Hause kam, saß Greta im Wohnzimmer und hatte den Fernseher an. Sie verweigert noch immer mein Geschenk, dachte Dominik verbittert und wollte wortlos in sein Arbeitszimmer gehen, um Josef Strömer anzurufen. Doch dann verharrte er für einen Moment. Greta sah krank aus. Ihr Teint war milchig durchscheinend wie entrahmte Milch. Sie tat ihm leid, und er fragte besorgt: »Geht es dir nicht gut?«

Sie schaute nur kurz auf und meinte: »Ich befinde mich irgendwie im Tal der Trümmer.«

»Ich kenne nur das Tal der Tränen und sehe keinen von uns weinen«, antwortete Dominik trotzig. Er glaubte sich wehren zu müssen und vergaß sofort wieder sein Mitgefühl für Greta. Sie hatten ihre Gefühle beide nicht im Griff. »Leben heißt rückwärts gelesen Nebel. Kein Wunder, dass ich nicht durchblicke.« Mit diesem Gedanken zog er sich in sein Arbeitszimmer zurück, um mit Josef zu telefonieren.

Josef war so zugänglich wie immer. Er freute sich hörbar über den Anruf.

»Wie geht es dir? Wir haben lange nichts voneinander gehört«, begann Dominik das Gespräch.

»Danke der Nachfrage. Es geht so lala. Fühle mich oft einsam. Dann rede ich mit mir selbst, und wir lachen beide.« Er lachte gequält.

Dominik verspürte, dass er sich Josef etwas länger widmen musste, er konnte nicht mit der Tür ins Haus fallen. Also ließ er sich auf ein längeres Gespräch ein und kam erst viel später auf sein Anliegen zu sprechen. Es gelang ihm, fast zufällig damit herauszurücken.

Josef war nun in der Stimmung, ihm einen Gefallen zu tun. Selbst die Höhe des gewünschten Betrags bereitete ihm keine Probleme. »Ich glaube, ich verfüge über mehr Geld als Freunde. Dominik, du bist einer meiner wenigen, ich helfe dir gern. Das Geld ist morgen auf deinem Konto.«

Dominik war sehr froh über die Zusage, doch er fühlte sich ein wenig beklommen. Josef war in seinen Augen ein ganz armer Kerl, und er kam sich schlecht vor, ihn so schamlos auszunutzen. Überschwänglich bedankte er sich. Josef hatte nicht mal wegen der Laufzeit des Darlehens oder wegen einer Absicherung nachgefragt. Der ist ganz schön weltfremd, dachte Dominik. Aber solche Leute musste es auch geben. Wie wäre er sonst von seinen Problemen heruntergekommen? An die Familie hätte er sich nicht wenden können. Seine näheren Bekannten hatten sich verweigert. Gut, dass er selbst so robust war. Er hatte auch dieses Mal wieder alles ins Lot gebracht.

Doch hierin sollte er sich irren.

Der Geldtransfer am nächsten Vormittag erfolgte verabredungsgemäß. Dominik fühlte sich auf Wolke sieben. Generös lud er Josef auf einen Cappuccino ein. Während sie zusammensaßen und quatschten, braute sich Ungemach zusammen.

Veronika hatte lange darüber nachgedacht, ob sie Greta über ihre Erlebnisse mit Dominik am Tag zuvor informieren sollte. Es war so deutlich geworden, dass dieser Geld brauchte, viel Geld. Und letztlich kam sie zum Schluss, dies ihrer besten Freundin sagen zu müssen. Greta hatte gerade Bedenken geäußert, ob ihre Beziehung zu Dominik noch richtig war. Veronika hatte sie sogar bestärkt, verständnisvoller zu sein und die Beziehung aufrechtzuerhalten. Jetzt schlug ihr Gewissen. Sie konnte nicht zulassen, dass Probleme von Dominik auf ihre Freundin überschwappten. Sie wählte Gretas Mobilnummer und hatte sie sofort am Apparat.

»Hallo Greta, ich möchte mit dir etwas besprechen, möglichst nicht am Telefon. Hast du heute Vormittag Zeit?«

»Ja, das kann ich mir einrichten. Du machst mich neugierig. Ist etwas Schlimmes passiert? Du klingst so tragisch.«

»Mach dir bitte keinen Kopf. Ich bin mir selbst nicht im Klaren, wie ich alles einordnen soll. Aber ich möchte dich auf jeden Fall über etwas informieren. Dann treffen wir uns in einer halben Stunde im Café der Mensa?«

»Okay, ich bin gespannt wie ein Flitzebogen. Bis gleich also.«

Als sie zusammen vor einem Café Latte saßen, wurde nicht lange um den heißen Brei herumgeredet. Veronika wollte Tacheles reden: »Wie sag ich meiner Freundin, entgegen meinen bisherigen Äußerungen, dass sie möglicherweise in den Falschen verliebt ist? Nun ja, ich möchte nicht zu Unrecht Pferde scheu machen.«

Nun war Greta ganz Ohr. »Ich bin zwar kein Pferd, aber scheu gemacht hast du mich schon. Was soll das heißen?«, wollte sie wissen.

»Dominik versuchte gestern Schulden zu machen. Es ging um viel Geld, immerhin viertausend Euro. Er hat auch versucht, mich anzupumpen, angeblich wegen einer Überraschung für dich. Ich habe mich schon aus Prinzip verweigert, musste aber miterleben, dass er es bei anderen weiter versuchte.«

Greta war sprachlos. In ihrem Kopf drehten sich die unterschiedlichsten Gedanken: Hatte Dominik sie angelogen?

War der angeblich verspätete Mietanteil von den Eltern eine Ente? Hatte er sich in Wirklichkeit auch bei ihr mit einem indirekten Darlehen bedient? Dem wollte sie auf jeden Fall nachgehen.

»Veronika, ich bin dir sehr dankbar, dass du mich eingeweiht hast. Deine Schilderung passt möglicherweise zu dem, was ich gerade selbst mit Dominik erlebte, wenngleich ich es nicht glauben möchte.« Sie erzählte ihr alles, was sie bewegte. »Eines wundert mich besonders. Ich kann mir keine Überraschung für mich vorstellen. Er hat mich gerade erst mit einem zweiten Fernsehgerät überrascht. Wir kamen über diese Ausgabe in Streit. Sollte er wirklich so stur sein, etwas Neues in petto zu haben nach dem Motto: Weiter so?«

Sie erklärte Veronika, warum sie den Kauf des Geräts nicht nur unnütz fand, sondern in ihrer jetzigen Beziehungskrise sogar kontraproduktiv. Veronika war sichtlich betroffen.

»Hier bleiben wirklich Fragen offen. Einiges erscheint auch mir merkwürdig. Ich bin so erleichtert, dass ich dich angerufen habe. Man mischt sich ja ungern in einen Beziehungsstreit ein. Aber du bist meine Freundin, und es ist mir wichtig, dass du keinen Schaden nimmst. Ich kann dich nur bestärken, hier eine Aussprache und Klärung zu verlangen. Es ist eine Schande, dass wir nichts Besseres haben, was wir bequatschen können.«

Als sie auseinandergingen, umarmten sie sich, und Veronika meinte: »Viel Glück!«

Greta verspürte Angst. Die versuchte sie mit einem Satz ihrer Mutter zu vertreiben: »Ärgere dich nicht, dass die Rosen Dornen haben, sondern freue dich, dass die Dornen Rosen haben!« Hoffentlich waren die Dornen, die sie aufdecken musste, erträglich.

Der Tag an der Uni war für Greta heute vorbei. Sie musste nachdenken. Sie wollte sich auf die Aussprache mit Dominik vorbereiten. Als Erstes überlegte sie, wie sie sich dazu selbst noch mehr Wissen verschaffen könnte. Bisher hatte sie nur die Informationen von Veronika. Am liebsten wollte sie stichhaltige Beweise vorlegen können. Ob Dominik sie belogen hatte und ob er das Geld von den Eltern in Wirklichkeit zweckentfremdet hatte, konnte sie durch einen Anruf bei den Eltern in Erfahrung bringen. Ihre Telefonnummer war in dem gemeinsamen Telefonbuch eingetragen.

Daneben haderte sie noch mit sich selbst, ob sie in seine Privatsphäre eindringen und die Kontenentwicklung seines Girokontos in Augenschein nehmen sollte. Sie kam zu der Entscheidung, das zu tun. Es ging um ihre gemeinsame Zukunft und sie brauchte jede erdenkliche Klarheit. Wenn sie sofort nach Hause ging, würde Dominik sie nicht stören. Er hatte ein Seminar mit Anwesenheitspflicht. Sie machte sich auf den Weg.

Sie begann mit dem Girokonto. Das Guthaben auf dem letzten Auszug lag leicht über null. Auf jeden Fall hatte er das Geld von den Eltern nicht bei sich gebunkert. Sie blätterte die Auszüge rückwärts durch. Dabei stieß sie auf merkwürdige gebuchte Posten: Eine Überweisung der Eltern war doch eingegangen, aber ihr standen einige Geldbewegungen zur Seite. Zunächst hatte Dominik nach dem Buchungstext an ein Online-Casino fünfhundert Euro eingezahlt. Dann war ihm vom gleichen Casino eine Gewinngutschrift in Höhe von sechshundert Euro überwiesen worden. Als Abgang fand sie eine Zahlung für das Fernsehgerät. Sie erbleichte. Es war glasklar: Dominik hatte um Geld gespielt. Vieles sprach dafür, dass er das eingezahlte Spielgeld verloren hatte und deshalb dringend Geld brauchte, um die Schuld ihr gegenüber zu tilgen. Aber warum versuchte er dann den hohen Betrag von viertausend Euro in die Hände zu bekommen? Wollte er weiterspielen? Fragen über Fragen. Aber nun hatte sie Munition genug, um ihn zu ehrlichen Antworten zu zwingen. Einen Anruf bei seinen Eltern konnte sie zurückstellen. Sie hielt ihn als Drohung an Dominik in der Hinterhand. Ein solcher Anruf würde für ihn höchst unbequem. Nun konnte Dominik kommen.

Greta saß auf dem Sofa und las. Dominik betrat das Wohnzimmer mit einer sauertöpfischen Miene. »Was für ein unnützer, beschissener Tag!« Mit diesem gestöhnten Satz ging er durch den Raum stracks auf sein Arbeitszimmer zu.

Gretas Stimme traf ihn von hinten: »Bleib hier, Dominik, wir müssen reden.«

Dominik drehte sich um und sah sie verwundert an. »Wunder über Wunder, sonst hast du doch immer die Stummtaste gedrückt.«

Gretas Gesicht rötete sich vor Zorn. Sie sprach mit fester Stimme weiter. Ihre Erklärung wurde weitschweifender, als sie vorgehabt hatte: »Wir befanden uns bis vor Kurzem in der Phase, in der man versucht, einander zu gefallen. Nach der schleichend eingetretenen Ernüchterung mussten wir unsere Claims neu abstecken. Dabei gab es aus meiner Sicht rote Linien zu beachten, die nicht überschritten werden durften. Das ist aber nun durch dich erfolgt.«

»Das musst du mir erklären«, antwortete Dominik erkennbar verunsichert.

»Ich muss meine dir zugeschriebene Eigenschaft revidieren. Du bist nicht zuverlässig, du hast mich angelogen.«

»Wie kommst du denn darauf?« Dominik wurde es zusehends mulmig. Was wusste Greta?

Seelenruhig fuhr sie mit ihrer Anklage fort: »Der Mietanteil deiner Familie war sehr wohl auf dein Konto überwiesen worden. Warum hast du ihn mir vorenthalten? Warum hast du mich belogen?«

»Das Geld ist längst auf deinem Konto.« Dominik hoffte mit diesem Satz den Vorwurf zu entkräften.

»Hast du dafür Geld von unseren Freunden und Kommilitonen erbettelt? Wofür brauchtest du den Rest der geborgten viertausend Euro?«

Greta schien mehr zu wissen. Dominik wurde wütend: »Aha, dann hat also die blöde Veronika gepetzt, und das auch noch falsch. Der größte Lump im ganzen Land ist und bleibt der Denunziant. Es ging übrigens bei mir um eine persönliche Angelegenheit, über die ich keine Rechenschaft leisten möchte.«

»Ja, ich weiß, du wolltest mich erneut überraschen, obwohl du gerade erfahren hattest, wie ich darüber denke. Wir surfen nicht auf derselben Welle. Kinder halten sich für den Mittelpunkt der Welt und haben unbegrenztes Zutrauen in ihre Fähigkeiten. Erwachsene werden hingegen durch Schäden klug. Du scheinst mir allerdings ein Kind geblieben zu sein. Du erkennst nicht mal die eingetretenen Schäden oder verbirgst sie hinter Lügen. Ich kenne deine persönlichen Angelegenheiten. Ich weiß, dass du das Geld deiner Eltern verspielt hast. Um mir gegenüber deine Pflicht zu erfüllen, hast du andere Leute angebettelt. Aber wozu brauchtest du einen so hohen Betrag? Wolltest du auch noch weiterspielen? Ich erwarte nun eine ehrliche Antwort. Du willst bestimmt nicht, dass ich mit deinen Eltern spreche.«

Dominik litt unter der Breitseite, schwieg und dachte fieberhaft nach, was er antworten könnte. Auf jeden Fall musste er versöhnlichere Töne anschlagen. Er entschied sich schweren Herzens für ein Eingeständnis. »Lass meine Eltern bitte aus dem Spiel. Ja, ich habe gespielt und verloren. Ihnen ist im Übrigen meine Spielleidenschaft bekannt, genauso wie ihre früheren fatalen Folgen. Deshalb bekomme ich bei der Bank auch keinen Dispositionskredit mehr. Wegen unserer Krise bin ich wieder ins Glücksspiel hineingeschlittert. Ich tat es in der Hoffnung, dass etwas Gutes dabei herauskäme, besonders auch für dich.«

Greta fuhr erbost dazwischen: »Schalte endlich dein Gehirn ein und hör auf mit dem Selbstmitleid. Versuche nicht, dich immer herauszureden.«

»Ich sage doch die Wahrheit. Ich versprach mir für uns beide mit einem Gewinn im Casino einen größeren finanziellen Spielraum und dachte, damit unsere Probleme mildern zu können. Nimm mir das bitte ab.«

»Wach auf, Dominik, du hast noch nicht mal eine Exitstrategie. Du wolltest trotz Verlust weiterspielen. Es reicht. In jeder belasteten Bindung verwandelt sich der Bindestrich immer leichter in einen Trennungsstrich. Ich will ein Leben ohne Sorgen. Glücksmomente nur ab und zu machen mir inzwischen Angst. Sie sind keine Ruhepolster. Wir kriegen das nicht mehr gewuppt. Loslassen scheint mir der einzige Schlüssel zum Glück. Du solltest dir eine Frau suchen, die Therapeutin oder besser noch Spielkamerad sein kann. Du führst für mich ein Leben mit zu viel würde und wäre und hätte.«

»Du bist ungerecht, Schatz. Ich kämpfe sehr wohl dagegen an. So viel zur Therapeutin: Ich bemühe mich um einen vernünftigen Therapieplatz. Die Umstände in Köln sind dafür nicht gut. Neun Monate dauert es im Durchschnitt, bis man einen findet. Selbst wenn man hartnäckig danach sucht, so wie ich, braucht man Glück, um ihn zu bekommen. Ich will davon weg, du musst das glauben.«

»Dafür ist es zu spät, Dominik. Wir müssen unsere Bindung beenden. Wir können auch nicht zusammen wohnen bleiben. So fänden wir keine Ruhe. Ich schneide mich mit diesem Postulat ins eigene Fleisch. Denn allein kann ich diese schöne Wohnung nicht halten. Ich muss mir wieder etwas Kleineres suchen.«

»Das kannst du mir nicht antun. Bitte gib mir Zeit, dir zu beweisen, dass ich mich wirklich ändern kann. Ich liebe dich und brauche dich sogar dazu.«

»Dominik, mein Herz ist wegen Renovierung geschlossen. Du hast es zu sehr verletzt. Zeit räume ich dir aus Fairnessgründen ein, aber nur Zeit, um eine andere Wohnung zu finden. Dafür müssten zwei Monate ausreichen. In denen müssen wir notgedrungen unter einem Dach leben, das aber mit möglichst wenig Berührungspunkten. Dazu sehe ich keine Alternative. Mir ist es ernst, Dominik. Dein Kredit ist verspielt.«

Dominik erkannte, dass momentan keine Meinungsänderung zu erreichen war. Für Greta standen die Zeichen auf Alarmstufe Rot. Er senkte den Kopf und ging wie ein begossener Pudel in sein Arbeitszimmer. Aber er wollte nicht aufgeben, um Greta zu kämpfen.

Er ließ sich viele freundliche Gesten einfallen. Das gekaufte Fernsehgerät nahm er in sein Arbeitszimmer und überließ Greta das Wohnzimmer ganz. Für ihn hatte das den Vorteil, sie wenigstens ab und zu beim Durchgehen zu sehen. Greta machte sich nämlich fast unsichtbar. Er übernahm auch alle niederen Arbeiten, ohne von ihr darauf gestoßen zu werden. Er brachte den Müll weg, spülte, hielt Bad und Küche sauber. Mit seiner Wäsche ging er in den Waschsalon. Das alles brachte ihm kein lobendes Wort. Greta schwieg ihn nur an.

Langsam, aber sicher wuchs in ihm die Erkenntnis, dass sein Werben vergeblich sein könnte. Er begann wieder nur an sich selbst zu denken. Er hatte viel Geld in den Händen, und das wollte er vermehren. Wenn er erst wieder allein war, brauchte er mehr, viele Einsparungen aus der

Gemeinsamkeit fielen dann fort. Trotz kam in ihm auf, und der war bald nicht zu beherrschen. Er wollte noch einmal spielen. Die Allerklügsten und die Allerdümmsten änderten sich nie!

Er glaubte fest an die sichere Geldvermehrung. Dieses Mal sollte Strategie keine Rolle spielen. Dominik setzte aufs Glück. Nach so viel Unglück hatte er das verdient. Er wollte nicht Black Jack spielen. Er würde den Erfolg mit einem Schlag suchen. Ich spiele Roulette, beschloss er, ich setze alles auf Rot.

Dominik gewann wirklich. Nun war er fürs Erste saniert. Am liebsten hätte er es vor Greta hinausgeschrien, aber er behielt es für sich. Ein wenig Optimismus kam zurück. Vielleicht würde zwischen Greta und ihm auch wieder Glück eintreten. Er betete dafür. Die Suche nach einem neuen Studentenzimmer betrieb er nur halbherzig. Die Hoffnung starb eben zuletzt.

Nach dem stattlichen Gewinn hielt er seine Spiellust wirklich im Zaum. Das galt jedoch nicht für unschuldige Spiele. Er machte bei jedem Gewinnspiel in den Zeitschriften mit. Seine Beharrlichkeit zeitigte Früchte. Er gewann eine Reise einschließlich Flug, Kost und Logis. Sie galt für zwei Personen und ging nach Adeje auf Teneriffa. Der Termin lag günstig. Er fiel in die Semesterferien. Vielleicht konnte er damit Greta ködern. Ohne Unterlass überlegte er, wie er das am besten anstellen sollte. ...

Bemühungen um eine Versöhnung mit Greta

Dominik überlegte fortwährend, wie er Greta am erfolgreichsten zu einer Fortsetzung ihrer Beziehung bewegen könnte. Die Nächte um ihn herum gähnten ihn an, und er konnte nicht einschlafen. Was sollte er ihr sagen und wie? Gab es einen besonders günstigen Zeitpunkt, den er nutzen musste? Der Satz: Ich habe nichts zu verlieren, galt für ihn jedenfalls nicht. Es ging schließlich um Greta. Er konnte ihr sagen, dass er seine finanzielle Lage wieder in den Griff bekommen hatte. Er scheute sich vor dem Umstand, dass er dies mit einer neuen Lüge erklären musste: Er hatte nochmals gespielt und gewonnen. Deshalb waren die Schulden weg. Mit dieser Wahrheit würde er Greta eher darin bestärken, endgültig auseinanderzugehen. Wie sollte eine glaubhafte Lösung aussehen? Nach langem Grübeln fand er die richtige Erklärung: Ich habe das geliehene Geld an meine Schuldner zurückgegeben. Ich bin vom Spielen abgekommen und brauche diese Reserven nicht mehr. Das Geld würde dann auch von seinem Konto verschwinden, und er hätte notfalls sogar einen Beleg, um ihn vorzuweisen. Dann wollte er ihre Reaktion abwarten. Wenn sie nur ein wenig positiv ausfiel, würde er nachhaken und ihr von dem Reisegewinn erzählen. Sie eindringlich darum bitten, die Reise mit ihm gemeinsam zu unternehmen und ihm nochmals eine Chance zu geben. Er suchte jetzt schon Worte, um sie zu überzeugen: Greta, wir können heraus aus unserer Krise. Teneriffa könnte das Ende von ihr sein. Ich bitte dich um diese letzte Nagelprobe. Überdenke deine Entscheidung und fliege mit mir dorthin.

So richtig überzeugt war er von diesen Worten noch nicht. Sie kamen ihm zu schwülstig daher. Aber es war wohl auch verrückt, so weit im

Voraus zu planen. Er musste jeweils spontan auf ihr Verhalten eingehen. Richtiger Optimismus wollte in ihm nicht aufkommen. Um ihn herum befand sich zu wenig im Einklang. Die Sorgen blieben.

Am nächsten Tag musste Greta während einer Vorlesung eine Theorie mit ihren Worten erklären. Das war unerwartet auf sie zugekommen und sie war ziemlich aufgeregt, als sie ans Pult trat. Doch nachdem ihre ersten Sätze gepasst hatten, wurde sie ruhig und erklärte das Theorem sehr ansprechend und klar. Als sie zum Ende gekommen war, lobte sie der Professor. Ihre Kommilitonen klopften mit ihren Händen Beifall auf ihre Pulte. Sie gierte nicht nach Lob, eigentlich tat sie alles nur für ihr eigenes Fortkommen. Aber manchmal tat Lob doch gut. Heute freute sie sich darüber und fühlte sich motiviert, mit gründlichem Lernen nicht nachzulassen. Sie hatte sowieso das Bedürfnis nach Sicherheit. Gut vorbereitet und in der Lage zu sein, kompetent mitzureden, gab ihr Sicherheit.

Nach der Vorlesung ging sie in bester Stimmung nach Hause.

Als sie Dominik im Wohnzimmer sitzen sah, grüßte sie ihn sogar freundlich. Dominik war überrascht. Meistens war sie ohne Worte an ihm vorbeigegangen. Er spürte sofort, heute war sein Tag.

»Du siehst so froh und zufrieden aus. Darf ich wissen, warum?«

Greta gab im strahlend eine Antwort, und das war für Dominik bereits die zweite Überraschung. Er sah sie aufmerksam an, und sie berichtete ihm tiefenentspannt und glücklich im Detail von ihrem Erfolg.

Dominik gratulierte ihr überschwänglich. »Ich bin mit meiner Vergangenheitsbewältigung heute auch einen guten Schritt vorangekommen. Ich fühle mich ebenfalls gut.«

»Dann lass mich an deiner Freude teilhaben.«

»Du weißt ja, dass ich das Spielen aufhören will. Ich habe heute deswegen einige Dinge geregelt. Zunächst habe ich das geliehene Geld zurückgegeben. Meine Kriegskasse ist also leer. Sodann habe ich mein Login bei der Spielbank sperren lassen und mich bei einer Therapiegruppe angemeldet. Sie hat den passenden Namen: Game Over. Du siehst, ich mache mit meinen Versprechungen ernst.« Dominik sah sie mit seinen großen dunkelbraunen Augen an. Es war deutlich zu sehen, dass er eine positive Antwort von ihr erhoffte.

Sie schwankte nur einen kleinen Moment, dann erfüllte sie seine Hoffnung.

»Dominik, ich freue mich sehr für dich. Für mich ist sicher, dass du nur auf diese Weise deinen Weg so gehen kannst, wie wir uns den am Anfang versprochen hatten: schnelles Studium, ein Abschluss mit guten Noten und Zeitgewinn für ein Auslandspraktikum. Ich freue mich nicht nur für dich, sondern ich freue mich mit dir. Du hast mir sehr viel bedeutet, und das kann man nicht einfach wegwischen. Mach weiter so.«

Was waren das für wunderbare Worte gewesen. Dominik brachte nur ein leises »Danke, das habe ich vor« heraus und ließ das Thema ruhen. Er wollte die Zeichen ihres Interesses für ihn nicht totreden. Er sah nun ein Fundament, auf dem er nächstes Mal seine Überlegungen zu der gemeinsamen Reise aufbauen konnte. Hoffentlich kam bald wieder ein so günstiger Zeitpunkt. Ein Aufbruch zu einer zweiten Chance war sein größtes Verlangen.

Gretas Stimmungshoch hielt länger an. Dominik profitierte davon. Sie begrüßte ihn immer freundlich und ließ sich auch auf kurze Gespräche ein. Die Zeit schien Dominik reif, von seinem Rätselgewinn zu erzählen. Bei einer ihrer nächsten Plaudereien begann er vorsichtig damit: »Du weißt doch, dass ich mit meiner Familie einige Jahre auf Teneriffa gelebt habe. Diese Zeit habe ich nie vergessen. Das Klima war mild, ich habe die imposanten Sonnenaufgänge und -untergänge immer noch vor Augen. Es war, als würden die Engel im Himmel Brot backen.«

Greta sah ihn interessiert an, sie wusste nicht, was er vorhatte. Aber irgendwie hatte er ihr Interesse geweckt.

Dominik fuhr fort: »Greta, ich habe bei einem Reiselotto im Kölner Stadtanzeiger mitgemacht und wirklich gewonnen. Und zwar eine zweieinhalbwöchige Reise für zwei Personen nach Teneriffa einschließlich Logis und Halbpension. Der Aufenthalt wird in einem Fünfsternehotel geboten, in dem schönen Ort Adeje, im Süden der Insel. Der Termin liegt sogar in den Semesterferien, alles ist also perfekt. Ich wünsche mir nichts mehr, als dass du mit mir dorthin fährst. Ich könnte dir so viel Schönes zeigen, aber auch, dass ich mich wirklich geändert habe. Greta, bitte.«

Auf einmal lag eine ungewöhnliche Stimmung in der Luft. Greta war sehr ernst geworden. Ihr Atem ging schneller. Sie blieb jedoch, wenn auch freundlich, auf ihrer bisherigen Linie: »Dominik, ich bin im Zweifel, ob deine Wünsche und Bitten wirklich eine Herzensangelegenheit sind oder nicht einfach subtile Manipulation. Weil du, wie bisher beim Spiel, wieder gewinnen willst. Ich möchte kein Kartenspiel sein, das nach deinem Belieben fällt.«

Er dachte resigniert: Also nein, weil nicht sein kann, was nicht sein darf. Aber er gab sich noch nicht geschlagen.

»Du darfst nicht immer vom Schlimmsten ausgehen.«

»Das Schlimmste trifft aber oft zu.«

»Greta, glaube mir. Du würdest unvergessliche Erlebnisse versäumen. Du hast doch so lange keinen Urlaub mehr genommen. Lass uns die Chance nutzen. Die wunderschönen Naturspiele musst du unbedingt sehen. Mich haben sie damals so beeindruckt, dass ich darüber sogar Gedichte geschrieben habe. Ich möchte dir eins davon geben. Ich habe es nur für dich abgeschrieben, bitte sehr. Mich hat das damals alles so beeindruckt, dass ich meinen kleinen Gedichtband sogar mit nach Köln genommen habe. Manchmal guck ich aus Sehnsucht da rein.« Er reichte ihr ein einzelnes Blatt, und sie nahm es an, ohne nachzudenken. Sie sagte nicht Nein, wie er befürchtet hatte, sondern: »Die kürzesten Worte erfordern das längste Nachdenken: ja und nein« (Pythagoras).

Dominik wagte an diesem Tag nicht, das Thema weiterzuspinnen. Ich muss mich gedulden, spürte er.

Greta verließ das Zimmer Richtung ihres Arbeitszimmers. Sie war neugierig und wollte das Gedicht lesen:

Und es will Morgen werden,
wieder als Himmel auf Erden.
Hier ist der Himmel still,

kein Motorlärm, kein Gebrüll.
Die kleinen Kanaris jubilieren
in der Morgensonne, ohne zu frieren.
Das Meer übernimmt des Himmels Blau
und stiehlt ihm dabei leicht wogend die Schau.
Aus der Kiefer eine Taube lacht,
unten Adeje erwacht!

Das Gedicht hatte Greta angesprochen. Eine ganz unbekannte Ader von Dominik hatte sie kennengelernt. Die Leere in ihrem Inneren, die Dominik durch seine Taten hinterlassen hatte, füllte sich wieder ein wenig mit Interesse und Sympathie. Doch noch war das ein äußerst zartes Pflänzchen. Es musste noch viel Wasser den Rhein runterfließen, bevor Greta ihm wirklich eine neue Chance böte. Aber immerhin hatte er einen erfolgversprechenden Weg eingeschlagen.

Greta machte es sich nicht leicht, über das Angebot zu befinden. Sie beschäftigte sich intensiv mit seiner Spielsucht. Sie hatte von den Eltern noch einige Klassiker im Bücherregal stehen, die sie nach und nach lesen wollte. Zu ihnen gehörte der Roman »Der Spieler« von Fjodor Dostojewski. In diesen Roman hatte sie sich in den letzten Tagen vertieft. Sie tauchte in ein vielschichtiges Leben ein, das überwiegend in dem fiktiven Ort mit dem passenden Namen Roulettenburg spielte. An vielen Personen erlebte sie deren Spielsucht mit, unter der sie litten und zugrunde gingen. Da gab es einen durchs Glücksspiel hochverschuldeten russischen General, der nur noch einen Ausweg sah aus dem Schuldendesaster durch den Tod einer steinreichen Erbtante. Doch die Erbtante starb nicht, sie reiste vielmehr an und verfiel ebenfalls der Spielsucht. In kürzester Zeit verspielte sie ihr riesiges Vermögen. Wie die Ratten ein sinkendes Schiff verließen, verließen die Freunde und Freundinnen den General, der nun nicht mehr mit einer großen Erbschaft rechnen konnte. Der Hauslehrer des Generals, Herr Aleksej Iwanowitsch, nahm trotz des Unglücks, das seinen Herrn ereilte, den gleichen Weg. Er wollte seine Schulden im Casino verlieren und das Herz seiner heiß geliebten Polonia gewinnen. Durch einen Gewinn konnte er wirklich die Schulden begleichen, aber seine Liebe zu Polonia wandelte sich dabei in Spielsucht um. Sie wandte sich von ihm ab. Mit einer neuen Flamme, Madame Blanche, reiste er nach Paris, wo die schlechte Frau mit Luxus und Prunk seinen Gewinn verprasste und ihn Richtung General verließ, mit dem sie des Titels wegen eine Heirat einging. Aleksej fristete nun, völlig verarmt, sein Leben als Lakai. Den kleinsten Verdienst, den er erzielte, trug er in die Spielbank. Selbst als er erfuhr, dass Polonia ihn wahrhaftig liebte, kehrte er nicht zu ihr zurück, sondern verfiel gänzlich der Spielsucht.

Greta verinnerlichte die Warnzeichen und hatte große Zweifel, ob sie Dominik wirklich glauben sollte, dass er die Spielsucht überwunden hatte. Sie traf allerdings noch keine abschlägige Entscheidung, sondern grübelte weiter vor sich hin. Denn die Ernsthaftigkeit seines Bemühens nahm sie ihm ab. Er hatte sich scheint's geändert, aber Greta blieb skeptisch: Menschen änderten sich, aber nicht immer zum Besseren. Ich bin keine Utopistin. Ich sehe nicht nur das Paradies, sondern sehr wohl das Paradies mit Schlange. In einer Ecke ihrer Psyche verspürte sie eine schlimme Angst. Sie brauchte eine Balancierstange für den schwierigen Seiltanz einer endgültigen Entscheidung.

Dominik fühlte instinktiv, dass er weiter um sie bemüht sein musste. Ohne Mühe würde er seinen Kampf auf jeden Fall verlieren. Nach dem Pfadfindermotto: Jeden Tag eine gute Tat, wollte er daran arbeiten.

Alea iacta est – Die Würfel sind gefallen

Das Schicksal spielte für Dominik Glücksfee. Greta hatte am Morgen die Wohnung Richtung Uni verlassen. Dominik war noch da und sah im Flur ihren Leinensack mit dem Tablet stehen. Offensichtlich hatte sie ihn vergessen. Dominik wusste genau, dass sie das Gerät während der Vorlesung immer brauchte. Sie konnten Dokumente des Professors für kurze Zeit über WLAN empfangen und bei sich speichern. Die Dokumente wurden nur während der Vorlesung ins Netz gestellt. Er musste ihr das Tablet in die Uni nachtragen. Eigentlich hatte er erst nachmittags Vorlesung. Es regnete Bindfäden, und ein solcher Liebesdienst würde wahrlich kein Vergnügen. Aber er musste ihn erbringen.

Dominik schaute auf die Uhr. Noch blieb ihm genügend Zeit, seine Regenkleidung überzuziehen und Greta trotzdem vor Vorlesungsbeginn zu erreichen.

Greta sah ihn überrascht an, als er plötzlich vor ihr stand. Sie hatte das Fehlen des Tablets noch gar nicht bemerkt. Dominik hielt es ihr vor die Augen und lächelte nur. Sie verstand seine Geste sofort. »Sch..., bald vergesse ich noch meinen Kopf. Dominik, du bist ein Engel, gerade heute brauche ich das Ding besonders dringend. Tausend Dank für deine Hilfe. Ich schäme mich, dass du meinetwegen nass geworden bist.«

»Ich bin glücklich, dass ich dir helfen konnte. Das weißt du doch.«

Er war auf die letzte Minute in den Hörsaal gekommen, und nun war keine Zeit für einen längeren Plausch. Der Professor kam schon in den Saal gerauscht. Dominik winkte Greta zu und eilte Richtung Eingangstür.

»Bis heute Abend!«, rief Greta hinter ihm her. »Dann haben wir mehr Zeit, um zu quatschen. Nochmals tausend Dank!« Der zweifache Dank machte Dominik froh. Ohne Zweifel hatte er Pluspunkte gesammelt. Seinen Vorsatz, sich um sie zu bemühen, hatte er stante pede umgesetzt. Er fiel in eine Zufriedenheit ohne laute Worte.

Als Greta am Abend nach Hause kam, war sie zu Dominik besonders nett. Sie begann direkt mit einem großen Lob.

»Dominik, du weißt, in der letzten Zeit hat mich vieles an dir enttäuscht. Aber heute konnte ich erkennen, dass eine Einschätzung, die ich zu deiner Person für meine Hausarbeit machte, immer noch Bestand hat. Du bist zuverlässig. Das ist ein großes Gut.«

Dominik wurde verlegen. »Mach mal halblang. Dass ich dir das Tablet gebracht habe, war doch eine Selbstverständlichkeit. Du hättest das sicher für mich auch getan. Du hast dich doch in der Hausarbeit ebenfalls als verlässlich bezeichnet.« Greta lachte. »Meine Hochachtung, das hast du dir gut gemerkt. Und ich glaube wirklich, ich hätte dich, wenn es andersrum gekommen wäre, auch nicht versetzt.«

Den Abend verbrachten sie seit Langem mal wieder gemeinsam im Wohnzimmer. Sie redeten viel, und es blieb nicht aus, dass auch die Teneriffareise zur Sprache kam. Dominik schwärmte erneut von der Insel und gab ein weiteres seiner Gedichte zum Besten, in dem er romantische Momente beschwor:

»*Wo der Esperanza-Wald*
sich in die Bergspitzen krallt,
liegen Nebelschwaden über den Wipfeln,
bietet sich aber auch Weitblick über den Gipfeln.
Aus dem Wald, in dem Elfen und Kobolde hausen,
tritt der Wanderer plötzlich nach draußen
und genießt den Blick bis zum Horizont.
Der lange Aufstieg hat sich gelohnt.«

»Das Gedicht ist sehr schön. Bitte lass mich dein Büchlein einmal vollständig lesen.« Dominik nickte.

Im Rausch ihrer romantischen Stimmung fasste sie einen Entschluss und entschied gegen ihr Bauchgefühl. Sie lächelte und zeigte dabei ihr keckes Grübchen am Kinn.

»Dominik, ich sage zu dieser gemeinsamen Reise Ja. Glaub aber nicht, dass mit meinem Ja mein Biss verloren geht. Das Ja ist für mich ein Wagnis und für dich die Nagelprobe hinsichtlich deiner Verlässlichkeit. Zuneigung ist teuer, und wer glaubt, er kann sie umsonst haben, hat sich geschnitten. Sollte es nochmals schiefgehen, dann hast du in meinem Adressbuch nichts mehr verloren. Bleib immer bei der Wahrheit und deinen Versprechungen, dann musst du auch dein Gedächtnis nicht für Lügen strapazieren.«

Dominik war fassungslos. Er strahlte sie einfach nur an, und seine Gedanken überschlugen sich. Seine Liebe hatte gewonnen. Nach Regen kommt immer wieder Sonne, sagte ihm sein unverbesserlicher Optimismus. Eine solche Durststrecke muss man einfach durchstehen. Für den Optimisten war das Leben eben kein Problem, sondern die Lösung. Er durfte nochmals bei null beginnen. Die Karten waren neu gemischt. Er fühlte ein unangenehmes Kribbeln auf seinem Rücken, als er registrierte, dass er ungewollt in die Spielersprache verfallen war. Zu Greta sagte er nur: »Danke. Ich liebe dich nicht nur dafür. Ich werde dich nicht enttäuschen, und du wirst deine Entscheidung nicht bereuen.« Nach der längeren Phase einer Kontaktarmut nahm er sie wieder einmal in den Arm und sie ließ ihn ohne Widerstand gewähren. »Ich mache mich sogleich daran, unsere Tage zu planen. Du sollst alles kennenlernen, was dort schön ist. Die Insel ist ein Wunder.«

Dieser Abend klang in voller Harmonie aus. Greta fühlte sogar Vorfreude. Ihre Bedenken hatten sich weit nach hinten verzogen.

Die Reise nach Teneriffa wird geplant

Von nun an änderte sich auch ihr Zusammenleben wieder. Sie saßen gemeinsam im Wohnzimmer, schauten viel Fernsehen und redeten miteinander. Der zweite Fernsehapparat erwies sich als so unnötig wie ein Kropf. Dominik stellte Fragen über Fragen, wie Greta sich ihren Urlaub auf Teneriffa vorstelle. »Du willst doch was erleben und nicht nur faul am Strand herumliegen?«

»Du hast doch immer wieder versprochen, mir die ganze Insel zu zeigen. Wenn ich das nicht wollte, hätte ich längst abgewunken.«

»Was magst du am liebsten sehen? Naturschauspiele, Kunst, auf der Insel insbesondere Sakralkunst, die Architektur der Städte oder das Idyll der kleinen Dörfer, typische Menschen oder auch Tiere?«

Greta lachte. »Das ist ein ganzer Sack voll Möglichkeiten. Ich interessiere mich für alles, alles, was schön ist, einzigartig oder besonders eindrucksvoll. Du hast die freie Auswahl. Wenn du jetzt schon planen willst, wird bestimmt eine gute Mischung herauskommen. Ich traue dir das ohne Weiteres zu. Im Übrigen sind unsere Geschmäcker nicht allzu verschieden.«

Dominik hatte also alle Möglichkeiten, die Tage auf der Insel zu gestalten. Er begann damit, Unterlagen zusammenzutragen, holte sich in einem Reisebüro Prospekte über Teneriffa und auch eine Landkarte. Das, was ihm nicht mehr im Gedächtnis war, wollte er mit Informationen aus dem World Wide Web füllen. Dabei war er jedes Mal beruhigt, dass neben dem Ozean von Müll, der dort täglich eingestellt wurde, auch vieles Hilfreiche und Interessante zu finden war.

Schon der Gedanke an diese Arbeit machte ihn froh. Schließlich kramte er in Erinnerungen, die ihm immer wertvoll geblieben waren. Wenn alles für Greta auch nur im Zeitraffer geboten werden konnte, wollte er sie trotzdem zu einem bekennenden Fan der Insel machen.

Dominik nutzte den Großteil seiner Freizeit, um die Planung ihrer Reise voranzubringen. Das band alle seine Energien und hielt ihn ab, überhaupt an seine unguten Vorlieben zu denken. Seine Spielsucht war kein Thema für ihn.

Bald hatte er das Grundkonzept seiner Planung fertig: Er wollte in vier Tagen mit vier großen Touren die Insel befahren, um Greta wichtige Sehenswürdigkeiten zu zeigen. Diese Fahrten verlangten ihnen einiges ab. Sie würden täglich bis zu zehn Stunden unterwegs sein. Er plante jeweils gegen 10 Uhr nach dem Frühstück loszufahren und um 20 Uhr zurück zu sein. Dann konnten sie zum späteren Abendessenstermin den Tag abschließen. Die vier Routen hatte er schon roh zusammengestellt und wollte sie nun im Detail erarbeiten. Die Reihenfolge der Touren konnte er vor Ort bestimmen. Er wollte sich nach den Wetterprognosen richten, die in allen Gegenden einem Kleinklima folgten. Während der restlichen Ferientage konnten sie dann die Sehenswürdigkeiten genauer erkunden, die Greta am meisten beeindruckt hatten. Auch zwei Erholungstage am Schluss sah er vor.

Wenn sie beide abends zusammensaßen, band er Greta in seine Überlegungen ein. Seine Schilderungen waren so enthusiastisch und ausdrucksstark, dass Greta sich schon tagsüber auf die Abende freute. Sie wurde zunehmend sicher, dass sie vor einem unvergesslichen Urlaub standen. Je mehr Dominik sein großes Engagement offenbarte, je mehr fühlte sie ihre alte Vertrautheit zurückkehren.

Er hatte für diese Abende noch eine besondere Überraschung gefunden, nach der er lange gesucht hatte. In einem auf spanische Weine spezialisierten Geschäft fand er passenden Wein aus Teneriffa und den auch noch mit Bezug zu seiner Zeit auf der Insel: Seine Eltern hatten aus der Bodega Monje oftmals einen samtenen Rotwein, dort Tinto genannt, aus der Lage Tacoronte-Acentejo sowie einen weißen und roten Tajinaste aus dem Orotava-Tal im Haus und hatten von diesen Weinen geschwärmt.

Diese Weine waren nicht preiswert, aber Dominik hatte frohen Herzens einen Vorrat davon erstanden.

Am dritten Tag sagte Greta zu ihm: »Du solltest ruhig wieder mit im Schlafzimmer schlafen. Irgendwann müssen wir uns daran wieder gewöhnen. Die gewonnene Reise beinhaltet kaum zwei Einzelzimmer.« Ein verschmitztes Lächeln begleitete ihr Angebot. Dominik sah sie mit großen Augen an und drückte sie fest an sich.

Gemeinsam gingen sie zu Bett. Es war ein schönes Gefühl, Greta nach dem Gutenachtkuss noch einmal zärtlich zu berühren. Dominik wagte sich nicht, mehr zu verlangen, und Greta gab keinen Anstoß dazu. Es muss auch noch irgendetwas bleiben, von dem man nur träumen darf, dachte Dominik. Er hatte ja schon so viel zurückerobert und gab sich damit vorerst zufrieden. Es bescherte ihm ein Glücksgefühl, ihren warmen, ihm zugewandten Körper neben sich im Bett zu spüren. Sein Herz zog sich zusammen.

Von den Tagestouren stellte er Greta jeweils eine pro Abend vor. Er beschränkte sich in der Beschreibung auf Kurzdarstellungen, die die Lust auf mehr wecken sollten. Greta war schon von der ersten begeistert:

»Wir fahren überwiegend auf der Carretera Principal TF-6237 am Ufer entlang Richtung Los Gigantes und passieren einige kleinere Dörfer. Deren Strände sind ruppig und durch Lavafelder mit spitzen Steinen unterbrochen. Los Gigantes liegt am Ende des Tenogebirges am Fuße von senkrecht aufsteigenden Steilklippen. Sie gelten als die höchsten von Europa. Der Ort ist in britischer Hand. Seine Apartmentanlagen ziehen sich treppenförmig die Klippen hinauf. Wir werden schöne Ausblicke erleben.

Weiter geht es über die TF-82 nach Santiago del Teide. Immer wieder bietet sich während der Fahrt ein Blick auf die Nachbarinsel La Gomera.

Das hoch gelegene Bergdorf Santiago del Teide ist Ausgangspunkt für Wanderungen in das Tenogebirge. Der Platz mit der kleinen Kirche Santiago Apostol beherbergt eine Christusstatue aus dem fünfzehnten Jahrhundert. Sie ist sehenswert. In dieser Gegend blühen im Frühling unzählige Mandelbäume. Auf der ganzen Fahrt erschließen sich immer wieder fulminante Ausblicke in die Natur.

Wir verlassen die TF-82 und folgen der Beschilderung nach Masca. Es war einmal ein kleines Piratendorf und bis in die Sechzigerjahre nur über einen Eselspfad erreichbar. Der Ort liegt verwunschen in einem Vulkankrater des Tenogebirges in circa achthundert Metern Höhe. 2007 erlebte er eine schlimme Brandkatastrophe, die ein Großteil der Vegetation und sogar einige Gebäude vernichtete. Die Flammen konnten nur mit Helikoptern gelöscht werden. Aber du wirst sehen, wie schnell die Natur sich ihr Recht zurückgeholt hat.«

Greta unterbrach ihn: »Ich glaube, darüber habe ich etwas gelesen. Die Menschen haben bei der Wiederaufforstung Fehler gemacht. Sie haben statt der alten kanarischen Fichten Kanada-Fichten angepflanzt. Die erwiesen sich aber als nicht so feuerresistent wie die lokalen. Bei einem Waldbrand werden sie meist vollends vernichtet. Die kanarischen Fichten schlagen hingegen selbst aus angekokelten Stümpfen wieder aus.«

»Du hast recht. Ich wundere mich, für was du dich alles interessierst. Von der Feuersbrunst wirst du auch in anderen Regionen der Insel die Auswirkungen zu sehen bekommen.«

Er trank einen Schluck Wein, bevor er mit seinen Schilderungen fortfuhr: »Besonders faszinierend ist die Masca-Schlucht, der Barranco de Masca. Nur geübte Wanderer sollten den sechs Kilometer langen Weg bis hinunter ans Meer wagen. Er besteht zum größten Teil aus lockerem Geröll. An manchen Stellen führt er nur durch enge Höhlen. Man muss auf steile Felsblöcke klettern und auch über Wasser springen. Die Mühsal lohnt sich aber. Die Vegetation ist von einzigartiger Schönheit, zum größten Teil weltweit einmalig. Dieser Weg hat meinen Vater einmal schwer in die Bredouille gebracht. Er war mit einem Freund unterwegs und hatte sich nur unzureichend darauf vorbereitet. Er war nicht eingecremt, hatte nichts Essbares dabei und auch kein Wasser. Der Tag war heiß, und er schwitzte gehörig. Mitten auf den steilen engen Felsvorsprüngen setzten Krämpfe ein. Er wagte sich weder vorwärts- noch zurückzugehen. Zu seinem Freund soll er gesagt haben: »Lass mich hier zurück, lass mich verrecken.« Dass er doch wieder heil zurückkam, verdankte er dessen Besonnenheit. Auf der Rückfahrt waren die Krämpfe noch so stark, dass sie mehrfach anhalten mussten. Er hat sich dann flach auf den Straßenrand gelegt, bis die Schmerzen wenigstens etwas nachließen. Wir werden also aus Vorsichtsgründen nur ein Stück des Einstiegs erwandern.«

»Schade, wir sind doch beide ziemlich fit und können uns vorbereiten. Gibt es denn keine geführten Wanderungen?«

»Doch, die gibt es. Aber fürs Erste sollten wir es bei meinem Vorschlag belassen. Diese Wanderung eignet sich jedoch durchaus, einen unserer restlichen Tage auszufüllen, wenn es dir dort besonders gefällt.«

Greta nickte und Dominik fuhr fort: »Danach geht es die Straße der tausend Kurven über eine mittlerweile gut ausgebaute Serpentinenstraße in das bizarre Tal des Tenogebirges. Wir fahren bis ans Meer zum Örtchen Buena Vista del Norte, das am äußersten westlichen Zipfel der Insel liegt. Der Name »Schöner Ausblick« ist nicht nur ein Versprechen, er beschreibt die Wirklichkeit. Buena Vista ist vom Tourismus noch nicht überrollt. Hauptsächlich Golfer haben den wunderschön in die Natur eingepassten Golfplatz, der bis ins Meer hinabreicht, ins Herz geschlossen. Der Ort ist umgeben von den Bergen des Tenogebirges. Bei guter Sicht kann man aber bis zum Teide sehen.

Unten am Meer verbirgt sich unter Fischernetzen die Terrasse eines kleinen Restaurants. Die Meereswellen schlagen bis in dessen Steinwall hinein. Hier werden wir eine Rast einlegen. Ein kühles Getränk und für jeden eine Portion Gambas al Ajillo werden uns wieder flott machen.«

»Prima, da dürfen wir in diesem Urlaub einmal so richtig nach Knoblauch riechen. Ich mag Knoblauch.«

Dominik schmunzelte und fuhr fort: »Nach Punta Teno, der Spitze von Teno, kommt man nur durch einen Felstunnel. Lohn für die beschwerliche Anfahrt ist ein wunderschöner Naturstrand, den ein alter Leuchtturm bewacht. Leider ist die Straße oftmals geschlossen. Der Steinschlag ist zu gefährlich. Zu den Wochenenden gibt es öffentliche Transporte mit einer Buslinie.

Weiter geht es nach Garachico, der ehemaligen Hauptstadt der Insel. Gara – Insel, chico – klein sind ihre Namensgeber.

Im Atlantik, vor den Toren, thront ein Lavafelsen mitten im Wasser. Auf ihm nisten nur Seevögel.

Garachico mit seinem Hafen war lange Zeit eine reiche Kaufmannsstadt. Sie lebte vom Export von Zuckerrohr und Wein. Ein folgenschwerer Vulkanausbruch zerstörte 1706 große Teile von ihr. Der wichtige Hafen verlagerte sich danach nach Porto de la Cruz. Gott sei Dank blieben besonders schöne Gebäude, wie die zwei Kathedralen und das Rathaus, von der Lava verschont. Das Städtchen hat sich bestens erholt und ist heute eine touristische Perle. Es gibt sogar einen kleinen Laden, in dem Zigarren gedreht werden. Kennst du jemanden, der welche raucht? Dann wäre dies ein gutes Mitbringsel. Sie sollen der Qualität von Kubazigarren nicht nachstehen.«

»Ich verschenke niemals Zigarren oder Zigaretten. Rauchen darf man nicht fördern«, erwiderte Greta.

Dominik lachte kurz auf und fuhr fort: »Einzigartig ist das Meeresschwimmbad, El Caleton, das durch kleine Kanäle zwischen dem Lavagestein immer wieder mit frischem Meerwasser gespeist wird. Diese Kanäle entstanden, als Lavaströme im Meer erkalteten. Liebevoll geplättete Wege führen hindurch. In den Stein gehauene Treppchen führen in die Rinnen hinein. Man muss allerdings bei hoher Brandung vorsichtig sein. Du wirst dieses Örtchen lieben. Greta, bitte melde dich, wenn du Fragen hast. Das muss keine Ein-Mann-Schau werden.«

»Du spinnst. Du hast das Wissen, und ich höre dich gern reden. Du erzählst so lebendig, dass mir die Landschaften richtig vor den Augen stehen. Aber gut, ich werde darauf bestehen, dort schwimmen zu gehen. Ansonsten mach bitte ruhig weiter so.«

Dominik war froh über ihr Lob und stimmte ihrem Wunsch zu.

»Dann machen wir uns auf den Weg nach Icod. Icod de los Vinos – Schöner Ort des Weines!

Auch diese Stadt hat einiges zu bieten. Die dreischiffige Kirche San Marcos Evangelista liegt an der Plaza Lorenzo Cáceres, umringt von riesigen

Bäumen. Sie vereinigt in sich mehrere Baustile – ein Renaissanceportal, eine Barockempore und ein Glockenturm in französischer Gotik. Innen ist sie wunderschön. In dem angegliederten Museum befindet sich ein zwei Meter vierzig hohes und achtundvierzig Kilogramm schweres filigranes Silberkreuz. Es wurde im siebzehnten Jahrhundert in Kuba gefertigt und ist einzigartig auf der Welt. Auch weitere Exponate werden dir gefallen.

Der ganze Ort strotzt vor alten Palästen und Bürgerhäusern mit schönen Patios. Er ist bekannt für seinen tausendjährigen Drachenbaum, der eigentlich gar kein Baum ist.

Überall auf der Straße bietet man Weinproben an. Die Bewohner sind stolz auf ihre Weine. Leider sieht man aber auch vielen von ihnen an, dass sie gern trinken. Nun komme ich zum Schluss unserer Tagestour: Die gut ausgebaute TF-82 führt uns nach Adeje zurück. Ich verspreche dir, du wirst den Tag in den Knochen behalten und nicht vergessen.«

Die beiden ließen diese Kopfreise mit einem stummen Zusammensitzen ausklingen. Es war wieder ein schöner Abend gewesen. Greta verfolgte das Rauschen der Wellen vor dem Restaurant in Buena Vista bis in ihre Träume. Die Geräusche waren nicht aggressiv, sie beruhigten sie sogar. …

Am Abend der nächsten Tourbesprechung brachte Greta sich mit einer Überraschung ein. Sie kaufte in einem spanischen Geschäft einige Tapas:

Pimientos de Padrón, spanische Peperoni, sie wurden im Backofen mit klein gehackten Knoblauchzehen, Thymian und einer Prise Fleur de Sel in Olivenöl bereitet.

Spanische Ölsardinen mit Weißbrot und Zitrone gingen noch leichter von der Hand.

Eine Tortilla de patatas, ein spanisches Omelett aus Eiern mit Kartoffeln und Zwiebeln, konnte sie fertig kaufen. Sie musste nur noch im Ofen erwärmt werden. Mit dem Rotwein aus Teneriffa wurde das kleine Mahl zu einem wahren Gedicht und einer schönen Umrandung des Tagesplans, den Dominik dann schilderte:

»Auf dieser Tour machen wir uns zunächst auf der TF-1 auf den Weg

Richtung Norden. Die Städte Playa de las Americas und Los Cristianos sparen wir bei der Besichtigung aus. Sie haben viele Hotels, Restaurants und Bars, Geschäfte und Vergnügungsparks, doch meines Erachtens keinen großen Erinnerungswert. Sie sind mehr für Müßiggänger von Wert. Windräder begleiten unseren Weg. Es ist hier viel leichter, sie zu errichten, als in Deutschland. Unser erster Stopp soll El Médano sein. Surf-City wird es genannt. Das Meer hat hier optimale Bedingungen zum Wind- und Kitesurfen. Selbst Weltcups wurden hier ausgerichtet.

Bei günstigem Wetter sieht das Meer wie ein bunter Flickenteppich aus. Die Segel und Bretter leuchten bunt in der Sonne. Ein heller Naturstrand erstreckt sich kilometerlang an der Küste entlang. Der Strandabschnitt vor dem Dorf wird besonders von Familien mit Kindern genutzt. Auch die dort montierten Spielgeräte ziehen die Familien an.

Besonders schön ist das Naturreservat Montaña Roja, Roter Berg. Ein stark verfallener Vulkankegel, direkt am Meer, ist mit roten Flechten überzogen, die ihm den Namen gaben.

Die anorganischen Sande bieten einen besonderen Lebensraum für gefährdete Meeresvögel. In den Feuchtgebieten nisten sie zuhauf. Der Berg wird gern erklettert.

Wir fahren weiter zum Wallfahrtsort Candelaria. In der Basilica de Nuestra Señora de la Candelaria, einer schönen weißen Kirche, die allerdings erst 1958 im neoklassizistischen Stil erbaut wurde, beten die Gläubigen zur Jungfrau Maria, der Patronin des Ortes.

An jedem 1. Februar finden Feierlichkeiten zu ihrer Ehre statt. Von überall wallfahren die Tinerfeños herbei. Viele der Gläubigen lösen ihren Schwur dabei ein: zu Fuß nach Candelaria!

Wie die Jungfrau den Ureinwohnern erschien, wird in einer Sage beschrieben: Die Galionsfigur einer spanischen Galeere soll abgebrochen und von den Wellen ans Land geschwemmt worden sein. Die Guanchen sahen in ihr ein göttliches Wesen und später nach ihrer Bekehrung die Gottesmutter.

Diese Geschichte wird im August von den Einheimischen auf dem Marktplatz als Theaterstück aufgeführt.

Nach einer anderen Mutmaßung wurde die Statue von einem Missionar vom Festland her in die Stadt gebracht. Dafür spricht einiges, denn sie war bis zu ihrer Zerstörung bestens erhalten, was nach einem Bad im Salzwasser kaum denkbar ist.

Der Platz wurde eigens für die Pilgerscharen angelegt und wird von neun bronzenen Statuen am Meeressaum bewacht. Sie wurden vom kanarischen Künstler Jose Abad geschaffen und stellen die berühmtesten Guanchen-Könige dar, die einst über Teneriffa herrschten. Mir gefiel Beneharo, der über Anaga herrschte, am besten.

In der Grottenkapelle von San Blas, direkt am Meer, wurde die Figur der Candelaria mit dem Jesuskind aufbewahrt.

Eine Sturmflut zerstörte sie, aber 1827 fertigte der Künstler Fernando Estevez eine originalgetreue Kopie. Sie hat heute ihren Platz in der Kathedrale und wird beim jährlichen Festumzug unter einem geschmückten Baldachin um den Platz getragen.

Wir wechseln bald auf die TF-2 und fahren in Höhe von La Laguna, das wir bei einer nächsten Tour besuchen, auf der Straße TF-24 Richtung Esperanza-Wald hoch zum Teide.

Die Straße verläuft über einen Gebirgskamm, den Cumbre Dorsal. Er liegt in der feuchten Passatregion und entwickelt eine starke Vegetation. Niedrigen Wacholderbüschen folgt ein Lorbeerwald, der in meterhohe Baumheide übergeht. Ab tausend Meter Höhe folgt der kanarische Kiefernwald. Dessen lange Nadeln melken im wahrsten Sinne des Wortes Wolken, die hier kondensieren und Feuchtigkeit abtropfen. Über weite Strecken säumen riesige verwitterte Eukalyptusbäume den Straßenrand.

Eine kleine Straße führt nach Las Raices, einem historischen Ort. Hier nahm der Putsch von General Franco gegen die Republik ihren Anfang. Er scharte dort seine Getreuen um sich, ließ sie den Eid schwören und rief zur nationalen Erhebung auf. Der Name Esperanza soll von ihm stammen, er bedeutet Hoffnung. Ein Denkmal, das Faschisten viele Jahre angezogen hat, ist inzwischen der Säuberungswelle gegen Franco zum Opfer gefallen.

Unser wichtigstes Ziel an diesem Tag ist das 1954 zum Nationalpark ausgerufene Teidegebiet.

Der Park ist mit seinen fast 20.000 Hektar der größte seiner Art. Er erstreckt sich nicht nur über den Teide, sondern auch über die Caldera, die einer der größten Krater der Welt ist. Diese ›Mondlandschaft‹ besteht aus Schluchten, Geröllhalden, Schlackefeldern und Aschehügeln.

Trotz der stark wechselnden klimatischen Verhältnisse haben sich über hundert Pflanzen breitgemacht. Blüten findet man allerdings nur im Frühjahr und Sommer. Dann blühen die weiße oder gelbe Teide-Margerite, der Natter-Kopf und das Teide-Veilchen.

Wir besichtigen das Observatorio del Teide auf dem Berg Izaña, das weiß erstrahlt und schon denkwürdige Forschungsergebnisse zutage gebracht hat.

Am Parador Nacional, einem staatlichen Hotel mit Restaurant, trinken wir einen Kaffee.

Gegenüber betrachten wir die leider von Touristen überlaufenen Los Roques, von denen eine Felsnase von dreißig Meter Höhe mit einer Aussichtsplattform versehen ist. Von dort aus hat man einen wunderbaren Blick über das Tal Llano de Ucanca, die größten Ebene der Cañadas.

Wir passieren die Auffahrt zur Seilbahn, die hoch bis circa sechzig Meter vor den Kraterrand schwebt. Der Gipfel selbst ist nur mit Sondergenehmigung zu besteigen. Die Station der Seilbahn wird geschlossen, wenn der Wind zu stark weht.

Last but not least besuchen wir das Besucherzentrum, ein Museum am östlichen Parkeingang. Hier wird ein sehr netter Animationsfilm gezeigt, in dem der Teide selbst seine Geschichte erzählt. Auch ansonsten wird der Aufbau der Gesteine, der Lavaströme und was sonst die Landschaft ausmacht sehr gut erklärt.

Wenn dir danach ist, können wir an einem der restlichen Tage dort eine Wanderung machen. Es gibt viele gut ausgezeichnete Wege. Ich mag einen besonders gern, der führt an einer steilen Bergwand vorbei, die von Kletterern benutzt wird.

Für die Rückfahrt nehmen wir wieder die TF-24, dieses Mal hinab

Richtung Nordflughafen. Von dort gehen wir wieder auf die Autobahn, zunächst die TF-2, dann die TF-1 bis Adeje.

Der Tag ist weniger anstrengend als der erste, wird dir aber genauso stark in Erinnerung bleiben.«

Dessen war sich Greta sicher. Sie strahlte Dominik an. Seine Bemühungen um ein neues Glück taten ihr in der Seele gut.

Der nächste Abend brachte eine schöne Abwechslung. Ihre Freundin Veronika hatte Geburtstag und wollte ihn mit Freunden feiern. Sie nahm am Melatengürtel für zwei Stunden eine Onlinereservierung auf der Bowlingbahn vor und buchte für sechs Personen eine Bahn für zwei Stunden. Neben ihr und Thomas gehörten vier Freunde dazu, darunter Greta und Dominik. Greta hatte schon manchen Abend dort verlebt und immer viel Spaß gehabt. Den erhoffte sie sich auch für diesen Abend. Aus Gaudi wollten die drei Frauen gegen die drei Männer spielen.

Thomas frotzelte auf gewohnte Weise: »Veronika, du willst also auch an deinem Geburtstag verlieren.«

Seine Freundin gab sich jedoch nicht so leicht geschlagen: »Ich setze darauf, dass ihr Kerle wieder zu viel trinkt. Dann haben wir eine echte Chance, denn dann fallen die Fehlwürfe. Ihr seid nun mal nicht so diszipliniert wie wir.«

Die anderen beiden Frauen stimmten ihr mit Indianergeheul zu.

Die ersten fünf Spiele verliefen zwischen den Mannschaften recht gleichwertig. Es war Veronika, die mit einer Spitzenrunde ihre Frauen leicht in Führung brachte. Nicht ohne Grund hatte sie Bowling ausgesucht, sie war eine recht gute Spielerin und spielte öfter. Als Einzige aus der Runde brauchte sie keine Leihschuhe. Mit ihren Würfen überraschte sie die Männer das ein und andere Mal. Als die Spielzeit auf der Uhr ablief, waren die Mannschaften immer noch eng beieinander. Die Prognose von Veronika trat nun ein. Die Männer hatten beim Alkohol ganz schön zugelangt. Sie spielten nicht mehr so konzentriert wie am Anfang und riskierten zu viel. Die vorausgesagten Pudel fielen, und das Geburtstagsgeschenk für Veronika wurde wahr. Die Frauen siegten mit zehn Augen Vorsprung.

Das war knapp, bereitete aber eine Riesenfreude. Die Männer hatten sich in eine Stimmung getrunken, die sie die Verliererrolle generös ertragen ließ. Mit einer Runde Burger und Pommes frites, die mit weiteren Röhren Kölsch hinabgespült wurde, nahm der Abend sein Ende.

Am nächsten Abend fanden es Greta und Dominik äußerst gemütlich, zu Hause bleiben zu können und ihre Reisepläne im Kopfkino fortzuführen. Draußen windete es nämlich stark und es war regnerisch. Auf dem Sofatisch brannte eine Bienenwachskerze und gab ihren süßen Duft an den ganzen Raum ab. Greta und Dominik fühlten sich gut. Und Dominik erklärte die nächste Etappe:

»Diese Tour wird uns über die TF-1 bis Los Cristianos führen. Dort geht es auf die TF-51, zunächst bis Arona und Vilaflor, dort auf der TF-21 nochmals durch das Teidegebiet nach Orotava, Santa Ursula und Puerto de la Cruz. Nach der Besichtigung von La Laguna fahren wir über die T-5 und T-1 nach Adeje zurück. Arona verwaltet neben Adeje im Süden die Haupttouristenzentren und ist deshalb die reichste Gemeinde. Das kleine Bergnest Vilaflor hat seinen Namen aus der ersten Zeit der Spanier im Guanchen-Land, er bedeutet: Ich sah die Blume. Ein spanischer Soldat entdeckte eine junge Guanchin, die bei seinem Anblick vor ihm flüchtete. Daraufhin soll er gesagt haben: »Ich sah die Blume.« An dieser Stelle befinden wir uns schon am Rande des Teidegebiets, das wir nochmals im Schnelldurchlauf kreuzen.

Trotzdem verspreche ich dir, die weite Mondlandschaft wird dich wieder beeindrucken. Beim genauen Hinsehen wird die tote Landschaft sogar bunt. Das liegt an den unterschiedlichen Zusätzen im Gestein. Über die Obsidianfelder darf man nicht laufen. Das glasige schwarze Vulkangestein ist besonders scharfkantig und zerstört jeden Schuh. Aus diesem Stein haben die Ureinwohner der Insel, die Guanchen, Pfeilspitzen und Messer gefertigt.

Du wirst auch grauschwarze Basaltblöcke sehen. Andere Felder sind mit grünlichem Granulat bedeckt. Das enthält Bronze, und Bronze enthält Kupfer, und der läuft grün an, wenn er in der Witterung korrodiert. Gelbliches Gestein weist auf Schwefel hin, rotes und orangefarbenes auf

Eisen. Rostbraune Flecken weisen Olivinbestandteile auf. Sie sind eigentlich grünlich, laufen aber ebenfalls in der Nässe rostbraun an. Die Farben ändern sich mit dem Verlauf der Sonne. Es ist eine wunderbare, einzigartige Welt. Am östlichen Ausgang gehen wir in das sehr informative Besucherzentrum und werden eine Wanderung machen.

Bergab Richtung Orotava treffen wir noch auf drei weitere Sehenswürdigkeiten: Zunächst werden wir auf einem Parkplatz anhalten, um auf der anderen Straßenseite eine natürlich entstandene Basaltrose zu bewundern. Sie ist groß und hat die Form einer offenen Blüte.

Dann passieren wir bei Aguamansa die Reste einer Forellenzucht. Sie hat sich wirtschaftlich nicht mehr getragen und wurde aufgegeben. In einem Restaurant gegenüber haben wir nach unseren Wanderungen immer Forellen mit Speckstreifen gefüllt gegessen. Das war eine echte Belohnung nach den Mühen der Bergtouren.

Mit einem Blick zurück sehen wir, wenn die Sicht klar ist, Los Organos, Basaltsäulen von bis zu hundertfünfzig Meter Höhe, die wie Orgelpfeifen aussehen. Hier sind wir oft durch die wilde Berg- und Schluchtenlandschaft der Cumbre Dorsal gewandert. Von den Bäumen hängen lange Bündel von Flechten herab. Man sagt, dass dies der guten Luft zu verdanken ist. Hier oben gibt es fast keinen Umweltschmutz.

Die Bäume, die du links und rechts der Straße sehen wirst, sind überwiegend Esskastanien. Wenn wir dort sind, ist Erntezeit. Die Einwohner sammeln sie den ganzen Tag vom Boden auf. In den Gemüseläden in den Städtchen kannst du sie dann für kleines Geld kaufen. Heiße Maronen kennst du auch aus Köln. Dort gibt es sie in den kalten Monaten auf den Märkten. Sie sind allerdings teurer.«

»Was kosten sie denn auf der Insel?«

»Anderthalb Kilo etwa ein Euro.«

»Das ist wirklich günstig. In Köln zahlst du für eine kleine Papiertüte voll gerösteter Maronen mehrere Euro.«

Dominik war mit seinen Gedanken schon in La Orotava und beschrieb:

»Diese Stadt gilt als die schönste des Nordens. Der Ort wurde 1504 gegründet. Die altehrwürdige Altstadt ist eine Aneinanderreihung von Sehenswürdigkeiten, davon nur die wichtigsten: Die wunderschöne Hallenkirche Iglesia Nuestra Senora de la Concepción enthält herrliche Kunstobjekte und gehört zu den schönsten Barockbauten der Insel. Die Iglesia San Augustin, einst als Kloster konzipiert, schaut mit ihrem schwarzen Lavasteinturm weit ins Land hinein. Besonders ihr geschnitzter Holzaltar ist sehenswert.

Die Iglesia Santo Domingo wurde im siebzehnten Jahrhundert erbaut, außen schlicht, zeigt sie nur innen prächtige Schnitzereien und Gemälde, die Rembrandt nachempfunden sind. In der Calle San Francisco findet man das berühmte Herrenhaus, La Casa de los Balcones, ebenfalls im siebzehnten Jahrhundert erbaut. In ihm kann man die unterschiedlichsten Mitbringsel aus der Region erwerben. Schön sind auch die vielen prächtigen Bürgerhäuser mit ihren Holzbalkonen. Das Liceo de Taoro ist ein rot gestrichener Palast mit einem herrlichen Garten, das als Kulturhaus genutzt wird. Noch mehrere Gofio-Mühlen sind in Betrieb. Sie können besichtigt werden, und man kann das Getreide kaufen. Im Hijuela del Botánico, dem Botanischen Garten, wirst du die üppige Vegetation lieben. Auch der Platz mit dem großen Rathaus ist pompös. Er spielt bei dem wichtigsten Fest der Stadt eine Rolle, das wir leider nicht miterleben können: CORPUS CHRISTI, Allerheiligen. Dann »blühen« die Straßen. Das bedeutet, die *calles* sind mit Blumenteppichen ausgelegt, aber auch mit reinen Ornamentmustern, in denen neben Blüten feste, zerkleinerte, trockene Materialien als Dekor verarbeitet werden.

Auf dem Rathausplatz wird, verhangen unter Zelten, von Künstlern aus verschiedenfarbigem Lavasand ein Großbild geschaffen, das den Platz von über neunhundert Quadratmetern bedeckt. Fünfzehn bis zwanzig Künstler arbeiten vierzig Tage an dem Werk.

Aus der Iglesia de Nuestra Señora de la Concepción wird der Leib Christi in feierlicher Prozession über den Teppichboden durch die Straßen der Stadt getragen.«

»Oh wie schade, dass wir das nicht erleben können«, warf Greta ein.

»Aber du kannst in den Balkonhäusern wenigstens Fotos sehen und einige Relikte von Blumenteppichen und Lavasandbildern.«

Dominiks Mund war vom vielen Reden ausgetrocknet. Bevor er fort-fuhr, griff er nicht zum Weinglas, sondern trank einen großen Schluck stilles Wasser.

»Und weiter geht es nach Santa Ursula. Der Ort mit circa fünfzehntausend Seelen ist nach der heiligen Ursula benannt. Die verbindet ihn mit Köln. In der kleinen Kirche Iglesia de Santa Úrsula am Plaza General befindet sich sogar ein Bild vom Kölner Dom. Unter großen Bäumen sitzen auf über den Platz verteilten Holzbänken zu allen Stunden besonders die Alten und tratschen. Die Einwohner begehen am 21. Oktober das Fest der Heiligen. Die Prozession, die sonstigen Feierlichkeiten und das Feuerwerk sollten wir uns dann ansehen. Ein großes Anliegen ist es mir, dir das Viertel zu zeigen, in dem wir gewohnt haben: Lomo Roman. Dort wohnten wir als internationales Völkchen: Engländer, Tschechen, Österreicher, Deutsche und zunehmend auch Spanier. Lomo Roman zieht sich steil einen Hang hinunter bis 200 Meter über dem Meer. Von dort geht ein gefährlicher Pfad bis zum Wasser. Ich bin ihn oft mit jungen Einheimischen gegangen, um unter Wasser Tintenfische zu harpunieren. Du wirst das Haus zu sehen bekommen, in dem wir wohnten. Wir hatten unverbaubaren Blick über den Atlantik und hoch zum Teide. Mein Vater hatte diesen Blick als Stich in seinem Schlafzimmer hängen. Die Sonnenuntergänge durch das große Terrassenfenster zu bestaunen war jedes Mal anders. Es war wie ein Bilderbuch vom Himmel.

Danach fahren wir die Hauptstraße hinab nach Puerto de la Cruz, und zwar unter der Autobahn durch.

Puerto hieß zunächst der Hafen von La Orotava. Hier legten Übersee-schiffe an, aber hauptsächlich war der Hafen den Fischern vorbehalten. Heute ist Puerto die touristischste Stadt im Norden. Im alten Fischer-viertel Ranilla finden sich mittlerweile gute Lokale und kleine Geschäfte.

Ranilla reicht hin bis zum Meer, dessen Rauschen und Wellenschlagen man an vielen Stellen hört. Auf der hohen Uferbefestigung kann man bei nicht zu starkem Wellengang laufen und beobachten, wie die Wogen gegen die Befestigungsklötze aus Beton klatschen und kleine Krebse ab-waschen und ins Wasser ziehen.

Zwischen den ersten Häusern und der Uferbefestigung haben wir schon damals aus vielen Steinen ganze Felder mit Steintürmchen aufgestellt. Die findet man auch anderenorts als Markierung von Wanderwegen. Auch hier haben inzwischen Umweltschützer eingegriffen. Sie haben einige der Felder wieder in den Ursprungszustand versetzt und die Steine wieder natürlich über die Uferzone verteilt. Im Westen schließt sich der Playa Jardín an. Er hat mit seinen vielen Gewächsen den Namen Gartenstrand durchaus verdient. Eine Attraktion ist sein schwarzer Lavasand. Felsbänke trennen ihn immer wieder zwischen dem Castillo de Fillipe und dem Vorort Punta Brava.

Auf der anderen Seite schließt sich an das Fischerviertel die Altstadt von Porto an, die aus vielen kleinen Gassen mit bunten Häusern besteht, die auf den Frontseiten oftmals große Bilder, Streetart, aufweisen. Bars, Bistros und Restaurants reihen sich aneinander. Hier herrscht Leben von morgens bis in die Nacht. In der Nähe liegt auch der Friedhof San Carlos. Er hat rundum Wände mit kleinen Urnengräbern darin. Weil der Felsboden zu hart für Särge ist, sind Sarggrabstätten nur Reichen vorbehalten. Die Liebe zu den Ahnen ist jedoch in allen Schichten ungebrochen. Auch in den Wänden leuchten Blumen für die Toten.

Lass mich einige Sehenswürdigkeiten besonders erwähnen: Der Charco de los Camarones, der flache Landeplatz am alten Hafen Puertos, er geht in den Hauptplatz Plaza del Charco über, die Kirche Nuestra Senora de la Pena de Francia, die Kapelle San Telmo, die Badelandschaft Lago de la Costa de Martiánez mit dem neuen Spielcasino sowie viele unter Denkmalschutz stehende alte Häuser. In der Höhe finden wir die Casa Sitro Litre, ein Gebäude mit romantischem Garten, in dem auch Alexander von Humboldt während seines Aufenthalts 1799 logierte, den Taoro Park in der Höhe des alten Spielcasinos, ein öffentlicher Park mit herrlichen Pflanzen und schönen Sitzgelegenheiten. Auf den Rundwegen wird viel gejoggt. Dort gibt es auch eine anglikanische Kirche. Besonders auch von Deutschen geliebt ist der in der Höhe gelegene Stadtteil La Paz mit dem großen botanischen Garten, in dem viele fremdländische Gewächse zusammengetragen wurden. Direkt daneben liegt das altehrwürdige Hotel Botánico. In La Paz hatten wir unseren deutschen Zahnarzt, Becker, Friseur, Supermarkt und mit der Tiroler Alm ein Restaurant mit fast heimischen Gerichten auf der Karte. Von La Paz führt ein Fußweg durch Bananenplantagen zum idyllischen Bolullo-Strand. Auch diesen schönen Weg könnten wir an einem der restlichen Tage gehen. Du siehst, hier gibt es vieles zu sehen und zu tun.

»Ja, das merke ich, und Umweltschutz hin und her, ich möchte mit dir zusammen als bleibende Erinnerung unten am Ufer ein Steintürmchen bauen.«

Dominik lachte.

Auf dem Weg zu Teneriffas Universitätsstadt passieren wir bei Tacoronte den königlichen Golfclub El Peñon. »Der wurde von Engländern erbaut. Das kann auch nicht anders sein, denn hier ist es meist nass, trüb und regnerisch«, erklärte ihr Dominik mit einem Lachen.

»Als Abschluss unserer Besichtigungen biete ich dir dann San Cristobál de La Laguna an, die ehemalige Inselhauptstadt. Sie ist Universitätsstadt, Bischofssitz und Weltkulturerbe der UNESCO. La Laguna ist die zweitgrößte Stadt der Insel. An allen ihren Enden stehen prächtige Gebäude im altkanarischen Stil. Wir werden die von der Plaza del Adelantado im Zentrum aus erkunden. Eine besondere Bedeutung hat hier die Karfreitagsprozession. Die Kreuzigungsstationen werden auf blumengeschmückten Wagen mit den entsprechenden Figuren durch die Straßen geschoben. Dazwischen laufen die Gruppen der Bruderschaften in ihren unterschiedlich farbigen Kostümen, die an den Ku-Klux-Klan erinnern. Andere Gläubige folgen der kirchlichen Blasmusik. Alle Persönlichkeiten der Stadt gehen zu Fuß am Ende des Zuges, vom Bischof, dem Bürgermeister bis hin zu den Generälen. Zehntausende Besucher säumen jedes Jahr den Prozessionsweg.

Es ist wirklich schade, dass wir dieses Megaereignis versäumen.

Damit haben wir für den Tag genug erlebt und machen uns über die Autobahn auf den Weg zurück zu unserem Hotel.«

Am Ende seiner Schilderung erfuhr Dominik erneut ein kräftiges Lob: »Schatz, ich danke dir so sehr dafür, mit welcher echten Begeisterung du mir nun schon mehrere Tage unser Reiseziel ans Herz legst. Das gelingt dir jeden Abend wieder. Es wäre schlimm gewesen, hättest du alles mit der reißerischen Stimme eines Verkäufers vorgetragen, der einem Kunden unbedingt ein Produkt verkaufen will. Dann wäre vieles nicht so verlockend vor meine Augen getreten.«

»Ich hoffe, du hast das erst gar nicht befürchtet«, erwiderte Dominik und erntete einen Kuss als Antwort.

Greta und Dominik fühlten etwas Wehmut, denn heute würde Dominik die letzte Tagestour für Teneriffa vorstellen. Sie trösteten sich allerdings damit, dass sie bald alles in Realität erleben konnten. Der Rotwein Tajinaste war geöffnet, die Gläser gefüllt und Dominik legte los.

»Heute haben wir zunächst eine längere Anfahrt auf der TF-1 bis zur Hauptstadt Santa Cruz. Da fängt unsere Tagestour erst richtig an. Hier dominiert das Handels- und Dienstleistungsgewerbe.

In der Stadt bündeln sich alle Kompetenzzentren. Sie ist Regierungszentrum, hat den größten Hafen, ist Kulturhauptstadt mit vielen Kirchen, Museen, Theatern und dem Opernhaus, dem Auditorium. 2003 wurde es eingeweiht und ist ein echter Hingucker. Das Gebäude hat große Parallelen mit der Oper in Sydney. Es liegt direkt am Meer. Die Hauptstadt hat tolle Einkaufsstraßen und weitläufige Parkanlagen. Garcia Sanabria zum Beispiel zieren tropische und subtropische Pflanzenwelten, kombiniert mit großer Blumenpracht. Die Parkwege laufen auf einen Brunnen zu, in dessen Mitte die Statue ›Die Fruchtbare‹ steht. Sie wurde von dem Künstler Francisco Borges Sale erschaffen. Der Parque Maritimo ist eine Badelandschaft in der Nähe des Auditoriums. Wasserfälle, Felsen, Palmen und ein Strand aus Lavasand bilden ein perfektes Ganzes. Der Plaza de España, offen zum Meer, wurde erst kürzlich als zweites Prestigeobjekt neben dem Auditorio neu gestaltet. Das renommierte Architektenbüro, das hier zuständig war, hat auch die Münchner Allianz Arena gebaut. Ein See bringt symbolisch das Meer in die Stadt, die in der Realität durch Molen und Aufschüttungen vom Atlantik getrennt ist. Von dort ist es nur ein Sprung bis zum kilometerlangen Hafen, dem zweitgrößten nach dem von

Las Palmas. Lass mich noch den Afrika-Markt erwähnen. Mit seinen vielen Verkaufsständen gilt er als der Bauch von Santa Cruz. Hier findet man alles an Nahrungsmitteln, aber auch Blumen und Pflanzen. Man erreicht ihn über die elegante Brücke, die vom Stadtzentrum über den Barranco de los Santos führt. General Franco hatte den Komplex seinerzeit am Rande der Stadt erbauen lassen. Heute liegt er schon mittendrin.

Die größte Festsaison des Jahres ist Karneval. ›La Vida Es Un Carnaval‹, das Leben ist Karneval, sang Celia Cruz bereits vor Jahren. Schulen bleiben eine Woche geschlossen, und auf den Straßen wird nächtelang gefeiert. Selbst Franco wagte sich nicht, den Karneval zu verbieten, man benannte ihn nur in ›Winterfest‹ um. Für uns ›Beutekölner‹ ist es etwas ärgerlich, dass die Karnevalskönigin und ihr Gefolge traditionell Verbindungen zum Düsseldorfer Prinzenpaar hält. Eine Gruppe aus Düsseldorf geht im großen Umzug mit, in dem viele Gesangsgruppen und Tanzgruppen prachtvoll ausstaffiert einander folgen.

Von hier geht es weiter nach San Andrés und seiner Playa de las Teresitas, dem Hausstrand von Santa Cruz, der über 1,5 Kilometer mit Saharasand künstlich aufgeschüttet wurde und eine Wohlfühloase darstellt. Von nun an geht es bergan Richtung Anaga-Gebirge. Nach vielen Kurven erreichen wir Taganana. Verwunschene Bäume und Büsche in Nebelschwaden begleiten unsere abenteuerliche Fahrt.

Das Örtchen ist zum großen Teil auf steilen Klippen erbaut und hat einen wunderbaren Blick auf den Ozean. Naturstrände in der Nähe laden zum Surfen ein.

In der kleinen Kapelle des Ortes hinterlassen gläubige Bittsteller kleine Besonderheiten. Wenn ihnen ein Teil des Körpers wehtut, so opfern sie dort dieses Körperteil in Silber gearbeitet und beten für die Heilung. Sie sind fest überzeugt, dass ihr Tun Wunder bewirken kann. Viele Erfolge werden als Geschichten verbreitet.

Tiefer im Anaga-Gebirge gelegen, im Afur-Tal, machen wir einen Stopp in dem gleichnamigen Ort. Als dünne Spitzen ragen einige Felsen hoch in den Himmel hinauf. Diese wunderbare Bergwelt wird dich in Erstaunen versetzen. Wenn wir Glück haben, wird die Glocke in der kleinen

Kirche Ermita de San Pedro während unseres Aufenthalts mit der Hand geläutet. Vielleicht trinken wir dort ein Glas Wein aus den umliegenden Anbaugebieten. Im Osten ragt der mächtige Roque El Fraile wie ein Wächter über das Örtchen.

In Taborno erwartet uns das Matterhorn Teneriffas: der Roque de Taborno.

Angrenzend besuchen wir den noch kleineren Ort Chinamada. Er ist erst seit 2003 ans Stromnetz angeschlossen. In sechshundert Meter Höhe finden wir eines der schönsten Höhlendörfer der Insel. Die Häuser sind vor langer Zeit in das Gebirge geschlagen worden. Man nennt sie auch Wohnhöhlen. Sie sind teils noch bewohnt. Von überall erschließen sich unvergessliche Blicke in die Schluchten. Von dort geht ein steiler Wanderweg ab bis runter ans Meer nach Punta del Hidalgo. Für diesen Bergweg muss man fit und schwindelfrei sein. Er ist eng und oft sehr feucht, dann wird er rutschig und sollte nicht begangen werden, da er in die Tiefe meist keine Absicherung hat. Wenn es aber doch möglich ist, erlebt man grandiose Aussichten. Hier oben hat mir mein Vater eine Woche Stubenarrest verpasst: Ich hatte auf einem Mäuerchen, das den Blick in ein tiefes Tal nur wenig abschirmte, voller Übermut einen Handstand gemacht.«

Greta blieb fast das Herz stehen. »Das war pure Unvernunft«, murmelte sie.

Dominik ging einfach darüber hinweg und fuhr fort: »Meine Eltern gerieten in Panik. ›Lass das bitte‹, bettelte meine Mutter. ›Ein Muskelkrampf, du fällst und bist mausetot.‹ ›Beruhige dich, sonst stelle ich mich auf einen Arm‹, war meine dumme Antwort.«

Greta schüttelte nur fassungslos den Kopf und fand keine Worte.

Dominik überging den unausgesprochenen Tadel und fuhr fort: »Neben Punta del Hidalgo sieht man den Ort Bajamar, der wegen seiner Meeresschwimmbecken, die sich ständig mit frischem Meereswasser füllen, bei warmem Wetter viele Schwimmer anzieht. Manchmal schlagen die Wellen so hoch, dass der Aufenthalt in den Becken zu gefährlich und verboten ist. In Chinamada gibt es auch eine kleine Eremitage, die San Ramón Nonato gewidmet ist. Der Heilige ist an der Kapelle in naiver

Form abgebildet und mit Ausblicken in die Gegend ummalt. Das einzige Restaurant, La Cueva, das in den Berg geschlagen wurde, liegt schräg gegenüber.

Nun geht es langsam wieder bergab. Wir besuchen den Mirador pico del Inglés. Dieser Aussichtspunkt gewährt bei guter Sicht einen unvergesslichen Panoramablick. Nach Osten sieht man das gesamte Gebirgsmassiv entlang bis hinab nach Santa Cruz. Mittig kann man die Inseln Gran Canaria und La Palma sehen. Westlich geht der Blick über die Insel bis zum Teide. Durch den dichten Lorbeerwald, der die schmale Straße säumt, geht es runter Richtung La Laguna, das wir rechter Hand liegen lassen. Zurück über die Autobahn fahren wir mit unvergesslichen Erinnerungen nach Hause zu unserem Hotel.«

Da der Zeitpunkt des Urlaubsbeginns immer näher rückte, sprach Dominik zum Schluss noch die Modalitäten der Abreise an: »Der Flug erfolgt von Düsseldorf. Dort gibt es frühe Flüge. Wir sollten Geld zusammenlegen, um mit einem Taxi hinzufahren. Um diese frühe Zeit verläuft die Fahrt zwar meist ohne Stau, trotzdem empfehle ich eine gehörige Sicherheitsmarge. Wenn du damit einverstanden bist, buche ich morgen das Taxi.«

»Du bist der Chefplaner, natürlich bin ich einverstanden.« Greta ließ alles vertrauensvoll in seinen Händen.

Am Abend vor ihrer Abreise tranken sie die letzte Flasche Tinto aus der Bodega Monje. Der dunkelrote samtene Wein schmeckte ihnen genauso gut wie seinerzeit seinen Eltern. Dominik war so romantisch gestimmt, dass er sein Gedicht über die Insel Teneriffa rezitierte. Wie ein sanftes Mantra sprach er die Verse:

Teneriffa, du hast einen Januskopf,
im Norden einen grünen Schopf,
im Süden eine trockene Haut,
dort ist alles auf Fels und Sand gebaut.

Im Norden Wolken und Schauer,
zwar kurz, doch täglich auf der Lauer.
Im Süden wünscht man, dass der Himmel mehr weint,
weil immer und immer die Sonne scheint.

Die Entfernung zwischen den Gegensätzen ist nur klein,
das tägliche Wohin läutet man als Wettergott selber ein.

Dominik fügte einen Wermutstropfen hinzu: »Aber auch auf Teneriffa haben Extremwetterlagen deutlich zugenommen, wenngleich die meisten Bewohner immer noch denken, die Wissenschaftler hätten den Klimawandel erfunden, um Bücher zu schreiben.«

Greta wurde trotz dieser traurigen Aussage von einer romantischen Stimmung erfasst. In dieser Nacht kehrte die Liebe in das gemeinsame Bett zurück. ...

Sie erreichten den Düsseldorfer Flughafen so zeitig, dass keine Stresssituation entstand. Es war noch ziemlich dunkel, und ein leichter Nieselregen empfing sie. Dominik schätzte die Temperatur auf höchstens fünfzehn Grad.

Übervorsichtige bildeten vor den Schaltern schon eine Schlange.

Als sie nach allen Sicherheitsüberprüfungen ihr Gate erreichten, hatten sie noch circa eine Dreiviertelstunde Wartezeit vor sich. Als man sie endlich aufrief, gingen sie durch eine Röhre bis zur Treppe, die sie auf das Flughafengelände brachte. Von dort fuhren die Busse zum Flugzeug.

Es warteten schon zwei Busse, das Flugzeug würde wohl voll werden.

Ihr Bus blieb noch einige Minuten mit geschlossenen Türen vor dem Flugzeug stehen. Der Service an der Maschine und das Betanken waren noch nicht abgeschlossen.

Endlich gingen die Türen auf und sie konnten hinaus. Mit ihrer Sitzreihe acht wies man sie an, den vorderen Eingang zu benutzen.

Plötzlich knackten in der Kabine die Lautsprecher. Eine sonore Männerstimme meldete sich. »Guten Morgen, liebe Fluggäste, hier spricht Ihr Kapitän. Wir erwarten in drei Minuten unsere Freigabe für den Start. Unsere Flugzeit dauert in etwa viereinhalb Stunden, die Flugstrecke beträgt dreitausendzweihundertelf Kilometer.

Die Windverhältnisse sind gut, und so werden wir pünktlich auf Teneriffa landen. Dort erwartet Sie herrliches Wetter, am späten Nachmittag noch zweiundzwanzig Grad Celsius. Beachten Sie die Hinweise während des Fluges. Mein Copilot oder auch ich werden uns während des Fluges noch mehrfach melden. Genießen Sie den Flug mit unserer Airline.«

Und wirklich, sie bekamen noch vier Mal Informationen. Das Cockpit meldete sich beim Überflug von Paris, beim Verlassen des europäischen Festlands und beim Anflug über den Atlantik Richtung Kanarische Inseln sowie schließlich beim Anflug von Teneriffa Süd.

Über Teneriffa meldete sich der Kapitän: »Liebe Fluggäste, wir setzen nun zum Sinkflug an und werden in Kürze pünktlich landen. Bleiben Sie angeschnallt, bis die Anschnallzeichen erlöschen. Ich wünsche Ihnen einen schönen Urlaub auf der Frühlingsinsel. Wir haben immer noch stolze dreiundzwanzig Grad.«

Greta schaute voll Neugierde aus dem Fenster. Dominik sah über ihre Schulter hinweg und rief freudig: »Dort siehst du den Teide! Er hat am Kopf sogar eine ganz dünne Schneeschicht.«

Greta war begeistert. Doch als sie über Land flogen, stutzte sie: »Hier ist ja nur Geröll und Sand, kaum ein grüner Fleck«, sagte sie entsetzt.

»Das habe ich dir doch erzählt. Wir landen im Süden und dort herrscht überwiegend Trockenheit. Größere grüne Flecken sind alle künstlich angelegt und werden meist mit entsalztem Meerwasser gesprengt. Das sind zum Beispiel Parks um die Hotels oder auch Golfplätze. Du kannst dich aber beruhigen. Die Insel hat vielerorts ein anderes Gesicht.«

Als ihre Maschine aufsetzte und sanft landete, brandete in der Kabine Applaus auf. Dominik musste lachen und meinte: »Das wird sich wohl nie ändern. Die Touris klatschen immer noch, wenn sie sicher gelandet sind.«

Teneriffa, die Insel des ewigen Frühlings

In der Innenhalle erhielten alle Ankommenden eine Karte der Insel. »Die ist recht grob, aber für die Orientierung bei unseren Tagestrips bestens geeignet«, erklärte Dominik.

Als sie ihr Gepäck endlich vom Band genommen hatten, verließen sie die Innenhalle. Draußen erwartete sie ein junger Mann, der mit einem Schild winkte, das den Namen ihres Hotels trug. Sie scharten sich um ihn. Als alle, die auf seiner Liste standen, abgehakt waren, machten sie sich auf den Weg zu ihrem Bus. »Die Fahrt dauert nur eine Viertelstunde«, meinte ihr Führer. Auf der kurzen Fahrt erfreute er die neuen Gäste mit einer positiven Wetterprognose. Mit einem kräftigen Räuspern lenkte er die Aufmerksamkeit auf sich und sagte mit seiner sonoren Baritonstimme: »Sie haben Glück, während Ihres Urlaubs wird das Wetter voraussichtlich stabil bleiben. Klarer Himmel, sommerliche Temperaturen und kaum Niederschlag sind vorhergesagt. Vor einer Woche hatten wir noch die Calima. Da war es reichlich ungemütlich.«

Greta sah Dominik fragend an, und der begann sofort mit einer Erklärung: »Üblicherweise ist die Wetterlage auf den Kanaren vom Passatwind bestimmt. Eine Calima kommt hingegen aus südöstlicher Richtung von der Sahara als heißer Wind und bringt Saharasand mit sich. Die Einheimischen nennen sie gern Bruma seca, trockener Nebel. Calima begleiten starke Winde, die Sicht ist durch den Sand getrübt und das Licht von ihm dann rötlich gebrochen. Hinterher findet man die Sandspuren überall, auf den PKWs, in Swimmingpools und auf den Straßen. Der Sand kriecht selbst in die Häuser und Geschäfte hinein. Erst der Passat verspricht besseres Wetter. Wir haben also Glück.«

Ihr Viersternehotel lag auf dem Abhang neben dem Strand Playa del Duque. Es hatte über dreihundert Zimmer und eine tropische Gartenanlage mit zwei großzügigen Schwimmbecken und einem Kinderbecken. Mehrere Restaurants reizten die Gäste, ihren Urlaub weitgehend in der Hotelanlage zu verbringen. Es gab europäische, aber auch lateinamerikanische und asiatische Küchenangebote. Kleine Boutiquen, ein Friseur, Sauna, Massage sowie ein Internetcafé banden die Gäste ebenfalls an die Anlage.

Für das Abendessen gab es zwei Termine. Greta und Dominik entschieden sich für den späteren. Da sie bereits am nächsten Tag mit den Tagestouren beginnen wollten, bestellte Dominik für den Morgen einen Mietwagen.

»Es ist noch warm. Lass uns ein wenig die Liegen auf dem Balkon nutzen. Ein bisschen faulenzen tut gut, außerdem haben wir einen wunderschönen Blick über die Parkanlage des Hotels und können sogar ein Stück Meer sehen.«

Gesagt, getan. Plötzlich flatterte ein orangeroter Schmetterling über sie hinweg und ließ sich auf der Brüstung ihres Balkons nieder. Greta rief begeistert: »Schau mal, dieses schöne Tierchen!«

Nun hatte Dominik einen Grund, seine Ortskenntnisse unter Beweis zu stellen: »Damit kenne ich mich aus. Das ist ein Orangeroter Kleefalter. Den kannst du hier oft in offenen, sonnigen Gebieten sehen. Ich weiß das so genau, weil ich hier früher diese Tierchen mit dem Netz gefangen habe. Ich hatte eine richtige Sammlung endemischer Schmetterlinge.«

Sie lagen da, bis die Sonne unterging. Die Engel backten Brötchen, so brannte das Himmelszelt.

»Hier werde ich bestimmt auch das ein oder andere Mal den Morgen begrüßen«, sagte Greta voll andächtigem Staunen.

»Ja, das werden wir tun, das ist nämlich ein genauso pompöses Schauspiel wie abends«, erwiderte Dominik.

In ihrem Zimmer hatten sie einen Fernsehapparat und sogar deutsche Sender. Es war 20 Uhr Ortszeit und Dominik wollte die Tagesschau sehen.

Das gelang ihm jedoch nicht, er hatte die Zeitverschiebung nicht bedacht. In Köln war es bereits 21 Uhr.

Sie beschlossen, das Abendessen im Restaurant mit lokaler Küche einzunehmen, und wurden nicht enttäuscht. Es gab ein kaltes und ein warmes Büfett sowie eines mit Süßspeisen und Früchten. Alles war liebevoll dekoriert und sah äußerst lecker aus. Greta ließ sich gern von Dominik beraten.

Vorab nahmen sie einen Oktopussalat mit Avocado und einer Vinaigrette aus Roter Bete.

Den Hauptgang bildete das typisch kanarische Kaninchen in Salmorejo-Sauce. Darin wird das Kaninchenfleisch erst mariniert und dann geschmort. Dominik erklärte Greta die Konsistenz der Sauce: »Etwas grobes Salz, geschälte Knoblauchzehen, Paprikaschoten, Öl und Essig werden sämig püriert. Schon ist die Marinade fertig. Die genaue Mixtur ist in jedem Haushalt ein Geheimnis.«

Obwohl sie damit schon vollends gesättigt waren, konnten sie auf eine Süßspeise einfach nicht verzichten, die sah zu verlockend an: Morir por el chocolate, für Schokolade sterben, war sie genannt. Darin war weiße und schwarze Schokolade großzügig verarbeitet.

Zufrieden sanken sie ins Bett. Sie waren zu müde, um sich nochmals zu lieben.

»Den ganzen Tag rumsitzen und abends völlern strengt ganz schön an«, stöhnte Greta kurz vor dem Einschlafen. …

Die beiden waren so früh wieder wach, dass sie die Morgenröte auf ihrem Balkon genießen konnten. Danach beschlossen sie, auch recht bald zum Frühstück zu gehen.

Wieder trafen sie auf ein reichhaltiges Büfett. Es roch köstlich nach frisch gebackenem Brot und gebratenem Schinkenspeck. Die Auswahl an frischem Obst, Mangos, Melonen, Kiwis, Erdbeeren, Ananas und Papayas, leuchtete einladend bunt. Kleine Wasserkügelchen glänzten darauf wie Perlen und hielten alles frisch.

Greta nahm von dem verlockenden Obst, mehrere Marmeladensorten und süße Brötchen.

Dominik griff zu Herzhaftem, er nahm reichlich Rührei, Serranoschinken, Tomaten und Paprika sowie Körnerbrötchen. Beide tranken einen frisch gepressten Orangensaft, und auch beim Kaffee waren sie sich einig. Sie wählten Café con leche, den lokalen Milchkaffee, an den sie sich die nächste Zeit gewöhnen sollten. Für ihre Tour nahmen sie sich Bananen und zwei Flaschen stilles Wasser mit.

»Eincremen! Du bist ein heller Typ und möchtest dir mit Sicherheit keinen Hautkrebs holen«, mahnte Dominik sie.

Greta lächelte ihn an und erwiderte: »Lass mich mal machen. Ich bin schließlich kein Baby mehr.«

Eigentlich fand sie seine Fürsorge sehr nett. ...

Ihr Mietwagen stand auf dem Vorplatz des Hotels, er war sogar zur Hälfte betankt. So mussten sie ihn auch zurückgeben, erklärte man ihnen. Der Tacho des Opel Corsa zeigte nur zehntausend Kilometer an. Der Wagen war also ziemlich neu. Schnell hatten sie die Uferstraße Richtung Los Gigantes erreicht, die sich allerdings als recht staubig und unansehnlich erwies.

Sie parkten über Los Gigantes, gingen durchs Grüne einen schattigen Treppenweg bergab. Dort konnte Dominik seinem Schatz weitere Spezies von Schmetterlingen zeigen: »Das ist das Kanaren-Waldbrettspiel, an schattigen Plätzen ist es häufig anzutreffen. Dieses Tierchen ist völlig ausgewachsen. Ich schätze seine Flügelspannweite auf etwa fünf Zentimeter. Dahinten flattert ein kleiner Perlmuttfalter. Siehst du, wie er schimmert?«

Greta war von seinen Kenntnissen begeistert.

Bald landeten sie in dem Gewirr von kleinen Sträßchen. Dort hingen die schmucken Apartments treppenförmig im Hang. Überall blühte es in den Blumenkästen. Auf der Straße überholten sie zwei alte Männer im Tennisdress.

»Die sehen mir nicht nach Wimbledon aus«, spottete Greta.

»Aber ich bin sicher, sie sind wenigstens Engländer«, erwiderte Dominik. »Auf der Tennisanlage weiter unten geht es jedenfalls immer sehr ehrgeizig zu.«

Sie passierten ein Restaurant, zu dem hatte Dominik ebenfalls eine Erklärung parat: »Dort haben wir oft gegessen. Dahinten im Käfig sitzt ein Beo, der sprechen kann. Der hat uns dann immer die Mahlzeit verschönt.«

Sie gingen an einem etwas erhöhten Plätzchen vorbei, auf dem vor einem Bekleidungsgeschäft mehrere große Kakteen standen. Sie sahen aus wie gepolsterte Hocker. »Man nennt sie Schwiegermuttersitz.«

Greta lachte. »Was ein Glück, dass dies meine Mutter nicht zu hören bekommt.«

Die Iglesia Los Gigantes lag etwas zurückgesetzt auf einem Platz. »Wir können uns ersparen, sie von innen zu besichtigen. Da werden wir auf unseren Touren bei Weitem Besseres geboten bekommen. Nur so viel, sie heißt Kirche des Heiligen Geistes.«

Immer besser kamen die riesigen Steilfelsen in ihren Blick, und es ging weiter bergab bis zum kleinen Hafen, in dem viele Boote dümpelten. Das Wasser im Hafenbecken war zwar leicht trüb, aber in ihm schwammen zuhauf große Meeräschen, Salemas, denn sie wurden von den Touristen mit Brotstücken angefüttert. Dicht über den Grund sahen sie sogar Barrakudas langsam ihre Kreise ziehen.

»Hier wird überall Whale Watching angeboten. Es soll um die dreißig Arten Delphine und Wale geben. Die Agenturen versprechen für die Besichtigungen eine hundertprozentige Erfolgsgarantie. Man sagt, dass sie sich recht tierfreundlich geben. Sie bleiben zu den Tieren stets in größerer Distanz.«

Greta war es nicht nach einer Bootsfahrt. »Lass uns lieber zum Strand gehen. Dort kann man die Steilfelsen hautnah sehen«, schlug sie stattdessen vor.

Es war nur ein kurzer Marsch bis dorthin. »Dieses Strandgelände ist nicht ungefährlich. Es war schon öfter wegen Steinschlag gesperrt.« Dominik zeigte Greta die vielen Stahlnetze, die die Klippen sicherten.

In Santiago de Teide besichtigten sie die Kirche San Fernando Rey von innen. Sie hatte die typische Holzdecke, die wie ein umgekehrtes Schiff aussah und das heilige Haus zunächst düster wirken ließ. Aber viele bunte Ornamente an den Wänden und farbige Heiligenfiguren leuchteten im Licht der Kirchenfenster. Um den Altar herum war alles herrlich mit Blumen geschmückt.

»Der Besuch hat sich gelohnt«, sagte Greta hinterher begeistert. Ihre Freude hielt an, als sie auch noch in dieser Höhe von Dominik den Großen Wanderbläuling gezeigt bekam. Er sonnte sich auf einer Blüte.

Masca mit seinen etwa achtzig Häuschen und der berühmten Schlucht entsprachen genau Dominiks Schilderung. Es war allerdings etwas über-völkert. Der Wortschwall der vielen Menschen, der in der Luft sirrte, beeinträchtigte ihr privates Empfinden.

»Das scheint mir in den letzten Jahren ein echter Besuchermagnet ge-worden zu sein.«

Greta nickte.

Dass der Weg in die Schlucht nicht ungefährlich war, zeigte schon ihr kurzer Einstieg.

»Alles ist, wie du es beschrieben hattest«, lobte sie ihren Begleiter.

Dann ging es wieder auf die Straße bergab. Auf dem Serpentinenweg nach unten kamen ihnen viele Busse entgegen.

»Was für ein Glück, dass wir innen fahren können. Ein Dauerblick über das kleine Mäuerchen in die tiefen Schluchten des Tenogebirges ist zwar fulminant, wäre mir aber ziemlich ungemütlich. Man braucht schon so einen gesunden Magen, um die Fahrt zu überstehen.«

Dominik lachte. »Das Außenfahren wirst du auch noch geboten bekom-men. Für heute sind die Kurven bald vorbei. In einer guten Viertelstunde sind wir in Buena Vista. Dort machen wir mit herrlichem Ausblick eine Rast, essen und trinken eine Kleinigkeit, alles wie versprochen.«

»Mit viel Knoblauch«, erinnerte sich Greta freudig.

Kaum hatten sie das beschauliche Örtchen erreicht, da wies sie ein Schild Richtung Golfplatz wieder hinaus. Weiter bis zum Restaurant, und das bedeutete bis fast ins Meer, zog sich der Weg noch einige Minuten. Dann waren sie am Ziel. Der Rundblick war unvergesslich: Voraus der tobende Atlantik, dessen Wellen sich in Felsen im Meer brachen und Tropfen voll Feuchtigkeit bis weit in die Landschaft schickten.

Zur einen Seite der Blick auf den Golfplatz mit großen grünen Rasenflächen, Palmen und blühenden Büschen, nach hinten ein Blick bis zum Teide, zur anderen Seite die Sicht auf die Felsnasen, hinter denen sich Punta Teno, die Spitze von Teno, verbarg.

»Hier werden wir wieder einige Schmetterlingsarten entdecken«, meinte Dominik voll Zuversicht. »Ich denke an das Große Ochsenauge, dessen Larven ernähren sich vom Gras, und das findet man hier auf dem Golfplatz reichlich. Der gepunktete Grasbläuling hält sich gern an kleinen Wassern auf, auch die gibt es auf dem Platz zuhauf.«

Sie fanden einen Tisch unter den Fischernetzen direkt an der Kante zum Meer hin, mussten fast Angst haben, dass die springenden Wellen sie erreichten.

Die Gambas waren köstlich und die Scheiben der Knoblauchzehen, die im Öl schwammen, goldbraun ausgebacken.

»Davon werde ich noch lange schwärmen«, meinte Greta genüsslich. »Hier können wir bleiben.«

Aber natürlich ging es weiter, es gab schließlich noch so viel Schönes zu sehen.

Garachico näherten sie sich von oben mit Blick auf den alten Hafen, das Castillo de San Miguel und die Altstadt mit den Kirchtürmen der Inmaculada Concepcion und der Iglesia Santa Ana. Diese dreischiffige Basilika war bis Ende 1995 wieder aufwendig aufgebaut worden.

Am Abhang begrüßte sie die Statue eines Reisenden. Er trug viele Koffer und war Sinnbild für die Auswanderer, welche die Stadt in schweren Zeiten verlassen und ein Schiff Richtung Südamerika bestiegen hatten, wo sie sich ein besseres Leben erhofften. In seiner Brust klaffte ein riesiges Loch, weil er sein Herz in der Heimat zurückließ.

Einige Kurven der Straße brachten sie auf die Höhe des Orts. Dominik kannte einen Parkplatz, zu dem es nach rechts auf die mit vielen Pflanzen begrünte Bergwand zuging. Den fuhren sie an. Dort wimmelte es vor Schmetterlingen.

Dominik zeigte ihr stolz mehrere unterschiedliche Arten: »Dort siehst du den kleinen Feuerfalter, er lebt gern in Küstennähe. Daneben flattert ein Admiral. Der auf den Kanarischen Inseln beheimatete Kanaren-Weißling ist eng mit unserem Großen Kohlweißling verwandt. – Nimm dein Badezeug mit. Hier willst du ja schwimmen gehen«, erinnerte er Greta.

Doch zuerst machten sie einen Rundgang durch den Ort.

Zunächst sahen sie an den Resten der Puerta de Tierra, dem alten Hafentor aus dem sechzehnten Jahrhundert, wie tief Teile der Stadt und des Hafens bei dem Vulkanausbruch unter der Lava des Montaña de Trebejo verschwunden waren.

Inmitten des Plaza de Juan Gonzalez de la Torre mit dem Rathaus und der Inmaculada Concepcion, die bei den Eruptionen verschont geblieben waren, stand auf gekacheltem Plateau ein Pavillon mit kleiner Bar, vor dem bei Festivitäten ausgelassen getanzt wurde. In der restlichen Zeit wurden dort Getränke und kleine Snacks angeboten.

»Das Rathaus und das Kulturzentrum wurde in einem ehemaligen Franziskanerkloster neu errichtet«, erklärte Dominik.

Wenn du willst, können wir einem Zigarrendreher über die Schulter gucken.«

Greta kannte zwar keine Zigarrenraucher, sah sich das Zigarrendrehen aber mit Vergnügen an.

Von dort gingen sie runter an die Uferstraße, wo sie zunächst das große künstlich gebaute Schwimmbecken sahen, das allerdings in der Herbstzeit ohne Wasser war. Dominik sah geschmeichelt, dass Greta mit ihrem blonden Haar die Zielscheibe vieler bewundernder Blicke anderer Männer wurde.

Zur Rechten erblickten sie den Felsen im Meer, das Wahrzeichen der Stadt, auf dem viele Seevögel nisteten.

Links ging es zum natürlichen Meeresbecken El Caleton, in dem Greta wirklich ins Wasser stieg. Der Einstieg über die eingemauerten eisernen Leitern wurde wie das Schwimmen für sie eine unvergessliche Premiere. Greta fand sogar danach eine Dusche, um das Salzwasser abzuspülen. Sie war erleichtert, dass die Kleidungsstücke nicht an ihr klebten.

Dominik begnügte sich damit, das Spektakel zu fotografieren.

Als sie die Stadt verließen, sahen sie rechter Hand auf dem Hang das ehemalige Dominikanerkloster Ex-Convento de Santo Domingo.

»Das ist heute ein Museum«, wusste Dominik.

Linker Hand im Atlantik hatte man über viele Jahre mit EU-Mitteln einen neuen Hafen gebaut. Dominik registrierte, dass er nach wie vor hauptsächlich von kleineren Yachten benutzt wurde, und das nur spärlich.

»Nun fahren wir nach Icod de Los Vinos, das ist ein berühmter Weinort. Der malerische Ort wurde bereits 1501 errichtet.«

Der Mittelpunkt lag um die dreischiffige Kirche San Marcos Evangelista. Zu deren Fuß fuhren sie in eine Tiefgarage, deren Wände mit vielen Episoden aus dem Leben der Stadt ausgemalt waren. Der Wein spielte fast immer eine Rolle. Die Kirche zeigte den Mischmasch von Stilarten, den Dominik versprochen hatte. Greta gefiel besonders die Kanzel in altspanischem Stil, der christliche und arabische Elemente beinhaltete.

Im angegliederten Kirchenmuseum musste Dominik Greta nicht überzeugen, dass das Filigrankreuz aus Kuba ein einzigartiges Stück war.

Im Park auf der Plaza Lorenzo Càceres hatten die gigantischen Gummibäume wirklich Luftwurzeln, die erst meterweit aus der Erde in mächtige Stämme übergingen. Sowas hatte Greta noch niemals gesehen.

Auch dieser Platz beherbergte einen schönen schmiedeeisernen Pavillon für Stadtfeste.

Hinter dem Kirchplateau hatte man freie Sicht auf den berühmten Drago, den tausendjährigen Drachenbaum. Es war eigentlich kein Baum, sondern ein Nachtschattengewächs. Aber das scherte niemanden. Greta erstand eine Kette, die aus seinem Samen hergestellt worden war.

Sie flanierten durch die Stadt, an schönen alten Häusern vorbei, vor denen ihnen immer wieder Weinproben angeboten wurden. Sie hielten sich zurück, in den alten Weinlokalen, den Bodegas, einzukehren. Ihre Fahrt war ja noch nicht zu Ende. Vor einem der Weinlokale stand eine menschengroße Pappplatte, auf die ein Mann und eine Frau in der Tracht von Icod gemalt waren. Hälse und Köpfe waren ausgespart. Man konnte sich dahinterstellen und so fotografieren. Ein Angestellter des Hauses tat Dominik den Gefallen, Greta und ihn aufzunehmen. Es wurde ein schönes Erinnerungsfoto. Ihre fröhlichen Gesichter versprachen eine glückliche Zukunft. Diese Zeit wurde zumindest ein glücklicher Teil ihres Lebens.

Greta konnte sich an den schönen Innenhöfen der Patrizierhäusern nicht sattsehen.

Ihr Rundweg endete an der Plaza Luis Leòn Huerta, wo auf einer Empore die Iglesia San Augustin und das Rathaus lagen.

Sie nahmen noch einen Milchkaffee zu sich, bevor sie über die TF-82 nach Adeje zurückfuhren.

Nach dem Abendessen waren sie noch neugierig genug, die Strandpassage entlangzugehen, um die Auslagen der Geschäfte zu betrachten. Greta verliebte sich in ein buntes Sommerkleidchen, das in einem Boutiquefenster an einer Puppe mit ihren Maßen angeboten wurde. Dominik bestärkte sie darin, es zu kaufen, doch bei ihr kehrte eine gewisse Ernüchterung ein, und sie antwortete: »Ich glaube, das Kleid ist nur hier schön. Zu Hause würde ich damit auffallen, wie ein Leuchtturm in den Alpen.«

Dominik musste lauthals lachen.

Auf dem Rückweg zum Hotel meinte er: »Wenn wir keinen Tag vergeuden wollen, fahren wir morgen mit unserer Sightseeing-Tour fort. Was meinst du?«

»Ich bin doch nicht zum Vergnügen hier«, erwiderte Greta fröhlich.

Wie zur Belohnung für den schönen Tag liebten sie sich vor dem Einschlafen. Das gegenseitige Begehren wärmte ihre Herzen und stärkte den Wunsch, sich nicht mehr von der Seite zu weichen. Wenn unsere Liebe so bliebe, reichte sie aus für ein erfülltes Leben, dachte Greta träumerisch. …

»Heute geht es rauf auf den Teide. Ich freue mich schon auf deine Begeisterung. Die auf der Welt einzigartige Kraterlandschaft wird sie hervorrufen. Die Natur persönlich zu erleben, ist jedenfalls besser als meine Schilderungen. Auf die Gefahr hin, dass du mir wieder sagst: ›Ich kann für mich selbst sorgen‹, möchte ich dir empfehlen, warme Kleidung mitzunehmen. In über dreitausend Meter Höhe kann es sehr frisch sein, aber auch sehr warm. Auf jeden Fall hat die tropische Höhensonne eine unvorstellbare Kraft. Gegen die intensive Sonneneinstrahlung hilft nur tüchtig eincremen mit hohem Schutzfaktor.«

Greta wollte sich danach richten.

Ihr erster Stopp war in El Médano. Das Wetter war für alle Besucher optimal. Der kleine Familienstrand mitten im Ort war fast übervölkert. Viele kleine Wichtel spielten im Sand oder platschten in den aufs Ufer auslaufenden flachen Wellen. Es fühlte sich gut an, hier zu sein. Zunächst spazierten sie durch die malerische Altstadt, setzten sich kurz auf eine Steinbank und sahen dem munteren Treiben zu.

Ein junges Kätzchen strich Greta um die Beine. »Es hat Hunger, ist ja klapperdünn«, erkannte sie. Es ließ sich von ihr anfassen und auf den Schoß nehmen. Als Greta es kraulte, schnurrte es wie ein kleiner Motor.

»Hol dir keine Flöhe«, sagte Dominik mit einem Schmunzeln.

Vor einem Schaufenster blieb Greta stehen und wandte sich an Dominik: »Ich möchte mir gern einen dieser tönernen Geckos kaufen. Wir sind ihnen hier überall begegnet, und ich finde sie richtig niedlich mit ihren großen Augen und den zackigen Bewegungen.

Gesagt, getan. Sie kaufte ein schlichtes Modell, es gab nämlich auch welche mit einem Thermometer und solche, die ihr zu bunt waren.

Auch Dominik fand ein Souvenir: Er betrat ein kleines Tattoostudio und schaute sich die Mappen mit Tattoos an. Bei einer Abbildung und ihrer Erklärung stutzte er.

Der Tätowierer ermunterte ihn: »Dieses Zeichen bedeutet Zukunft, Señior.«

Dominik lächelte und sah zu Greta hin. »Wollen wir uns die Zukunft stechen lassen?«

Greta zögerte, dann schüttelte sie den Kopf. »Ich hasse Tattoos.«

»Dann steche ich mir die Zukunft für uns beide. Ich möchte damit ein Zeichen setzen. Jeder von uns braucht anscheinend schon eine Erinnerung an die Insel, obwohl wir doch erst am Anfang unserer Reise stehen.«

Ein Marsch in die andere Richtung brachte sie, an mehreren Surfschulen vorbei, nahe an den Montaña Roja. Je näher sie ihm kamen, umso röter glänzte er im Sonnenlicht. Auf seinen Serpentinenwegen sah man die Konturen vieler Wanderer. Den Berg erkletterten sie allerdings nicht.

In Candelaria wollte Greta unbedingt Dominiks Lieblings-Guanchen-Fürst Beneharo sehen. Sie mochte den bärtigen, langhaarigen Recken mit dem Stahlspeer ebenfalls. Der Speer hatte vier scharfe Zacken an der Spitze. Das machte ihn zu einer ungewöhnlichen Waffe.

Danach stapfte sie barfuß im schwarzen Sand herum.

Dominik lachte sie wegen ihrer »schmutzigen« Füße aus. Er hatte wohlweißlich seine Crocs angelassen.

Sie sagte nur: »Ich möchte dein Gedicht mit meinen Füßen fühlen.«

Dominik konnte es aus dem Stegreif rezitieren:

Das macht mich sehr stutzig,
warum ist sie so schmutzig?
Da sagt sie ganz keck:
Das ist gar kein Dreck.
Der Sand hier ist schwarz,
aus Lava-Quarz,
und der Strand ist nass,
dadurch sieht man sowas.
Werden die schwarzen Socken
in der Sonne wieder trocken,
sind die Füße, oh Zauber,
schnell wieder sauber.

Der wellenschlagende Atlantik hatte sich inzwischen wie ein müder Gigant zur Ruhe gelegt. Keine tosende Brandung, kein Wellenschlag mehr. Er lag flach und ruhig wie ein Spiegel darnieder und glänzte in gleißendem Silber.

Mit dem Satz: »Das Einzige, was Gott davon abhält, eine zweite Sintflut zu schicken, ist die Tatsache, dass die erste nutzlos war«, nahm Dominik diesem friedlichen Bild seine ganze Romantik.

Zum Abschluss der Stadtbesichtigung erfüllte Dominik Greta den Wunsch, die Jungfrau von Candelaria mit dem Jesuskind, die auch Schwarze Madonna, La Morenita, genannt wird, in der beleuchteten Kammer über dem Altar der Basilika zu besichtigen.

»Schön, dass es eine Schwarze Madonna gibt«, sagte sie danach.

»Die gibt es auch in Polen«, wusste Dominik.

Auf der Höhe von La Laguna, Abfahrt 8, fuhren sie von der Autobahn die TF-24 hoch in den Bosque de la Esperanza, den Esperanza-Wald. Entlang der Straße boten sich ihnen viele Panoramablicke, sowohl zu Teneriffas Süd- als auch Nordküste.

Der Wald begann erst in siebenhundert Meter Höhe hinter dem gleichnamigen Örtchen Esperanza.

»Einige der vierzig Meter hohen Eukalyptusbäume sind bis zu hundert Jahre alt«, erklärte Dominik.

Wenige Kilometer hinter dem Ort befand sich die Aussichtsplattform Montaña Grande mit Blicken auf die Städte La Laguna und Santa Cruz. Dort wuchs schon Baumheide, Erica arborea. Dominik konnte Greta dank einer glücklichen Fügung einen gepunkteten Grasbläuling zeigen, der sich gern darin aufhielt.

Am besten gefiel ihnen jedoch die weite Aussicht über das Orotava-Tal bis nach Puerto de la Cruz. Hier trafen sie auch auf die ersten Pilzverkaufsstände am Straßenrand. Es gab ebenmäßige Steinpilze und körbeweise goldgelbe Pfifferlinge.

»Wir sollten im Hotel nachfragen, ob es auch in irgendeinem der Restaurants so frische Pilze zu essen gibt«, meinte Greta.

Bei geöffneten Wagenfenstern schlug ihnen der würzige Pilzduft in der feuchten Luft entgegen.

Von denlangen Kiefernadeln tropften aus den Wolken gemolkene Wassertropfen auf ihr Autodach. Mehrere Satiro Morenos waren zu sehen. Diese Schmetterlingsart fühlte sich in den feuchten Kiefernwäldern besonders wohl.

Kurz nachdem sie in den Nationalpark hineingefahren waren, parkte Dominik den Wagen am Straßenrand.

»Ich möchte dir eine Stelle zeigen, die bei allen, die davon wissen, schlimme Erinnerungen wachruft. Hoch auf das Teideplateau sollen zu Zeiten des Aufstands Francos viele Militärlastwagen gefahren sein. Francos Schergen karrten festgenommene Gegner hierher, um sie zu exekutieren. Wir müssen ein paar Schritte gehen, um einige der vermutlichen Tatorte zu sehen.«

Sie gingen durch das Geröll, das kleines Granulat, aber auch spitze Steinbrocken aufwies.

Greta schaute sich um und sagte: »Mein Gott, so stelle ich mir die Mondlandschaft vor.«

Dominik stimmte ihr zu und ergänzte: »Und man muss hier vorsichtig auftreten. Die Steine sind teilweise messerscharf und gehen durch die dicksten Schuhsohlen.«

Sie kamen an wannenartigen Steingebilden vorbei, die bei der Erstarrung der Lavaströme entstanden waren, aber auch noch durch Wasser glatt ausgewaschen wurden. Dann standen sie vor einer Reihe Kluften, die tief in den Boden gingen. Als sie vorsichtig hinunterschauten, sahen sie nur Dunkelheit.

»Darin sollen die Leichen vieler politischer Gegner auf Nimmerwiedersehen verschwunden sein«, sagte Dominik mit leiser Stimme.

Gretas Herz zog sich zusammen. Beklommen schwieg sie. Zwei hübsche Schmetterlinge holten sie ein wenig aus diesem Stimmungstief.

»Es ist für mich immer wieder ein Wunder, dass diese zarten Tiere es in dieser Höhe überhaupt aushalten. Aber der Grüngestreifte Weißling lebt ausschließlich in den höheren Regionen, und auch der Kanarische Bläuling liebt die höchsten Berge der Cañadas«, wusste Dominik.

Auf der Weiterfahrt kam Dominik auf die nächste Sehenswürdigkeit zu sprechen: »Wir fahren jetzt zum Teide-Observatorium. Es ist seit 1964 in Betrieb und liegt auf dem Berg Izaña in zweitausendvierhundert Metern Höhe. Die Kanaren gehören neben Chile und Hawaii zu den geeignetsten Orte der Welt, um Himmelsbeobachtungen durchzuführen. Das hiesige Observatorium gilt als das größte Sonnenobservatorium der Welt. Hier kann man an Tages- und Nachtführungen teilnehmen. Ich habe das mit meinen Eltern seinerzeit getan. Man bekommt verständliche Erklärungen zu den vielen wissenschaftlichen Tätigkeiten, und nachts kann man den Sternenhimmel ohne Wolken und störendes Fremdlicht beobachten. Das Areal des Observatoriums umfasst etwa fünfzig Hektar. Darauf befinden sich Sonnen- und Nachtteleskope von über sechzig Einrichtungen aus fast zwanzig Ländern. Für eine Besichtigung braucht man deshalb einen ganzen Tag. Wir sind nur kurz hier und auch nicht unbedingt Fans dieser Wissenschaft. Deshalb habe ich mich über die wesentlichen Fakten kundig gemacht und kann sie dir nahebringen. Wir verzichten also auf Besichtigungen. Ein interessantes Forschungsergebnis wird den Besuchern immer wieder vorgetragen. Das sollst du auch hören. Hier wurde entdeckt, dass die Sonne einen eigenen Puls hat, der ähnlich wie ein Herz, allerdings nur alle fünf Minuten schlägt.«

Greta war sehr beeindruckt und erst recht von den vielen schneeweißen Gebäuden, die größtenteils von runder Form waren und die sie nun umrundeten. Besonders die weißen Kuppeln des Observatorios Astrofisico, der Sternwarte, die sich gleich neben der Wetterstation befand, stachen ins Auge.

»Du bist ein echter Fremdenführer«, lobte sie Dominik.

»Nun geht es zum Parador Nacional, dem staatlichen Hotel mit Restaurant und Terrasse. Die Sonne steht gut, wir können uns sonnen und einen Drink nehmen. An diesem Ort gibt es einiges zu entdecken. Lass dich überraschen.«

»Du bist immer wieder für eine Überraschung gut«, schmeichelte Greta ihm.

Nach einer engen Kurve sahen sie plötzlich eine Gruppe Rennfahrer auf ihren Rädern durch die Frontscheibe.

In ihren bunten Trikots kamen sie ihnen in hoher Geschwindigkeit entgegen. Dominik fuhr so weit wie möglich auf der rechten Straßenseite, um sie ja nicht zu tuschieren. Greta erklärte er: »Hier oben sieht man Spitzensportler aller Herren Länder. Sie trainieren gern in der dünnen Luft. Das hilft beim Aufbau der Fitness.«

Inmitten der Cañadas hielten sie am schönen Mirador de Los Roques an. Dort hatte man einen umfassenden Blick auf die Llano de Ucanca und auf die Südwand der Cañadas. Besonders der Roque de Garcia ist dort ein Touristenmagnet und beliebtes Fotoobjekt. Die turmartigen Lavafelsen wurden viele Jahre durch Wind und Regen so bizarr modelliert. Auf dem schmalen Zufahrtsweg zu ihnen parkten viele Reisebusse.

»Hier lassen sich die dümmsten Touristen für ein Fotoshooting kurz auskippen. Sie frieren in ihrer dünnen Sommerkleidung und haben oft nichts anderes als Flipflops an den Füßen, die sie sich an den scharfen Steinen blutig scheuern.«

»Dem Herrgott sein Zoo ist wirklich groß.« Greta lachte. Sie war froh, dass sie heute mit der Kleidung Dominiks Ratschläge befolgt hatte. Auch Dominik machte Fotos von den Felstürmen mit dem Teide im Hintergrund und fing auch den Blick auf die Llano de Ucanca sowie weitere erinnerungswerte Motive ein.

An der Theke des Schnellrestaurants im Parador bestellten sie Café con leche und nahmen einen gezuckerten Berliner dazu. Als sie durch den Shop des Paradors auf die Terrasse gingen, zeigte Dominik Greta Gläser mit dem berühmten Teide-Honig.

»Traditionell bringen die Imker ab Ende April ihre Bienenvölker in die Cañadas, um dort den Honig der Tajinaste und anderer Blüten zu ernten, die in diesen Höhen wachsen. Dann warnen überall Schilder die Wanderer, auf den Wegen zu bleiben. Denn die fleißigen Sammler werden sonst aggressiv.«

Draußen auf der Terrasse ließen sie es sich in der Wärme der Sonne gut gehen, aßen mit sichtlicher Freude die Berliner und tranken ihren Milchkaffee dazu, den sie inzwischen richtig lieb gewonnen hatten.

Vom Parador aus machten sie danach noch eine kurze Wanderung. »Ich möchte dir die Steilwand zeigen, in der eigentlich immer Kletterer hängen. Das sind wagemutige Kerle.«

Zweimal begegneten sie verwilderten Hunden. Sie waren bis auf die Knochen abgemagert. Es waren Podencos, die typischen Jagdhunde der Insel. Sie waren scheu und ließen sie nicht näher kommen.

Dominik fuhr weiter bis zum Fuße der Seilbahnstation. Es windete nur mäßig und sie war in Betrieb. Von der Straße her sah man die Warteschlangen.

»In den Krater können wir selbst an der oberen Station nicht schauen. Die Durchgangserlaubnis endet kurz dahinter. Wer zum Kraterrand möchte, braucht eine besondere Erlaubnis. Deshalb scheint mir eine Seilbahnfahrt entbehrlich. Hier unten gibt es genug zu sehen. Schon auf der anderen Straßenseite gibt es Sehenswertes.«

Dominik wies mit dem Finger auf ein Feld von messerscharfen Obsidiansteinen, die in der Sonne blinkten.

»Direkt vor unseren Augen blühen im Frühjahr Natterköpfe. Sie sind rot und weiß blühende, säulenartige Riesen. Einige ihrer Gerippe, die bis zu drei Meter Wuchshöhe erreichen, kannst du noch sehen.

An dieser Stelle kehren wir für heute um. Besonders das Centro de Visitantes de El Portillo, das Besucherzentrum am östlichen Parkeingang, heben wir uns für eine weitere Tour auf, wie auch eine längere Wanderung, die uns ins schöne Orotava-Tal führen wird.«

In bester Stimmung fuhren sie zurück.

Als sie ankamen, war der Tag noch jung. Sie konnten sich noch länger auf ihrer Terrasse sonnen und die Eindrücke des schönen Tags verdauen. Bevor sie sich für das Abendessen umzogen, duschten sie. Greta sah mit dem Turban aus einem Handtuch über dem nassen Haar bezaubernd aus.

»Unter meinem Nachthemd bin ich barfuß bis zum Scheitel«, sagte sie neckisch. »Ich habe nicht einmal Schminke an mir.«

Dominik zögerte keinen Moment. Er zog Greta aufs Bett und sie liebten sich stürmisch. Im Gleichklang bewegten sie sich in dem immer stärker werdenden hormonellen Sturm und kamen beide zur gleichen Zeit.

Frische Pilze bekamen sie allerdings in keinem der Restaurants. Sie entschieden sich dieses Mal für südamerikanische Küche. Vorab gingen sie an das Salatbüfett. Danach wählte Greta Shrimpseintopf mit Kokosmilch auf brasilianische Art, Dominik südamerikanisches Roastbeef mit Süßkartoffeln und grünem Spargel. Als Nachtisch nahmen beide reife Mango mit einer Kugel Vanilleeis.

»Ich glaube, morgen schließen wir die Fahrt ins Orotava-Tal an. Dann fahren wir noch mal über den Teide und haben dort alle Eindrücke komplett.«

Greta hatte keine Einwände. …

Als sie am nächsten Tag das Teidegebiet durchfuhren, bemühte sich Dominik, langsam zu fahren. Er wollte Greta die Möglichkeit geben, die Mondlandschaft nicht nur grau in grau, sondern auch bunt zu sehen. Die Sonne schien klar ohne Wolken und so schimmerten unter ihrem Licht die mineralischen Einschlüsse im Gestein in vielen Farben. Manchmal war eine Felswand so stark gemustert, dass er einen Parkplatz suchte, um sie genauer zu bestaunen.

Bei aller Langsamkeit näherten sie sich dem Centro de Visitantes de El Portillo. Vom Parkplatz ging es einige Treppen hoch zum Eingang.

Dominik nutzte diesen Weg, um einige Informationen loszuwerden: »Zunächst wirst du dich wundern, dass hier die vielen Serviceleistungen kostenfrei sind. Sowas gibt es bei uns in Deutschland nicht. Viele Infotafeln über den Ursprung des Teide, seine Flora und Fauna, ersparen mir Erklärungen. Du findest dort auch die Nachbildung des Inneren eines Vulkantunnels und kannst es durchlaufen. Es gibt auch einige interaktive Elemente, die die Bergwelt des Vulkans betreffen. Sie sind anschaulich und selbsterklärend, lass dich also überraschen. Am schönsten finde ich den Vorführraum, in dem auch in Deutsch ein Animationsfilm vorgeführt wird, in dem der Teide über sein Leben spricht. Der Film ist nett gemacht.«

Greta war begeistert von dem Innenleben des Museums, aber auch empfänglich für das, was sie draußen noch erwartete. Besonders der Film hatte sie bewegt, sie sagte zu Dominik: »Ich habe nie darüber nachgedacht, wie gefährlich selbst ein ruhender Vulkan für uns Menschen ist. Sollte der Teide wirklich aufwachen, würde Schreckliches passieren. Wenn er dann Lava spuckt, fließt der heiße Strom Richtung Meer und zerstört die wunderschöne Landschaft. Viele Menschen würden ihr Zuhause verlieren, nicht zu vergessen die Tiere, die elendiglich zugrunde gingen! Die Asche, die der Teide spuckt, würde sich als Pulver über die gesamte Insel verteilen. Die giftigen Gase, die austreten, hielten die Menschen für längere Zeit in ihren Häusern. Alles bliebe geschlossen. Schrecklich, sich das vorzustellen.«

»Du solltest auch an den enormen CO_2-Ausstoß denken, der mit einer solchen Eruption verbunden wäre«, ergänzte Dominik.

Neben dem Besucherzentrum gab es einen kleinen botanischen Garten, in dem Pflanzen der Teideregion ausgestellt und vermehrt wurden. Aus dem Garten hinaus führte ein Wanderweg in die Bergwelt. Den wollte Dominik nehmen, doch er hatte die Rechnung ohne den Wirt gemacht. Der Weg war gesperrt. In diesem Gebiet wurde Jagd auf das Mufflon gemacht. Dieser große Säuger war kein heimisches Tier. Er wurde vom Festland Anfang 1970 hier eingeführt und hatte sich, ohne nennenswerte Feinde, schnell vermehrt und richtete an den endemischen Pflanzen große Schäden an. Man beschloss, ihn auf Dauer wieder auszurotten, und führte deshalb besonders Anfang Oktober bis Anfang November Treibjagden auf ihn durch. So wanderten sie stattdessen eine gute Stunde Richtung Montana Rajada und zurück. Greta erkannte, dass es auf dem Lavasand schwerer zu gehen war als auf dem Gestein. Die Auf- und Abstiege brachten sie ins Schwitzen.

Bevor sie weiterfuhren, nahmen sie in der kleinen Bar am östlichen Ausgang einen Drink.

»So viel, wie du heute wieder am Stück geredet hast, könntest du dir ruhig noch mit einem weiteren Getränk die Kehle anfeuchten«, sagte Greta mit Zärtlichkeit in der Stimme.

Die Landschaft lag bei einem Blick nach unten im Nebel wie unter einer schweren Daunendecke begraben. »Da müssen wir erst durch, um wieder freie Sicht zu bekommen«, meinte Dominik.

Auf dem Weg zur Steinrosette musste Dominik auf der anderen Straßenseite parken. Dort hatten sie bereits wieder gute Sicht. Es gab eine Unterführung zum Steingebilde, doch Dominik kreuzte lieber die Straße. Das war viel kürzer. Greta nahm den ausgeschilderten Weg und rief Dominik hinterher: »Du hast doch versprochen, nie mehr vom rechten Weg abzukommen!«

Er war schon drüben angelangt und lachte nur.

Bei der aufgegebenen Forellenzucht fuhr er den Parkplatz des Restaurants an. Von dort aus hatte man einen guten Blick auf Los Organos, die aneinandergereihten Basaltsäulen in der Felswand, die an Orgelpfeifen erinnerten. Er wollte sie Greta zeigen und eine Geschichte von sich erzählen.

»Hier habe ich vor vielen Jahren mit meinem Vater bei gleich schönem Wetter eine riskante Wanderung gemacht. Man nennt sie die Organos-Runde. Sie hat viele Steigungen und ist deshalb anstrengend, viel wichtiger ist aber, dass sie ein sehr gefährliches Stück Weg beinhaltet. Man muss sich auf ganz schmalem Steig, der nur durch Seile gesichert ist, an den Orgelpfeifen vorbeihangeln. Da man dabei den schmalen Weg in den Augen behalten muss, schaut man gleichzeitig in die Tiefe hinab. Das war der Gipfel der Waghalsigkeit. Als wir den Weg gingen, war er wohl längere Zeit nicht begangen worden. Er war zugewachsen, und so kamen uns Bedenken, ob die Sicherungsseile wirklich in Schuss waren. Aber wir waren schon über zwei Stunden gelaufen und wollten nicht ohne ein Erfolgserlebnis zurückgehen. So passierten wir mit Gottvertrauen diese Stelle. Wie du siehst, ist es gut gegangen.«

»Das machst du aber nicht mit mir. Ein Handstand auf einer kleinen Mauer in großer Höhe über dem Abgrund und dann noch ein so unsicherer Weg, das ist nicht mein Ding.«

»Nein, das machen wir auch nicht. Ich wollte es dir nur zeigen.« …

In La Orotava parkten sie in einer Tiefgarage neben einem Supermarkt. Von da aus konnte man gut einen Rundgang durch die Altstadt beginnen. In der Iglesia San Augustin zeigte Dominik Greta eine für die Insel typische Statue des Heilands, sitzend mit Dornenkrone und Wunden der Marter am bloßen Körper und nur mit einem Lendentuch bedeckt. Das Leiden des Herrn war eindrücklich gezeigt. Das Gotteshaus grenzte direkt an die Casa Cultura. Dort wurden Malkurse abgehalten. Durch die Fenster der Räume konnte man einige Werke der Laienkünstler sehen.

Davor lag der Plaza de la Constitucion, man nannte ihn gern den Balkon von Orotava. Hier flanierte an Festtagen Groß und Klein. Mütter zeigten ihre schönen Töchter, und die jungen Männer flirteten mit Blicken. An einem der schönen Pavillons wurden Getränke und kleine Snacks angeboten. Vom Platz aus hatte man einen wunderbaren Blick in das gesamte Orotava-Tal. Das Sträßchen führte weiter am rotfarbenen Liceo de Taoro vorbei. Mittlerweile wurde das palastartige Gebäude als Kulturhaus genutzt.

Nachdem sie länger bergauf gestiegen waren, stießen sie auf den botanischen Garten der Stadt, er war ein kleiner Ableger des großen Gartens in Puerto de la Cruz. Es blühte in allen Farben und viele Eidechsen raschelten unter dem Laubwerk auf dem Boden. Zum ersten Mal sah Greta einen Bananenbaum, an dem sich aus einer Blüte der Strunk der künftigen Bananen entwickelte. Es war ein wahres Wunder der Natur. So hatte sie sich den Anfang der Bananen nicht vorgestellt.

»Der Garten war früher der Klostergarten eines Klarissenklosters«, wusste Dominik.

»Gibt es auf der Insel eigentlich Schlangen?«, wollte Greta wissen.

»Nein, die sind auf den Kanaren nie heimisch geworden. Man sagt, sie würden sich auf dem scharfen Lavastein ihre weichen Bäuche aufschlitzen und jämmerlich zugrunde gehen, wenn sie hier wären.«

Das übergroße Ayuntamiento, das Rathaus der Stadt, lag direkt an der Hauptstraße, an der herrliche alte Häuser standen mit den typischen kanarischen Holzbalkonen. Die Straße war mit Kopfsteinen gepflastert und neben den Gehwegen hatte sie hohe Poller.

»Die riesige Freifläche vor dem Rathaus ist an Fronleichnam, Corpus Christi, mit dem Bild aus Lavasand bedeckt. Ich habe dir davon erzählt. Jetzt kannst du dir das Ausmaß des Werks vorstellen«, erklärte Dominik.

Nun gingen sie hinunter zur Iglesia Nuestra Senora de la Concepción. Die schöne Hallenkirche hatte eine große Kuppel, die in blassem Violett schimmerte. Sie besahen die wunderschönen Holzfiguren und Schnitzereien.

»Vielleicht erinnerst du dich daran, dass hier die jährliche Fronleichnamsprozession ihren Anfang nimmt.«

Greta nickte. Ihr fehlten die Worte, sie war von der Stimmung der Kathedrale völlig eingefangen.

An der Casa Lercaro, die einen grünen Innenhof mit zwei Restaurants hatte sowie in zwei Etagen eine Ausstellung schönster Dekorationsstücke, machten sie Halt. Im Palacio mit dem kleinen Park wurden oftmals Hochzeiten oder andere Feste gefeiert. Am liebsten hätte Greta viele ausgefallene Stücke aus den Auslagen gekauft. Stattdessen fotografierte Dominik auf ihre Bitte hin die Gegenstände, die ihr am besten gefielen.

Nun gingen sie wieder bergauf bis zu den Casa de los Balcones. Hier gab es viel für sie zu bestaunen. Typische Gewürze, Getränke, viel Weihnachtsschmuck, Gemälde, Stoffe, selbst lebendige Kanarienvögel wurden angeboten. Greta erstand für ihre Schwester ein kleines geklöppeltes Deckchen. Wieder musste sie sich zurückhalten, um nicht mehr zu kaufen.

An einer alten Waschstelle vorbei, wo die Frauen des Viertels gemeinsam gewaschen hatten, erreichten sie als krönenden Abschluss eine der noch funktionierenden Mühlen. Schon auf die Straße hinaus roch es herrlich nach den verschiedenen Mehlsorten. Den beiden tat es leid, dass der Rundweg hier zu Ende ging. Es tröstete sie, dass sie noch viele andere Überraschungen vor sich hatten. ...

Bei der Abfahrt aus der Stadt passierten sie eine Allee aus hohen Bäumen. Für Greta sahen die fremd aus, und sie fragte: »Was sind das für Bäume?«

»Das sind Araukarien. Sie sind auf der Südhalbkugel heimisch. Hauptsächlich in Chile, Argentinien und Brasilien. Inzwischen haben sie aber auch auf Teneriffa einen festen Platz. Du wirst sie noch mehrfach sehen, zum Beispiel in La Laguna und am Hafen von Puerto. Bei den ausgewachsenen Bäumen sind die Blätter meist schuppenförmig und überdauern viele Jahre. Ich finde, die Bäume sehen reizvoll aus.«

Nach einem kurzen Augenblick wies Dominik nach rechts und sagte: »Dort ist Sprungmann, unser deutscher Metzger. Hier haben wir oft für Feierlichkeiten unter den Deutschen frische Weißwürste und süßen Senf geholt. Bei uns gab's die auch immer am Neujahrsmorgen.«

Greta lachte. »Dann bist du wohl ein halber Bayer.«

Linker Hand kam der Mirador de Humboldt in den Blick. Er war dem deutschen Weltenbummler Alexander von Humboldt gewidmet. »Der weite Blick in die Ebene wäre ohne den mit EU-Mitteln gebauten hässlichen Bunker eher schöner gewesen. Auch das Nobelrestaurant, das sie dort hineingesetzt hatten, hat sich nicht gehalten«, sagte Dominik abfällig.

In Santa Ursula war ihr Aufenthalt recht kurz. Vom Ort besichtigten sie die kleine Kirche Iglesia de Santa Ursula mit dem Plaza General an der Seite, auf dem Bäume und Sträucher Schatten spendeten und Bänke zum Verweilen einluden. In der Kirche zeigte Dominik das kleine Bild vom Kölner Dom. Köln war wie dieses Städtchen eine Stadt der heiligen Ursula. Die elf Flammen im Stadtwappen standen schließlich für die elftausend Jungfrauen, die zusammen mit der Heiligen von den Hunnen in Köln hingemetzelt wurden.

Greta grinste und meinte: »Glaub ja nicht, dass bei mir Heimweh aufkommt.«

Dann fuhr Dominik mit Greta noch in das Viertel Lomo Roman. Hier hatte er mit seinen Eltern gewohnt.

Kaum hundertfünfzig Meter über dem Meeresspiegel hatten sie ein Haus gemietet, mit freiem Blick auf den Atlantik und seitlich bergauf auf den Kegel des Teide.

Greta war von diesem Standort begeistert. »Dominik, ich kann deine Gefühle verstehen. Hier hätte ich auch gern gewohnt.«

Dominik beschloss, die Besichtigung der weit verstreuten Sehenswürdig-keiten von Puerto mit kurzen Autofahrten zu beschleunigen. Von Santa Ursula fuhren sie hinab auf die Autobahn und nahmen die Richtung nach Los Realejos.

Bei der Ausfahrt Puerto de la Cruz ging es weiter bergab.

Auf halber Höhe verließen sie die Straße, fuhren geradeaus durch eine Einfahrt Richtung Taoro-Park.

Dominik fuhr langsam, sodass Greta die schön bewachsene grüne Lunge oberhalb der Stadt gut anschauen konnte.

Auf den Wegen waren viele Jogger unterwegs.

Sie passierten die englische Kirche und fuhren auf einen Parkplatz, der sich oberhalb des ehemaligen Grand Hotel Taoro befand. Von dort gingen sie ein kurzes Stück weiter bergab, bis sich vor ihren Augen ein fulminanter Blick auf die Unterstadt öffnete. Sie konnten sie fast vollstän-dig überblicken, sahen Kirchen, grüne Oasen, sehr viele Hochhäuser und natürlich den Strand, der auch hier aus schwarzem Lavasand bestand.

»Diese Stadt ist die größte, die ich bis jetzt zu sehen bekam. Die vielen Hochhäuser sehen allerdings nicht so romantisch aus wie die Häuser, die bisher die Stadtansicht prägten«, beschrieb Greta ihre Eindrücke.

»Damit hast du alles bestens erfasst. Dort unten gibt es wirklich viele Bausünden. Meist sind es Hässlichkeiten der Sechzigerjahre. Aber warte, mit Santa Cruz wirst du noch einen größeren Moloch zu sehen bekom-men.«

Über eine Parallelstraße fuhren sie am Hospital vorbei zurück bis zur Parkeinfahrt. Von der Seenlandschaft im Park hörten sie bis hierher durch das offene Fenster die Frösche quaken. »Das wird vielen Patienten die Nachtruhe rauben«, meinte Greta.

Nun orientierten sie sich weiter bergab und fuhren hinab bis an die Uferstraße.

Nach links ging es im langsamen Tempo am Playa Jardin vorbei, der zur Straße hin von einer grünen und blühenden Parkanlage eingesäumt war.

»Wir fahren jetzt durch bis zum Stadtteil Punta Brava. Vom Loro Par-que, der oberhalb der Hauptstraße liegt, siehst du ein Großteil der Umrandung und auch den Eingangsbereich mit den vielen Bussen und Menschen auf dem Parkplatzgelände. Hier parken wir auch, dann hörst du von drinnen das Schreien der Papageien. Dieses Spektakel ersparen wir uns. Ich will dir lieber das Örtchen mit seinen vielen bunten Fischerhäusern zeigen. In den Gässchen riecht es muffig, der Putz auf den Häusern ist aufgeblüht von der Nässe und weist salzige Flecken auf. Wir gehen runter bis zu den letzten Häusern am Meer.«

Diese Bauten standen auf höher gelegenen Felsen über dem Wasser, das mit den Gezeiten fiel oder stieg.

Die Wellen des Atlantiks rollten, je nach Witterung, stärker oder schwächer dagegen. Bei Ebbe kamen größere Landstreifen zum Vorschein, die mit vom Wasser rund geriebenen Steinen aufgeschüttet waren. Diese Streifen konnten von oben auf rostigen Eisenleitern erreicht werden.

»Wenn das Wasser höher steht, wird da unten geschwommen oder von oben aus gefischt. Alles liegt also direkt vor der Tür«, erklärte Dominik. Dann wies er auf den kleinen betonierten Weg hin, der vor den Häusern verlief, aber ab einer Stelle abgesperrt war. »Hier ist schon vor längeren Jahren die Bodenplatte durchgesackt und unbegehbar geworden. Die in Mitleidenschaft gezogenen Häuser wurden unbewohnbar. Nichts ist repariert worden. Das wäre viel zu teuer.«

Greta staunte über diesen Fatalismus. Hier war wirklich nichts perfekt. Aber die Leute schienen ihr Zuhause zu lieben. Erwachsene in verwaschener Kleidung grüßten sich freundlich oder blieben sogar für einen Schwatz stehen, und aus den Gassen hörte man das helle Lachen von Kindern.

Die beiden gingen stumm zum Wagen.

»Wir fahren die Uferstraße zurück und parken auf einem Parkplatz hinter der Kaimauer, welche die Altstadt vor dem Meer schützt. Dort warten imposante Eindrücke auf dich und fast von überall hast du einen Blick auf den Teide.«

Während der Fahrt machte Dominik einen kurzen Halt am Castillo San Felipe mit seinem Pulvermagazin und den Kanonen. »Das wehrhafte Haus aus dem siebzehnten Jahrhundert wird heute für Ausstellungen und Konzerte genutzt.« Rechter Hand passierten sie den englischen Friedhof La Chercha, auch Cementerio protestante genannt, der erste protestantische Friedhof überhaupt. Dann fuhren sie linker Hand am Schwimmbad vorbei, dessen Wettkampfbahnen viel von Leistungssportlern genutzt wurden. Auf der gleichen Seite schloss sich der Fußballplatz an. An dessen Ende fuhren sie links hoch auf den Parkplatz vor der Kaimauer.

Sie gingen ein Stück über die Mauer. »Die darf nur bei gutem Wetter begangen werden. Die Wellen haben schon viele leichtsinnige Touristen von dort in den Tod gerissen. Heute gibt es jedoch keine Probleme«, erklärte Dominik.

»,Es ist besser, beizeiten Dämme zu bauen, als zu warten, bis die Flut Vernunft annimmt.‹ Das ist von Kästner«, ließ Greta ihre Literaturkenntnis aufblitzen.

Auf den dicken Betonklötzen, die vor der Mauer einen weiteren Schutz gegen die Wogen bildeten, sonnten sich viele Krebse. Auf der Mauer saßen mehrere Männer und fischten. »Sportfischer sind das aber nicht«, meinte Greta. »Dazu sind sie zu passiv.«

»Aber die nehmen den kleinsten Fisch mit nach Hause. Der kommt mit Sicherheit in die Pfanne.« Dominik grinste sie bei dieser Antwort an.

Linker Hand zeigte er Greta das große Feld mit den Steintürmchen. Sie klaubten einen Haufen Steine zusammen und bauten einen Erinnerungsturm.

»Man kann nicht immer auf Umweltschutz Rücksicht nehmen«, sagte Greta danach. Sie hatte Dominiks Anmerkungen nicht vergessen.

Dann machten sie sich auf den Weg in die Altstadt. Im alten Fischerviertel Ranilla bestimmten inzwischen Bars, Restaurants und Cafés sowie kleine Geschäfte das Bild. Der arme Vorort war zum Touristenmagnet mutiert. Sie bewunderten an vielen Hauswänden die ausgefallenen riesigen Gemälde und die Wasserrohre an den Wänden, die die Hausfrauen liebevoll mit bunten gehäkelten Mänteln eingehüllt hatten.

Vor einem Schaufenster blieb Greta stehen. »Schau mal, die Machete dort sieht gefährlich aus, oder? Sind die Insulaner so streitbar?«

»Nein, aber viele von ihnen arbeiten auf den Bananenplantagen. Mit den Dingern schlagen sie die alten Teile der Pflanzen ab. Die bedecken dann den ganzen Erdboden, verrotten und halten die Feuchtigkeit. Ich zeig dir hinter La Paz noch eine Bananenplantage.«

Versonnen schüttelte Greta den Kopf. »So kann man sich irren«, murmelte sie.

Sie schlenderten die Straße durch bis zum Charco de los Camarones, von den Einheimischen Garnelenpfützchen genannt. Das war der Anlandeplatz des alten Hafens. Dominik zeigte auf die mächtige Araukarie, die er ihr versprochen hatte. Die Fischer waren schon wieder vom Fischfang zurück. Der Hafenrand war mit ihren Booten besetzt. Das hielt einige Einheimische nicht ab, vom steinigen Ufer aus zum Schwimmen ins Wasser zu gehen. Selbst dort, wo kleine Ölflecken darauf schwammen. Andere lagen auf Bastmatten oder Handtüchern zum Sonnen.

Aus den Lokalen roch es nach Knoblauch, aber leider zum Teil auch nach altem Öl. Gemächlich ging es am Rathaus vorbei bis zur Punta Del Viento, dem windigen Platz, wo auf den Bänken viele Sonnenhungrige saßen. Die Mauer dahinter ging runter bis ins Meer und beherbergte zwei Restaurants. Bei miesem Wetter schlugen die Wellen fast über die Mauer hinweg. Dann waren die Bänke natürlich frei von Besuchern. Die Punta bot einen weiten Blick über das felsige Ufergelände mit Badestellen und auf die höher gelagerte Strandpromenade mit Geschäften und Restaurants. Sie sahen die Kapelle San Telmo, in der nach Dominiks Worten auch auf Deutsch Gottesdienste abgehalten wurden. Auf der Landzunge, weiter hinten, ahnten sie die unter Denkmalschutz stehende Badelandschaft Lago de la Costa de Martiánez.

»Die kannst du oben von La Paz aus noch viel schöner sehen«, sagte Dominik.

Von der Punta Del Viento aus gingen sie eine Parallelstraße zurück, passierten den Plaza de la Iglesia mit der Hauptkirche der Stadt, Nuestra

Señora de la Peña de Francia. Die besichtigten sie. Greta fand sie etwas düster. Es fiel wenig Licht herein und die schwarze schiffartige Decke sorgte noch zusätzlich für den dunklen Eindruck. Der geschnitzte Altar in goldenem Glanz allein rechtfertigte aber schon den Besuch. Gegenüber zeigte Dominik auf der Treppe des ehemaligen Hotels Monopol die stets für die ankommenden Gäste ausgelegten Blüten. »Das ist ein sehr netter Willkommensgruß«, meinte Greta.

Nun war es nicht mehr weit bis zum Plaza del Charco, dem Hauptplatz der Stadt. Er war durch üppigen Baumbewuchs angenehm schattig, von Geschäften, Bars und Restaurants eingefasst und besaß die größte Taxistation. Von dort gingen sie runter zum Hafen und über die Kaimauer zurück zu ihrem Wagen.

»Jetzt beenden wir die Visite mit dem Besuch des Viertels La Paz. Danach kannst du dich im Wagen etwas ausruhen, bis wir unsere letzte Station am heutigen Tag, die Universitätsstadt La Laguna, erreicht haben«, kam es von Dominik.

In La Paz fuhren sie zunächst die Hauptstraße bergan. Dominik erklärte Wissenswertes links und rechts der Straße: »Links siehst du zunächst den deutschen Supermarkt und davor den kleinen Bücherstand mit gebrauchten deutschsprachigen Büchern. Es folgen neben Restaurants Geschäfte für den täglichen Bedarf, eine Apotheke und mehrere Friseure. Dann folgt links ein ganzes Rondell mit Geschäften. Die Billigkleidung, die du dort siehst, ist seit Jahren immer die gleiche. Es scheint so, als würde nie etwas verkauft. Mit ihrer Hässlichkeit passt sie gut zu den vielen hässlichen Menschen, die hier rumlaufen.«

Greta lachte.

»Dann kommt links das Lieblingslokal vieler Deutscher, die Tiroler Alm. Die Preise waren immer unbegreiflich niedrig. Die deftigen Gerichte hatten mich seinerzeit zu einem Gedicht inspiriert. Ich kann es auswendig und werde es dir auf der Fahrt nach La Laguna vortragen.

Vorbei an der Mauer des Botanischen Gartens, Jardín Botánico, fahren wir nur, damit du dahinter die hohen, seltenen Bäume siehst. Wir fahren

dann rechts über einen Parkplatz zurück und machen einen Zwischen-
stopp auf dem Parkplatz des deutschen Supermarkts.«

»Willst du was kaufen?«, fragte Greta.

»Nein, aber von da sind wir schnell an der kleinen Kirche und erreichen
unterhalb von ihr den Platz mit dem tollen Blick auf die Unterstadt, spe-
ziell auf die Badelandschaft Lago de la Costa de Martiánez.

Gesagt, getan, und der Ausblick hielt Dominiks Versprechungen mehr
als stand. Weiter ging es Richtung Bolullo-Strand. Dominik parkte vor
dem Tunnel, der zur Playa führte. Sie gingen die wenigen Schritte, bis die
Bananenplantagen begannen. Greta bekam nun die kleinen kanarischen
Bananen in allen Wachstumsphasen zu sehen und auch die mit der Machete abgeschnittenen Pflanzenteile auf dem Boden.

»Adios, Puerto, jetzt kommt La Laguna. Oder schaffst du das nicht
mehr?«, wollte Dominik wissen.

»Ich bin lange noch nicht müde«, kam als patziges Echo zurück.

»Lass mich wenigstens sofort das Gedicht vortragen, dann hast du für
den Rest der Fahrt Ruhe.«

Unter tropischen Blüten bei Sommerluft
trifft uns schwerer Eisbeinduft!
Tafeln mit Hämmchen und Sauerkraut
sind vor der Türe aufgebaut.
Leberkäse mit Spiegele,
lassen mich seufzen, España verzeih!
Hier schmort nicht nur Nordisches in den Töpfen,
auch die Bild-Zeitung steht vor teutonischen Köpfen.
Man trinkt deutschen Kaffee und deutsches Bier.
Das gibt es des Heimwehs wegen nur hier.

Auf der Höhe von El Sauzal beendete Dominik bereits die Ruhepause für
Greta. Er wies nach links und sagte: »Dort liegt die Casa del Vino, ein
wunderbares Restaurant mit großer Terrasse und herrlichem Blick. Dort
haben wir so manches Familienfest gefeiert. Es gibt auch ein Weinmu-

seum, und ich kann dir versichern, dort findet man alle Weine, die wir bei unseren Sitzungen in Köln getrunken haben. Besonders interessant ist das Mauerwerk, welches das Areal umgrenzt. Es ist nicht mit Mörtel gebaut, sondern die Steine sind nur geschichtet. Zwischen den vielen Fugen wieseln, wenn es warm genug ist, Dutzende von Eidechsen. Sie schimmern in ihren schuppigen Kleidern in allen Farben.

Die nächste Information gab er bei Tacoronte: »Hier siehst du durch die Büsche die erste Bahn des Real Club de Golf de Tenerife. Er wurde von Engländern gegründet, und das passt. In dieser Region ist es nämlich oft nass und trüb. Einen solchen Ort konnten sich nur die Tommys aussuchen. Der Platz beschert wunderbare Blicke, aber er ist mit seinem dauernden Auf und Ab ein Bergziegenplatz.«

Schließlich nahmen sie die Abfahrt nach La Laguna.

Auf dem Weg zur Tiefgarage sah Greta bereits, wie jung und quirlig die Stadt sich präsentierte. Viele junge Menschen, wahrscheinlich Studierende, eilten durch die Straßen. Dominik bestätigte ihre Einschätzung: »Wir sind jetzt im Univiertel. Du siehst überall Geschäfte für Fachbücher.«

In der Garage war ebenfalls Hochbetrieb, fast alle Stellplätze waren belegt. In das erste freie Loch parkte Dominik ein.

»Das ist ein Frauenparkplatz«, meldete sich Greta entrüstet.

»Ich sehe keinen anderen freien, aber ich habe extrem schief eingeparkt, damit das nicht auffällt. Komm deshalb bitte nicht in Millisekunden von null auf hundertachtzig. Ich weiß, Frauen sind darin wie tolle Autos.«

Greta kicherte und gab Ruhe.

Als sie draußen waren, meinte Dominik: »Die schönsten Sehenswürdigkeiten sind auf einem recht engen Streifen der Altstadt gebündelt. Dort finden wir das meiste, was zum Weltkulturerbe zählt. Mit Sorgfalt renovierte Herrenhäuser, Kirchen und Kapellen, die Stadtverwaltung und das Theater befinden sich dort. Darauf wollen wir uns fokussieren.

Bei den Kirchen hat sich mittlerweile eine Unart eingeschlichen: Die reiche katholische Kirche verlangt für den Besuch Eintritt.

Die Stadt trägt übrigens stolz den Titel: Muy Noble, Leal, Fiel, y Illustre Historia Ciudad de San Cristobal de La Laguna: sehr edel, treu ergeben, geschichtsträchtig und berühmt.«

Am Plaza de Adelentado verschafften sie sich den ersten Überblick. Dominik hatte viel zu erklären: »Der hat über die Jahre immer wieder sein Gesicht verändert, ist aber ein wichtiger Platz geblieben. Mit seinem schönen Pflaster, dem zentralen Brunnen aus Marmor, den vielen Bänken und üppigen Bäumen gibt er was her.

Die Antigua Casa del Cabildo, das Rathaus, sehen wir gleich hinter der südwestlichen Ecke des Platzes. Beim Betreten des Gebäudes wirst du einen Aha-Effekt erleben. Das unterste Stockwerk wurde als offener Säulengang errichtet. Über seine fünf Halbkreisbögen baute man fünf Fenster mit schönen Brüstungen aus Metallgitter ein. Im Treppenhaus befinden sich herrliche Wandmalereien.«

Wieder draußen, orientierten sie sich Richtung Calle Obispo Rey Rendondo. Diese Hauptstraße wollten sie ganz durchlaufen. Die Sehenswürdigkeiten begannen mit der Casa de los Corregidores, die anfänglich ein Wohnsitz war. Das Einzige, was vom Ursprungshaus erhalten blieb, war das prächtige Portal aus rotem Stein. Es gehörte nun auch zum Rathauskomplex. Leise tönte das Gegurre der Tauben vom Dach. Auf dem Spaziergang bewunderte Greta die bunten Häuser und die Auslagen der vielen Geschäfte.

Dominik machte sie darauf aufmerksam, dass aus einigen Dachabdeckungen Pflanzen herauswucherten. »Bei diesem Klima wächst überall etwas«, meinte er dazu.

Vor der mächtigen Kathedrale, die etwas zurückgesetzt lag, machten sie Halt. Sie beschlossen, Eintritt zu bezahlen und ihr Innenleben zu betrachten. Dominik hatte befunden, dass dies sich lohne. Das vergoldete Retabel in der Kapelle der Virgen de los Remedios und das Altargemälde des flämischen Malers Hendrick van Balen gefielen ihnen besonders.

Sie gingen weiter bis zum Teatro Leal. Es hatte einen zweistöckigen

Zentralkörper, der von dreistöckigen Türmen flankiert war. Vor dem Obergeschoss befand sich ein schöner Balkon. »In diesem Theater war auch die königliche Familie zu Gast«, wusste Dominik.

Sie schlenderten an einem Café vorbei, das in einem schönen Patio lag, und Dominik fragte: »Wie wäre es jetzt mit einer Tasse heißer Schokolade? Ich weiß, wo sie wunderbar schmeckt.« Greta ließ sich gern überreden.

Drinnen standen viele Kübel mit blühenden Pflanzen. Hier blüht alles so wunderschön, dachte Greta, während bei uns zu Hause die letzten Rosenblüten abgeschnitten und die Rosenstöcke bereits eingewintert wurden.

Hinter dem Plaza de Concepcion, auch mit Araukarien bewachsen, betrachteten sie die gleichnamige dreischiffige Kirche nur von außen, auch wenn sie ein auf den Kanaren besonders berühmtes, geschnitztes Christusbild enthielt. Dominik wusste nämlich, dass sie innen recht düster war. Das älteste Gotteshaus der Kanarischen Inseln hatte man im gotischen Stil erbaut. Der schlanke Turm mit fünf Fensteröffnungen und einer doppelten Öffnung aus zwei Halbbögen, durch die man die Glocken sah, wirkte sehr interessant. Der Aufbau darüber, in mehreckiger Form gesetzte Halbbögen, bildete eine imposante Ausblickplattform und machte das Gotteshaus ungewöhnlich.

Auf ihrem Rückweg über die Parallelstraße Calle San Agustin bewunderten sie noch viele hochherrschaftliche Gebäude, ganz zum Schluss den Palacio Lercaro, der inzwischen ein Museum war und als eines der schönsten Gebäude der Stadt galt. Es war einst von einer Kaufmannsfamilie aus Genua in Auftrag gegeben worden.

Der Palast hatte, so wie viele Häuser der Stadt, eine verputzte Mauer aus Naturstein, Mamposteria genannt. Quadersteine blieben nur an den Fensterecken, Fensterfüllungen und Steinbildarbeiten sichtbar. Den Patio trug eine Galerie von sieben Säulen, die abwechselnd aus Holz und Stein bestanden. Das Innere zierten schöne Freskomalereien.

Auf gleiche Weise spazierte das Paar an vielen sehenswerten Gebäuden vorbei, ohne deren Namen und Bedeutung genau zu erkunden. Es genügte ihnen, sich an ihrem Anblick zu erfreuen. Die Erinnerung an das

Aussehen hatte Bestand; Namen und Daten wurden sowieso bald wieder Schall und Rauch.

Als sie den Wagen wieder bestiegen, waren sie leicht erhitzt und erschöpft, aber auch zufrieden.

Auf der Fahrt hatte Dominik eine wichtige Frage: »Fühlst du dich noch fit genug, um morgen die letzte Tour anzuschließen?«

Entrüstet antwortete Greta: »Ich bin nicht nur fit wie ein Turnschuh, ich bin auch noch neugierig.«

»Das trifft sich gut, dann können wir es den Tag darauf etwas langsamer angehen lassen. Da bietet das Hotel eine Happy-Hour-Nacht mit stark rabattierten Getränken und Livemusik. Da sollten wir ausgeruht hingehen.«

»Musst du irgendeinen Kummer tottrinken?«, fragte Greta schnippisch.

»Nein, ich möchte meine Seele nur ein bisschen marinieren.«

»Da bin ich aber froh. Schatz, ich habe für heute Abend einen besonderen Essenswunsch. Essen wir heute asiatisch? Da finden wir bestimmt auch etwas Schönes. Als Nachtisch gibt es heute für mich nur einen doppelten Espresso. Ich will nicht dick und rund nach Hause kommen. Außerdem kann ich nach Espresso wunderbar einschlafen.«

Dominik war einverstanden.

Ihr Abendessen war lecker, zog sich aber ganz schön in die Länge. Dominik war rechtschaffen müde und hatte einen entsprechenden Vorschlag: »Heute sollten wir vernünftig sein und sofort ins Bett gehen.« Zärtlich stupste er Greta in die Seite.

»Vielleicht komme ich dann das erste Mal dazu, ein paar Seiten zu lesen«, kam von Greta zurück.

»Hast du überhaupt Bücher dabei?«

»Nein, aber ich habe drei Romane auf meinem Tolino gespeichert und den bisher noch nicht gebraucht.« …

Am nächsten Morgen machten sie sich auf den Weg zur letzten Tagestour. Über die TF-1 fuhren sie hinein nach Santa Cruz. Dort nahmen sie die Richtung zum Hafen und parkten auf der Höhe des Parque Maritimo. Sie besahen den von Cesar Manrique angelegten Park, dessen Hauptbestandteil drei künstlich gestaltete Meerwasserschwimmbecken waren. Wasserfälle, Gebilde aus Vulkangestein und ein naturbelassener Lavastrand wurden zusammen mit Palmen und tropischen Pflanzen ein fantastisches Ganzes. Die Blätter der Palmen raschelten in einer leichten Brise. Da das Wetter heute sonnig war, tummelten sich schon viele Besucher in den Pools und fanden Abstand vom Großstadttrubel.

»Zum berühmten Auditorium können wir schnell fußläufig hin. Du kannst es dort vorn schon sehen«, wies Dominik auf die nächste Sehenswürdigkeit hin. Das muschelartige Gebäude glänzte vor ihnen weiß in der Sonne. Das veranlasste Dominik zu einer weiteren Erklärung: »Dieses glänzende Weiß hat vielen Vögeln den Tod gebracht. Sie sind dagegengeflogen und haben sich das Genick gebrochen. Inzwischen ist es etwas besser geworden. Man hat den Glanz nachträglich mindern können. Aber immer noch sieht man ab und zu tote Seevögel auf den Treppen liegen. So hat ein solches Prestigeobjekt eben auch seine Schattenseiten.«

Greta erkannte sofort die Ähnlichkeit des Opernhauses mit dem von Sydney, auch wenn sie dieses Haus bisher nur auf Bildern gesehen hatte.

Über ein kleines Sträßchen bei dem Edificio El Cabo, in dem sich ein Teil der Steuerverwaltung befand, gingen sie Richtung Innenstadt. Ihr erster Stopp war der von Franco initiierte Mercado Nuestra Señora de África. Er sollte damals der Bevölkerung außerhalb der Innenstadt einen Markt ohne Verkehrsstau bieten, lag heute aber mitten im Großstadtgewimmel.

»Hier findet jeden Sonntag ein großer Flohmarkt statt«, erklärte Dominik.

Aus den großen Rundbögen der Eingänge strömten ihnen bereits allerlei Düfte entgegen, und der Lärm der Marktbesucher war nicht zu überhören. Drinnen wurde Greta von den vielen verschiedenartigen Marktständen überrascht. Eine riesige Auswahl von Obst, Stände mit Fleisch und Fisch, aber auch mit Gewürzen, Brot und weiteren Lebensmitteln begeisterten sie genauso wie die bunten Blumenstände.

»Einen solchen Markt wünschte ich mir in Köln«, sagte sie, »und dies nicht nur wegen der großen Auswahl, sondern auch wegen der günstigen Preise.«

Nur ein paar Schritte über die Straße, weiter stadteinwärts, brachten sie vor das bombastische neue TEA Tenerife Espacio de las Artes.
»Diese Anlage ist einzigartig. Sie enthält eine enorme Museumsfläche für Wechselausstellungen. Im Souterrain, durch große Glaswände von oben einzusehen, befindet sich eine Arbeitsbibliothek, in der besonders Studenten arbeiten. Sie haben dort kostenfreien WLAN-Anschluss und geräumige Arbeitstische.« Dominik zeigte Greta alle Einzelheiten.

Ein kleiner Abstecher nach rechts brachte sie vor die Kirche Nuestra Señora de la Concepción. Sie war die römisch-katholische Hauptkirche der Stadt und im Kolonialstil erbaut. Ihr schlanker hoher Turm mit den halbrunden Öffnungen, die sich im oberen Teil auf weißer Grundierung befanden, konnte man weithin sehen. Ihr Innenraum war in fünf Schiffe gegliedert. Besonders interessant waren die Schnitzereien im Mudéjar-Stil, der von arabischem Einfluss geprägt war.

Das Teatro Guimerá auf der Plaza de la Isla de Madeira besichtigten sie als Beispiel für die vielen Theater der Hauptstadt und als ältestes Theater aller Kanarischen Inseln. Dominik wusste zu berichten, dass in diesem Theater in der Karnevalszeit auch närrische Veranstaltungen stattfanden.
»Sicher erinnerst du dich daran, hier gilt: La vida es un carnava. Das ganze Leben ist Karneval.«
Schon der Vorplatz war durch schöne dreiarmige Straßenlaternen geziert sowie durch den Ausschnitt eines Frauengesichts als hohles Standbild.
Das Gebäude selbst war tempelartig und hatte in der oberen Etage sieben Fenster mit schmiedeeisernen Balkonen. »Schade, dass wir die Innenbeleuchtung nicht sehen können. Der Raum wirkt mit ihr äußerst prächtig.«

Nun näherten sie sich dem berühmten Hauptplatz, dem Plaza de España. Bei seiner Beschreibung erwies sich Dominik als wahrer Fremdenführer: »Mit der Umgestaltung dieses Platzes wollte Santa Cruz den Status als Hauptstadt Teneriffas und seit 1982 neben Las Palmas de Gran Canaria auch die Position als administratives Zentrum der autonomen Region Kanarische Inseln dokumentieren.

An dieser Stelle war besonders sichtbar geworden, wie sehr der kilometerlange Hafen mit seinen Molen und Aufschüttungen die Stadt vom Atlantik getrennt hatte. Mit einem künstlichen See, der aus drei Brunnen mit Meerwasser gespeist wurde, wollte man Stadt und Meer sinnbildlich wieder verbinden. Dieser See bekam das unvorstellbar große Fassungsvermögen von zweitausendfünfhundert Kubikmeter. Dort verharren manchmal smaragdgrüne Libellen in der Luft. Die können wie Hubschrauber auf der Stelle fliegen. Der Springbrunnen, den du dort siehst, krönt den See, und sein Wasserstand sollte künstlich schwanken, so wie es die Gezeiten im richtigen Meer bewirken.

Für die Nachtstunden schaffte man mit Fieberglasoptik eine stimmungsvolle Beleuchtung. Der See reichte bis an das Mahnmal für die Gefallenen des Bürgerkriegs heran. Dessen Turm ist fünfundzwanzig Meter hoch, hat die Form eines Kreuzes und an der Basis eine leere Krypta, an deren Seitenwände zwei Reliefbilder Krieg und Frieden symbolisieren. Zu dem Monument gehören weitere vier Figuren: das Vaterland, das einen Gefallenen hält, eine weibliche Figur mit Flügel, die den Sieg darstellt, zwei Soldaten, auf ihre Schwerter gestützt, die für die militärischen Werte stehen. Die stattlichen Gebäude hinter uns am Rande des Platzes geben ihm zusätzliche Bedeutung. Du siehst das Gebäude des Cabildo Insular de Tenerife, es beherbergt die Inselverwaltung und das Casino de Tenerife. Es handelt sich um kein Spielcasino, sondern um einen Verein zur Förderung der Kultur und Freizeitgestaltung.«

»Halte doch bitte einmal an mit deinen Erklärungen und lass die Dinge einfach auf mich wirken«, mahnte Greta an. Dominik ließ ihr die gewünschte Zeit und sie schlenderten dabei auf die andere Seite des Platzes, wo der in den angrenzenden Alameda del Duque, eine mit Bäumen bestandene Promenade, überging. Hier standen einige Pavillons, von den Dächern bis auf den Boden herab mit bunten Pflanzen bedeckt. Lavagesteine waren als Stilelemente eingesetzt. Das ehemals abgerissene Eingangstor mit drei Torbögen wurde neu errichtet und ermöglichte den Besuchern durch seine Bögen spannende Einzelblicke.

»Wir sollten jetzt eine der Hauptgeschäftsstraßen entlanggehen«, schlug Dominik nun vor. »Wir sind zwar beide kaum für eine Shoppingtour zu haben, aber sie führt uns an einigen Stellen vorbei, die du unbedingt sehen solltest.«

Sie machten sich auf den Weg, und Dominik wies nach kurzem Marsch rechter Hand auf einen sehr schön bewachsenen Platz, dessen eine Längsseite auf einer Treppenempore die Gemeindekirche San Francisco de Asís trug.

Ansonsten war er von alten Häusern umringt, in denen sich ansprechende Restaurants befanden, die sogar Straßengastronomie hatten.

Die Fassade der Kirche war dreiteilig gegliedert. Der Haupteingang, in einem Halbkreisbogen von gedrehten Säulen umrahmt, lag mittig und hatte an der Spitze einen Giebel.

Die Kirche konnten sie über einen seitlichen Nebeneingang betreten. Ihr Innenraum war dreischiffig. Alle drei Schiffe hatten die typischen kanarischen Holzdecken.

Das Glanzstück bildete der Hauptaltar. Er wurde im achtzehnten Jahrhundert geschnitzt und war gänzlich vergoldet. Die Decke des Altarraums war in portugiesischer Manier bemalt. Das Gemälde zeigte die Krönung der Jungfrau Maria. Auch seine Seitenwände waren durch Kunstwerke geschmückt. Die Szenen befassten sich mit der Eucharistie.

Greta war von dem pompösen Schmuck sehr berührt und tat sich schwer, das Gotteshaus wieder zu verlassen.

Auf der gleichen Seite gingen sie etwas weiter bergauf zum Plaza del Príncipe de Asturias. Er wurde zu Ehren des am 28.11.1857 geborenen spanischen Thronfolgers des späteren Königs Alfons XII. so benannt.

Ein schöner Musikpavillon thronte inmitten hoher indischer Lorbeerbäume, zwischen denen eindrückliche Plastiken eines holländischen Künstlers standen. Das gesamte Ensemble bildete eine kleine grüne Oase der Ruhe. Nur die westliche Seite des Platzes war auf das Niveau der Straße aufgefüllt worden. Die restlichen Seiten gingen mit Mauern tiefer hinab auf das Niveau der umliegenden Häuser. Kleine Treppen ermöglichten auch dort einzusteigen.

Den Abschluss bildete die Besichtigung der Parkanlage Garcia Sanabria. Der Park war groß genug, um mitten in der Stadt Erholung zu bieten. Viele Pflanzen und ein nicht endendes Blumenmeer schafften mit mächtigen Bäumen einen großen Anreiz, sich auf den Sitzbänken niederzulassen.

Greta und Dominik taten dies nicht, aber sie bewunderten die große Blumenuhr. Sie hatte ein Zifferblatt aus grünen Pflanzen und Zahlen aus roten Blumen. Das Beste war jedoch, dass sie funktionierte.

Nun ging es mit Karacho zum Wagen zurück. Sie hatten ja noch so viel vor sich!

San Andrés sollte für sie der Einstiegsort ins Anaga-Gebirge werden. Dort bewunderten sie den Hausstrand von Santa Cruz, der mit hellem Saharasand aufgeschüttet war.

»Der Strand erinnert mich eher an unsere Strände in Deutschland«, meinte Greta.

»Aber der schwarze Lavasand soll heilende Wirkung haben. Damit können wir nicht aufwarten«, konterte Dominik.

Eine kurvige Straße brachte sie in die Wunderwelt des Anaga-Gebirges. Die Ortschaft Taganana an der Nordspitze der Insel war ihr erster Halt. Von hier aus hatten sie einen wunderbaren Blick bis zur Hauptstadt und weiter entlang der Küste. Aus dem Ozean ragten viele Felsnasen, sogenannte Roques. Die Ortsmitte selbst war eingebettet in Steilwände. Auf der Weiterfahrt erlebten sie unberührte Natur. Zwischen den Bäumen fingen sich Nebelschwaden. Die warme Luft, die vom Atlantik aufstieg, kühlte oben ab und schaffte den Dunst. Das Städtchen erstreckte sich von den Hängen bis runter ans Meer. Das war dort sehr rau und hatte starke Brandung. Der Strand war besonders bei Surfern beliebt. Greta entdeckte in einer Parklücke einen ungewöhnlichen Autoanhänger.

»Schau mal dort, der Anhänger scheint mit Hunden vollgestopft zu sein. Wie die in der Hitze hecheln und jaulen. Das ist doch Tierquälerei.«

»Die waren mit auf der Jagd. Ihre Herren sitzen jetzt in einer Spelunke und bechern. Tiere sind hier nichts wert. Die Tierheime sind immer voll mit ihnen. Die Viecher haben Glück, wenn sentimentale Touristen sie mit nach Hause nehmen.«

»Das ist schlimm.«

»Und es wird immer schlimmer. Die jungen Männer laufen immer öfter mit Kanarischen Doggen herum. Mit diesen Kampfhunden kommen sie sich unbesiegbar vor. Sie missachten sogar Befehle der Polizei, ihnen Maulkörbe anzuziehen, und veranstalten mit ihnen heimlich Kämpfe, bei denen viele Euros gesetzt werden.«

Als Greta in der Dorfkirche die kleinen Körperteile aus Silber sah, mit denen Gläubige Heilung ihrer Leiden erbaten, wurde ihr ganz beklommen. Hätte ich nur die tiefe Gläubigkeit dieser Menschen, so würde ich hier gegen die Demenz meiner Mutter einen silbernen Frauenkopf zurücklassen. Aber leider sind wir zu sehr kopfgesteuert, dachte sie für sich mit Traurigkeit.

Afur lag in dem gleichnamigen Tal. »Schau mal diese schmalen Felsspitzen, die sehen fast wie Speere aus!«, rief Greta voll Bewunderung. Sie machten einen kurzen Abstecher in die kleine Kirche, die sehr einfach eingerichtet, aber liebevoll mit frischen Blumen dekoriert war. In der Bar Jose Cañon nahmen sie eine Erfrischung zu sich und aßen ein Bocadillo, ein belegtes Brötchen. Der einzige Laden des Ortes gehörte ebenfalls zur Bar.

Auch Taborno, auf einem Bergrücken gelegen, präsentierte sich als schmuckes Bergdörfchen.

Greta hatte noch kurz vor der Tour ein Bild von dem Matterhorn der Alpen gegoogelt. Nun sah sie, warum der Roque de Taborno dessen Namen als Spitznamen trug: Matterhorn von Taborno, auch wenn er nur siebenhundert Meter hoch war.

Über enge Sträßchen, bei dem Gegenverkehr nur in kleinen Parktaschen ausgewichen werden konnte, fuhren sie nun nach Chinamada. Sie parkten ihren Wagen auf dem kleinen Parkplatz über dem Ort. Ihre Besichtigung begann mit einem Rundweg an den Höhlenhäusern vorbei. Sie waren wirklich eins mit dem Berg und mit viel Aufwand per Hand aus dem Fels geschlagen. Die Fassaden waren weiß getüncht, hatten bunte Türen und sogar blühende Geranien als Schmuck. Einige der Häuser schienen unbewohnt. Sie wurden nur noch an Wochenenden benutzt, ihre Bewohner hatte es in die Städte verschlagen. Nur dort gab es Arbeit.

»Erst 1990 kam eine asphaltierte Straße hierher und auch die Elektrizität«, erklärte Dominik.

Direkt unter den Häusern lagen schräg im Felsen kleine Felder. Auf einigen von ihnen sahen sie dicke gelbe Kürbisse.

Als sie wieder zur Straße gelangten, die runter zur Ermita, einer kleinen Kapelle, führte, hatten sie einen fulminanten Blick in die tiefen Schluchten des Anaga-Gebirges. Greta hielt sich vorsichtig vom ungesicherten Straßenrand fern. Rechter Hand kam das Höhlenrestaurant La Cueva in ihr Blickfeld, was sie allerdings nicht besuchten. Der Wanderweg hinab ans Meer nach Punta del Hidalgo ließ Greta schier schwindlig werden. Für ihn brauchte man nicht nur Fitness, sondern besonders auch Schwindelfreiheit und Mut. Sie musste an die Geschichte von Dominiks Handstand denken, und es schüttelte sie.

Er machte sie auch noch auf den danebenliegenden Ort Bajamar mit den großen Meeresschwimmbecken aufmerksam. Voll von diesen Eindrücken machten sie sich wieder auf den Weg.

Von nun an ging es bergab durch den dichten Mercedeswald. »Nun kommt unser letzter Stopp. Der Mirador Pico del Inglés beschert uns nochmals einen tollen Blick auf die Küste. Danach geht es über viele Serpentinen Richtung La Laguna und dort auf die Autobahn und bis zu unserem Hotel. Das ist das Ende unserer geplanten Touren, ab jetzt müssen wir improvisieren. Für das Bisherige kannst du mich ruhig einmal loben.« Dies tat Greta voller Überzeugung mit einem innigen Kuss.

»Würde ich Tagebuch schreiben, dann schriebe ich heute hinein: Es war ein wunderschöner Tag. Ich wünschte, er würde nie zu Ende gehen.«

Dominik war froh, nicht beim Spielen Geld gewinnen zu müssen, um Greta glücklich zu sehen. Ob das so bleiben konnte? Er verdrängte seine Ängste.

Der wunderschöne Tag klang aus in dem spanischen Restaurant des Hotels. An diesem Abend wurde ein Büfett geboten, auf dem eine Vielzahl lokaler Gerichte zur Auswahl stand. Die beiden bedienten sich an ihnen in »Tapas-Größe«. So gewannen sie eine größere Kenntnis über die kanarische Küche. Datteln im Speckmantel, Garnelen in Knoblauch, Pimientos de Padron und spanische Hackfleischbällchen in pikanter Tomatensauce, für einen besonderen Biss mit Mandelsplittern bestreut, panierte Sardinen sowie als Dessert Crema Catalana, die merkte sich Greta für zu Hause.

»Das gute Essen hier schlägt zu Buche«, meinte Dominik. »Ich beobachte mein Gewicht. Vor vier Tagen musste ich noch sechs Kilo abnehmen. Davon fehlen heute noch acht. Immer wieder lasse ich mich gehen: Kurze Diätpause, es gibt Essen, ist der Grund dafür.«

Greta lachte.

»Du solltest dich über meine Entscheidungen nicht lustig machen. Du bist schließlich auch eine davon«, erwiderte Dominik mit einem Grinsen.

Zufrieden gingen sie zu Bett. Greta sagte träumerisch: »Morgen müssen wir nicht so früh raus wie bisher. Wir können einmal richtig ausschlafen und danach auch noch beim Frühstück trödeln. Ich freue mich darauf.«

Von nun an geht's bergab

Eine fatale Happy-Hour-Nacht mit stark rabattierten Getränken ...

Dominik hatte in der Nacht schlecht geschlafen. Er kämpfte mit Ängsten, die daraus resultierten, dass nun sein perfekt ausgearbeitetes Programm zu Ende war und er im Weiteren improvisieren musste. Er brauchte geordnete Situationen, um stabil zu bleiben. Die Probleme waren im Traum über ihn hergefallen. Er hatte sogar im Schlaf darüber geredet. Gott sei Dank hatte Greta mit seinen Sprachfetzen nichts anfangen können. Als sie morgens nachfragte, schob er das Selbstgespräch auf die vielen Erlebnisse der vergangenen Tage. Das stellte sie zufrieden. Ein kalter Schock unter der Dusche nahm ihm den Rest seiner Albträume. Er beschloss, am Abend wieder mal richtig einen zu heben, um die Ängste endgültig zu besiegen.

Nach einem reichhaltigen Frühstück kam Greta auf ihre Wünsche für den Tag zu sprechen. Dominik war erleichtert, dass damit die Nachfragen über sein Verhalten in der Nacht wohl endgültig erledigt waren.

»Dominik, wir sind beide nicht dafür geeignet, den ganzen Tag bis zum festlichen Abend zu faulenzen.« Um ihre Mundwinkel blitzte ein Lächeln auf. »Die Umgebung des Hotels haben wir bereits genügend erkundet. Was hältst du davon, wenn wir den kurzen Trip nach Playa de las Americas unternehmen? Das wäre ein touristisches Kontrastprogramm.«

Dominik stimmte zu.

Auf dem Weg dorthin kam die graue, öde Wildnis zum Vorschein, auf der die Stadt einst entstanden war. Aber die Stadt war grün und voll quirligem Leben. Fast von allen Stellen aus sah man auf das Meer.

»Wir sollten hier parken und an die Strandpromenade gehen«, schlug Dominik vor. »Dort gibt es alles, Bars, Restaurants, Eisdielen, Hotelanlagen, Geschäfte, auch Tante-Emma-Läden und Souvenirshops. Dort hätten wir ein echtes Kontrastprogramm zum Bisherigen.«

»Genau das will ich«, erwiderte Greta freudig.

Der Strand war breit und sauber. Sonnenschirme und Strandliegen waren einladend aufgebaut. Hobbykünstler schufen nahe der Uferpromenade Figuren aus Sand und bekannte Sehenswürdigkeiten. In ausliegenden Hüten sammelten sie Münzen für ihr Tagesbudget ein. Die gut gelaunten Touristen gaben gern.

Es machte den beiden Deutschen Spaß, in der Sonne zu flanieren und über das endlos scheinende Meer zu schauen. In einer Parfümerie fand Greta ihr Parfüm ausgestellt, und der Preis war viel niedriger als zu Hause. Sie musste einfach zuschlagen.

Es blieb nicht bei dem einen Kauf. Überall warben die Geschäfte mit rebajas, Rabatten. Dominik wusste zwar, dass es in der Innenstadt meist noch günstiger war als auf der Strandpromenade, aber er wollte Greta die Freude lassen, hier in der Sonne nach »Schnäppchen« zu jagen. Sie fand eine aparte Kette. Silberperlen waren abwechselnd mit Perlen aus Lavastein aufgefädelt. Dominik ermunterte sie, die zu kaufen.

Sie fand einen günstigen leichten Kaschmirpullover und eine Bluse mit Markenlabel dazu. Dominik trug, ganz Gentleman, die Einkaufstüten bis zum Wagen.

Als sie wieder ins Hotel kamen, liefen dort schon die Vorbereitungen für den Abend auf Hochtouren. Im Speisesaal waren an einem Teil der Wände kleine Stände aufgebaut. Hier konnten sich lokale Winzer präsentieren. Ihre Weine standen am Abend zum Verkauf. Ein großes Büfett war bereits mit weißen Tüchern eingedeckt und wurde gerade mit orangefarbenen Strelitzien geschmückt.

»Das sind die Inselblumen, die viele Touristen gern als Souvenir mit nach Hause nehmen. Man kann sie sogar noch am Flughafen kaufen.

Aber schau mal, die Happy-Hour-Nacht scheint wohl öfter ausgerichtet zu werden. Die Blumen sehen zwar echt aus, sind aber künstlich.«

Greta hatte kein Problem damit, sie prüfend anzufassen. Sie fand die Bestätigung.

Greta und Dominik schauten sich die Sitzordnung für den Abend an.

»Wir sitzen wieder bei den jungen Schweden, die zum Golfen hier sind«, meinte Dominik.

»Aha, dann ist heute Abend wieder Englisch angesagt.«

Dominik dachte für sich: Dann habe ich wenigstens Trinkspechte für mein Vorhaben neben mir.

Die Band für den Abend probte im Hintergrund. Sie spielte den alten Hit »Amores« von Marie Trini. Dominik summte ihn erwartungsfroh mit. Von ihrer Stimme hatte er immer eine Gänsehaut bekommen.

»Der Rest des Tages wird gefaulenzt. Wir gehen aufs Zimmer, und ich weiß auch warum.« Bei diesen Worten grinste Dominik anzüglich. Auch Greta war bereit zum Sex. …

Danach lagen sie noch länger verschwitzt auf dem Bett. Die Tür zur Terrasse stand auf Kipp, und der Geräuschpegel von unten wurde lauter. Sogar die Band spielte schon. Auch dieses Lied war Dominik gut bekannt: »Un dia mas« von Raphael.

Dominik stand auf und schaute nach draußen. Selbst im Park tummelten sich bereits chic angezogene Gäste.

»Wir sollten uns fertig machen, sonst versäumen wir etwas«, meinte er.

Greta brummte nur leise. Sie war zu faul, um aufzustehen. Doch Dominik zog ihr forsch die Bettdecke weg und freute sich über ihre Nacktheit. Mit einem kleinen entrüsteten Schrei sprang sie aus dem Bett.

»Auf alle Getränke gibt es an diesem Abend zwischen 19 und 24 Uhr 30 Prozent Rabatt, und wir sind dabei«, wollte Dominik sie locken.

Doch das gelang ihm nicht ganz: »Das wird keine positive Wirkung auf unsere Finanzen haben. Ich trinke zwar nur, wenn ich Durst habe, aber du wirst bestimmt zuschlagen. Wir werden kaum etwas einsparen, weil du viel mehr trinken wirst als sonst.«

Dominik blieb ihr eine Antwort schuldig. Er fühlte sich ertappt. Konnte Greta jetzt schon seine Pläne vorhersehen? Nichtsdestotrotz machten sich die beiden für den Abend fertig. Trotz ihrer Bedenken hatte sich Greta sehr ansprechend zurechtgemacht. Ihr Parfüm hatte sie etwas üppiger benutzt und ihre Augenkonturen mit dem Kajalstift verführerisch betont. Beide trugen die besten Kleidungsstücke, die sie dabeihatten.

Schon in der Lobby lud ein Schild zum Sundowner ein.

»Die stimmen uns schon hier auf Englisch ein«, meinte Dominik und ging zielstrebig auf den Tisch zu, an dem die Skandinavier bereits saßen. Mit einem fröhlichen »Hej, hej« wurden sie begrüßt.

»Doppelt genäht bedeutet wohl, dass die Herrschaften bereits bei guter Laune sind«, sagte Dominik und grüßte genauso zurück.

Auf dem Tisch standen schon viele Gläser mit Alkohol. Dominik fragte Greta nach ihrem Getränkewunsch, und sie entschied sich für einen hiesigen Weißwein. Er holte am Winzerstand seinen geliebten Tajinaste. Die Flasche war stark gekühlt und wies außen Wassertropfen auf. So sollte sie bleiben, deshalb nahm er auch einen Weinkühler mit an den Tisch.

Mit einem lauten Skål, Prost, einem der wenigen schwedischen Worte, die er kannte, reihten sie sich in die Runde ein.

Zu diesem Zeitpunkt machte Dominik seinen ersten fatalen Fehler: Er trank zügig und legte nicht zunächst mit den verlockenden Speisen, die geboten wurden, eine Grundlage dafür.

Als die Kapelle »La Bamba« von Peret spielte, sprangen die Schweden allesamt auf und tanzten wild mit. Greta und Dominik reihten sich ein. Nach einigen Tänzen wandte man sich kurz dem Büfett zu. Nur Greta nahm reichlich, die anderen eher bescheiden. Von ihnen wurde stattdessen die Tanzrunde wieder mit oftmaligem Skål belohnt.

Dominik trank heftig mit, und bald hatte sich seine Hemmschwelle so weit nach unten bewegt, dass er alle Lieder, die er kannte, laut mitgröhlte. Greta fand die ersten mahnenden Worte. Ihre Aufregung zeigte sich durch rote Flecken am Hals. Aber Dominik erkannte diese Warnzeichen nicht. Er hörte einfach weg. Es war wie ein Stromausfall zwischen Trommelfell und Großhirnrinde.

Das Dauerzechen zeigte bei den Schweden zuerst Wirkung. Bei ihnen zu Hause war Alkohol sehr teuer, und wenn sie ihn außerhalb ihres Landes günstig bekamen, nutzten sie das weidlich aus, erwiesen sich aber, wegen fehlendem Training, als nicht sehr trinkfest. Es entsprach dann ihrer nordischen Mentalität, ruhig zu werden und irgendwann still zu gehen. Auch an diesem Abend sollte der liebe Gott entsprechend Regie führen. Das Hotel konnte mit ihnen keine großen Umsätze machen. Langsam torkelten sie miteinander aus dem Saal.

Dominik war inzwischen zu Härterem übergegangen. »Das ist Jack Daniels«, lallte er grinsend, »der Gentleman der Whiskys.«

»Ich habe noch nie gehört, dass dieses Gift ein Gentleman ist«, giftete Greta ihn an. Er zeigte keine Reaktion. Seine gewissenlose Seite ist zurück, dachte Greta verbittert. Ich kenne sie zur Genüge und auch ihre Folgen. Die Angst vor der Vergangenheit trat schleichend zwischen sie.

Gretas Schweigen dabei war eigentlich ein lautes Schreien. Das ließ sie dann doch noch heraus: »Alles war ein Fake. Du bist ein Lügner und hast dein wahres Ich erneut nur versteckt.« …

Dominik verstand sie nicht und registrierte nicht mal, dass er nunmehr mit ihr allein am Tisch saß. Bei ihm verdoppelten sich mittlerweile die Bilder vor den Augen. Gretas Schelte wurde deshalb noch schärfer. Bei ihm kam sie trotzdem nicht an. Anders als die Skandinavier wurde er aggressiv und fauchte Greta an: »Ich dachte, du hättest dich in den letzten Tagen daran gewöhnt, dass ich die Regie führe. Du solltest dabei bleiben.«

Dass Greta auf seine Frechheit nicht sofort hart reagierte, lag nur daran, dass Dominik schon lallte. Das gab seinem Ausbruch eine komische Note. Greta bat ihn, immer noch ruhig, aufzustehen und mit ihr zu gehen.

»Ich bleibe hier, geh doch allein«, nuschelte er.

Deprimiert stand Greta auf und wandte sich ab.

»Dann geh doch«, grölte Dominik nach der Melodie des Liedes von Howard Carpendale hinter ihr her und lächelte dämlich dabei.

Scham trat in Gretas Augen und eisiges Schweigen war ihre erste Antwort darauf. Bevor sie ging, sagte sie: »Du bist mir zutiefst peinlich, aber mir ist egal, was du tust.«

Dass dies nicht der Wahrheit entsprach, bewiesen die Tränen, die in ihren Augenwinkeln hingen. Der zwischenmenschliche DAX hatte wieder den Tiefstand erreicht.

Dominik setzte in seiner Trunkenheit nicht einmal zu einem Rechtfertigungsversuch an. Greta machte Ernst und verließ den Saal. Erst vor der Tür flossen die Tränen. Bald waren ihre geröteten Augen kajalverschmiert. Sie konnte das Gefühl nicht abschütteln, dass Dominik wieder etwas anstellen würde. Dass sie sich ein zweites Mal in Dominik geirrt hatte, wurde ihr immer klarer. Er hatte sich nicht geändert, war immer noch labil und schwach. Die Wirklichkeit war mit geschärften Kanten zurückgekehrt. Zunehmend wurde sie sich der Konsequenzen bewusst. Greta wurde sich sicher, dass diese Beziehung nicht der Hafen sein würde, in den sie dauerhaft einlaufen konnte. Sie suchte ein Ende ohne Schrecken.

Nach dieser erneuten Enttäuschung wollte sie keine Bindung mehr. Doch schnell kamen ihr Zweifel. Sie brauchte einen guten Mann an ihrer Seite. Sie konnte nicht allein sein. Nach der Arbeit abends einsam im Zimmer zu hocken, war nicht ihr Ding. Das hatte sie in Köln erlebt. Ihre Zweifel drehten sich erneut: Zu zweit kann man allerdings einsamer sein als allein, kam ihr wie ein Stoppschild in den Sinn.

Totunglücklich stieg sie in den Lift und fuhr hoch ins Zimmer. Sie wusste nicht, was sie denken sollte.

Dominik nahm ihr Verschwinden reglos hin. Er trank weiter, bis die meisten Gäste gingen. Drei Kellner, eine müde Band, die aufgehört hatte zu spielen und bereits einpackte, drei Gäste, wohl Spanier, bildeten den schäbigen Rest, den es bei solchen Feiern immer gab. Nun standen auch diese Gäste auf. Sie hatten genug. Ihr Weg zum Ausgang führte an Dominiks

Tisch vorbei. Der glotzte ihnen stumpfsinnig entgegen, wohl nur, weil sie das Einzige waren, was sich bewegte.

Plötzlich blieben die drei Spanier vor ihm stehen. Einer von ihnen sprach ihn in fließendem Deutsch an: »Wo ist deine Freundin geblieben, Amigo?«

Dominik sah ihn böse an und knurrte: »Weiber gehören ins Bett, wenn Männer trinken.«

Der Spanier lachte und fragte: »Wie heißt deine Freundin?«

»Greta«, knurrte Dominik unwillig. Er war zu betrunken, um seine Antworten zu filtern.

»Amigo, die Nacht ist noch lang. Komm mit uns, wir gehen spielen. Mit uns kannst du reich werden. Mein Name ist Ramon Perez und meine beiden Freunde heißen Ruben Lopez und Pablo Ramos.« Er zeigte auf sie.

Dominiks Interesse war geweckt. »Ich heiße Dominik Müller«, murmelte er. »Richtig spielen?«

»Wir spielen Black Jack«, war die Antwort. Sie klang verlockend in seinen Ohren.

»Danke für die Einladung. Ich komme mit«, lallte er.

Ein Ziehen hinter seiner Stirn kündigte eine Kopfschmerzwelle an. …

Der Anfang vom Ende

Nicolas Perez erwies sich als Leader der Dreiergruppe: »Hakt Dominik unter, er braucht ein bisschen Hilfe.« Gleichzeitig sah er seine Kumpane mit einem triumphierenden Blick an. Ihr Plan, Dominik abzuschleppen, war aufgegangen.

Dessen hilfloser Zustand ließ ihn einen Vorschlag nachschicken: »Dominik, ich glaube, wir müssen dich zunächst ein wenig fit machen, du brauchst einen doppelten Espresso und eine Kleinigkeit zum Essen. Am besten etwas Süßes, das geht schnell ins Blut.«

Dominik nickte dümmlich und fragte: »Wo wollen wir hin?«

»Für uns kommt nur das Beste infrage. Wir fahren zum Casino Playa de Las Americas. Dort spielt man in eleganter Atmosphäre, wenn man sich nicht gerade an den Spielautomaten beschäftigt. An denen tummelt sich das einfache Volk. Da wird es etwas zwielichtiger.«

Sie befanden sich bereits im Freien, auf dem Weg zum Parkplatz. Bei diesen Worten fasste Dominik an sein Sakko und suchte die Brieftasche. Trotz seines vernebelten Hirns wurde ihm klar, dass er nur wenig Geld bei sich hatte. Selbst die Kreditkarten waren im Safe im Zimmer. Er musste vorbauen: »Ich habe nicht allzu viel Geld dabei.«

Nicolas Perez wiegelte ab: »Du wirst schon gewinnen, und sonst können wir dir etwas leihen. Mach dir keine Gedanken.«

Dominik gab sich zufrieden und stieg mit den dreien in ihren Wagen.

Die Fahrt nach Las Americas war nur kurz. Sie parkten an der Strandpromenade und mussten nur einige Schritte bis zum Casino gehen. »Dort bekommst du auch den Espresso und etwas zu essen«, erklärte Perez.

Das Casino befand sich direkt an der Uferpromenade. Es war ein flacher Vorbau, dahinter eine Hochhauskulisse. Der Name prangte über dem Gebäude in gleißendem Licht. Der gesamte Eingangsbereich war hell erleuchtet, und einige Säulen gaben ihm etwas von einem Tempel. Man war sichtlich um Seriosität, Sauberkeit, Klarheit bemüht. Selbst der Raum mit den Slot-Maschinen war sauber und klar strukturiert. Allerdings war die Kleidung der Spielenden nicht sehr elegant.

Perez bog zunächst ab in die kleine Bar. Die rothaarige Kellnerin war eine Schönheit, er schien sie zu kennen. Er orderte den doppelten Espresso, und bald stapelten sich daneben kleine Pfannekuchen auf einem Teller mit etwas Quittengelee darauf. Alles war wirklich süß. Dominik musste nicht gedrängt werden, sie zu essen. Er vertraute darauf, dass dies ihm guttun würde.

Ruben Lopez sah mehrmals voll Ungeduld auf seine Armbanduhr. Er wollte den Deutschen endlich abzocken. Sie waren schließlich nicht zum Vergnügen hier.

Für die erste Runde hatte Dominik noch genug eigenes Geld. Und das Schicksal wollte, dass er gewann. Erst nach fünf Runden musste ihm Perez finanziell unter die Arme greifen. »Alles nicht so schlimm«, meinte er gönnerhaft und schob ihm fünfhundert Euro über den Tisch. »Du wirst wieder gewinnen, null Problemo.« Dominik zeigte keine Skrupel weiterzuspielen und zog auch während der kommenden Runden nicht die Notbremse. Was er für sich zum Tabu erklärt hatte, war total vergessen. Nach anderthalb Stunden hatte er bei Perez dreitausend Euro Schulden. Dominiks Puls beschleunigte sich, und sein Hemdkragen wurde immer enger. Er hatte hoch gesetzt, und nun war äußerst realistisch, dass sein gesamtes Urlaubsgeld à fonds perdu war. Er stand vor dem Moment der Wahrheit.

Statt seiner bremste nun Perez: »Ich glaube, mein Freund, heute ist wirklich nicht dein Tag. Lass uns aufhören. Morgen ist ein neuer Tag, dann können wir es noch mal versuchen.«

Dominik widersprach. Er wollte sein Glück wenigstens noch einmal versuchen. Doch Perez gab ihm keinen weiteren Kredit.

Langsam beschlich Dominik ein ungutes Gefühl, wie er die Schulden überhaupt zurückzahlen sollte. Zunehmend wurde er nüchtern.

Seine drei spanischen Freunde waren auf der Rückfahrt sehr schweigsam. Etwa hundert Meter vor dem Hotel setzten sie Dominik ab, und Perez meinte ohne herzliche Verabschiedung: »Du hörst von uns morgen wegen des Geldes. Schlaf dich jetzt erst einmal aus.«

Ziemlich ratlos taumelte Dominik aus dem Wagen und ging Richtung Hotel. Doch plötzlich blieb er stehen. Er konnte nicht ins Hotel. Dort wartete Greta, und es war wahrlich nicht der richtige Moment, so vor sie zu treten. Die Witterung war lau, er wollte noch ein wenig draußen herumlaufen und gründlich nachdenken. Vielleicht wehte ihm die Salzluft vom Ozean den Kopf für die Gedanken frei, die er sich dringend machen musste. …

Greta zieht Konsequenzen

Greta zitterte vor Erregung am ganzen Leib. Sie konnte nur schwer das Zimmer aufschließen, so aufgewühlt war sie. Jetzt hatte sie endlich Klarheit. Dominik hatte sein wahres Gesicht gezeigt. Sein ganzes Charisma war nur aufgesetzt gewesen. Seinen Kernsatz hatte sie Wort für Wort behalten: Ich dachte, du hättest dich in den letzten Tagen daran gewöhnt, dass **ich** die Regie führe. Du solltest dabei bleiben. Dass er bei diesem hässlichen Satz betrunken war, war kein Entschuldigungsgrund. Ihr Vater hatte stets gesagt: Kinder und Betrunkene sagen immer die Wahrheit. Dominik suchte keine Partnerschaft auf Augenhöhe und konnte sich auf Dauer nicht beherrschen. Das würde mit seiner Spielsucht auch nicht anders sein als mit der Trinkerei. Er hatte einen kompletten Identitätstausch hingelegt. Diese Erkenntnis ging an die Substanz.

Sie öffnete den Wandsafe und warf einen Blick hinein. Das Bargeld war größtenteils noch vorhanden. Größere Dummheiten konnte er also nicht gemacht haben, dachte sie erleichtert, revidierte ihre Meinung sofort wieder und sagte laut: »Noch nicht!« Es war wie ein Stoßgebet gen Himmel.

Mit einem Seufzer ließ sie sich in den Sessel plumpsen. Ihre Beine blieben wenig damenhaft gespreizt. Das Leben ist beschissen, dachte sie. Mal bist du der Baum und mal der Hund. Dominik hatte sie zum Baum gemacht, und dagegen gab es nur eine Konsequenz: Loslassen, mit ihm Schluss machen! Ich bin noch jung und muss nach vorn blicken.

Diese Erkenntnis brachte sie nicht über ihre Traurigkeit hinweg.

Die optimistische Aufbruchstimmung, die diesem Urlaub voranging, war für sie endgültig vorbei. Dominik gehörte unter »Fehler« ad acta gelegt.

Nachdem die Entscheidung so glasklar vor ihr lag, wurde sie ruhiger. Sie zog sich aus, schlüpfte ins Nachtkleid und unter die Decke. Sie schminkte sich nicht einmal ab. Sie war völlig müde und erschöpft, musste aber bald feststellen, dass sie nicht einschlafen konnte. Aufgewühlt wälzte sie sich im Bett herum und brauchte über eine Stunde, bis sie in einen sehr unruhigen Schlaf fiel.

Schon um 2:15 Uhr war sie wieder wach. Als Erstes fuhr sie mit der Hand prüfend über die Fläche des Doppelbetts, wo sich Dominik befinden sollte. Sie war leer. Diesen Umstand empfand sie beruhigend und dämmerte noch ein wenig im Halbschlaf dahin. Als sie erneut aufwachte, war Dominik immer noch verschwunden. Aus, vorbei, dachte sie, und zwar endgültig. Dominik musste für sie Vergangenheit werden. Er konnte seine bösen Triebe nicht beherrschen. Jetzt musste sie nur bestmöglich die Tage bis zur Rückkehr nach Köln überstehen. Sie wollte keine Kompromisse mehr, außer solche, um heil nach Hause zu kommen.

Vor den ersten Sonnenstrahlen, die üblicherweise durch die Ritzen im Vorhang den Weg auf ihre Bettdecke fanden, stand sie auf. Sie musste Dominik suchen, auch wenn ihr das schwerfiel. Schadenverhütung, dachte sie.

Unten in der Halle ging Greta zum Empfang. Die junge Frau lächelte ihr freundlich entgegen. Sie hatte ihnen während der ersten Tage mehrfach mit wertvollen Informationen geholfen. Greta versprach sich das auch jetzt. Sie musste allerdings mit ihr Englisch sprechen: »I am looking for my friend.« Ich suche meinen Freund. Dieses Mal hatte sie kein Glück. Die Frau zog bedauernd die Schultern hoch. Sie hatte Dominik weder an diesem Morgen noch in der Nacht gesehen. Da war sie gar nicht mehr im Dienst gewesen.

Greta schaute sich um und sah den Kellner in den Frühstücksraum laufen, der sie oftmals bedient hatte. Für ihn brauchte sie Spanischkenntnisse. Sie googelte ihre Frage und wand sich damit etwas ungelenk an ihn: »Dónde está mi amigo?« Wo ist mein Freund? Auch bei ihm fand sie keine Hilfe. Im Frühstücksraum sah sie Dominik auch nicht. Verstört ging sie nach draußen. Sie schaute nach dem Mietwagen. Der stand auf dem Parkplatz. Ihn hatte Dominik jedenfalls nicht benutzt. Aber vielleicht trieb er sich irgendwo herum, hatte Hemmung, hoch ins Zimmer zu kommen. Sie würde ein wenig herumgehen und nach ihm schauen.

Greta umrundete zunächst das Hotel. Inzwischen war es bereits heller Tag geworden. Das Glas ihrer Armbanduhr spiegelte das Sonnenlicht wider. Sie konnte die Uhrzeit kaum erkennen, blinzelte irritiert in die Sonne und schob eine honigfarbene Haarsträhne aus dem Gesicht. Ihre Sonnenbrille hatte sie nicht dabei. Ich bin neben der Spur, dachte sie. Während ihren Exkursionen trug sie die Brille immer über dem Haar. Nun schirmte sie das Uhrglas mit der Hand ab. Es war 10 Uhr.

Greta schaute sich überall um. Ein Schwarm Gelbhaubenkakadus ernährte sich aus den Mülltonnen der Hotelanlage. Die Vögel zeigten sich sehr geschickt im Öffnen der Tonnen. Doch Greta ließ schnell wieder von ihnen ab. Sie suchte schließlich Dominik. Trotzdem nahm sie eine weitere Episode wahr: Eine alte Frau saß auf einem niedrigen Steinmäuerchen und hatte einen Mischlingshund zwischen den Beinen. Ihre Hände kraulten ihn zärtlich. Dominik hatte ihr kürzlich erklärt, dass die Insulaner selten Zärtlichkeiten für ihre Haustiere zeigten. Dieses Stillleben war dann wohl eher eine Ausnahme. Ärgerlich tat sie das ab. Was gebe ich eigentlich noch auf Dominiks Geschwätz?, fragte sie sich.

Sie wollte den Radius nun weiter ziehen und ging Richtung Strandpromenade. Dort war es bereits sehr wühlig. Menschen waren auf dem Weg zur Arbeit. Müßiggänger saßen in Cafés und lasen die Tageszeitung. Auf der Straße fuhren die Autos Stoßstange an Stoßstange.

Plötzlich wurde das Beifahrerfenster eines Wagens geöffnet und eine freundliche Stimme rief sie an: »Entschuldigen Sie bitte, sind Sie Greta?«

Gretas Augen weiteten sich vor Erstaunen und verdattert antwortete sie mit einem: »Ja. Wer will das wissen?«

Der Mann ging nicht auf ihre Frage ein, sondern antwortete: »Es geht um Dominik. Er braucht Ihre Hilfe, und ich würde Sie gern zu ihm bringen.«

Der Mann war höflich, sprach als Spanier ein sehr gutes Deutsch, und Greta sah keinen Grund, seiner Einladung nicht Folge zu leisten. Sie öffnete die Beifahrertür und stieg neben ihm ein.

Nun sagte der Mann sehr freundlich: »Mein Name ist Nicolas Perez. Ich hatte die Freude, Ihren Freund gestern Abend kennenzulernen. Er hat gesundheitliche Probleme und bat mich, Sie zu suchen. Ich hatte Sie gestern im Saal des Hotels von Weitem gesehen. Als ich Dominik kennenlernte, waren Sie bereits aufs Zimmer gegangen. Auf jeden Fall habe ich Sie auf der Straße wiedererkannt und gegen mein sonstiges Verhalten angesprochen. Die Fahrt zu Dominik ist nur kurz, aber ich bitte Sie trotzdem, sich anzuschnallen.«

Die Erklärung des Mannes war für Greta ausreichend und sein Benehmen wohltuend. Sie schnallte sich an und grübelte nur noch darüber nach, was mit Dominik los sein könnte.

Bald war der Wagen aus dem Stau heraus und sie fuhren zügig über die breite Hauptstraße. Plötzlich fühlte Greta einen schmerzhaften Stich in der Leiste. Nicolas Perez hatte ihr ein Betäubungsmittel gespritzt. In Sekundenschnelle wurde sie ohnmächtig und ihr Kopf sank an die Scheibe.

Diego Garcia, einer der Kellner an ihrem Tisch, war gerade auf dem Weg zum Hotel und sah, wie sie hinter der Fensterscheibe zusammensackte. Die Deutsche hat wohl gestern Nacht zu arg zugelangt, dachte er mit einem Grinsen und ging unbeirrt weiter. Ihn wunderte, dass der Fahrer des Wagens stur nach vorn guckte und keinen Anteil an ihrem Zustand nahm.

Nicolas Perez steuerte das Versteck für Greta an und fuhr schon Minuten allein auf einem Sandweg dahin. Die staubige Gegend war menschenleer. Auf einer schier endlosen Brachfläche gehörte ihm ein massives Steinhaus ohne Fenster, das mitten zwischen ähnlichen Ruinen stand. Die heruntergekommenen Schuppen hatten abblätternden Anstrich und zerbrochene Fensterscheiben.

Er nutzte das Haus schon länger als Lager für seine Drogenvorräte. Der Drogenhandel war für ihn die einzige Möglichkeit gewesen, zu einem guten Auskommen zu gelangen. Doch die vielen Gangs, die überall aus dem Boden schossen, lieferten sich untereinander einen brutalen Verdrängungskampf. Das hatte dazu geführt, dass er auch auf andere kriminelle Felder ausgewichen war, solche wie Falschspielen, Diebstahl und Erpressung.

Er parkte direkt vor dem Eingang. Mit einem Sicherheitsschlüssel schloss er die Tür auf und trug Greta wie ein Paket hinein ins Dunkel. Decke und Wände waren dick mit Isoliermaterial abgeklebt. Kein Laut konnte nach draußen dringen.

Greta bewegte sich, sie war wieder zu sich gekommen. Ihr Kidnapper sprach sie barsch an: »Bemüh dich erst gar nicht zu schreien. Hier kann dich niemand hören. Du schwächst dich lediglich auf unnötige Weise.«

Greta sah ihn mit ängstlichen Augen an. Sie zitterte und hatte die Spitze der Angstpyramide erreicht. Der Satz ging wie eine Endlosschleife durch ihren Kopf.

Der Mann fuhr fort: »Ich komme ab und zu vorbei, kontrolliere und versorge dich. Hab also Geduld.«

Greta hörte im Dunkeln seine Schritte, mit denen er sich entfernte. Dann schlug die Tür zu und alles wurde schwarz. Dies war das letzte Geräusch, das sie hörte. Es hatte wie ein Schuss geklungen. Mit klopfendem Herzen lauschte Greta in die Dunkelheit, doch es blieb mucksmäuschenstill. Von draußen war wirklich kein Geräusch zu hören. Dieses dunkle Loch bildete nun die Grenzen ihres Universums, und sie konnte nur warten, warten, warten.

Bald gierte sie nach irgendeinem Geräusch, das Schnurren eines Motors, ein Bremsgeräusch oder das Schlagen einer Wagentür. Doch nichts davon geschah, kein Knirschen von Schuhsohlen im Kies, kein Kratzen des Schlüssels im Schloss, es war zum Verzweifeln. Die Stille pochte in ihren Ohren.

Nach ihrer Einschätzung war mindestens ein Tag vergangen, ohne dass der Kerl nach ihr gesehen hatte. Sie hatte ihre Notdurft einfach unter sich lassen müssen. Es stank schrecklich. Die dicken Steine der Mauern hielten die Hitze von außen ab. Sie fror erbärmlich. Längst hatte sie aufgehört, sich bemerkbar zu machen. Ihr Peiniger hatte Recht behalten, hier konnte sie niemand hören. Die Stille war aufgeladen mit ihrer Angst. Sie war maßlos erschöpft und hatte schrecklichen Durst und Hunger. In der völligen Dunkelheit knackte es unheimlich in den Wänden. Am liebsten wollte sie sich eine schönere Welt erdenken und in ihr verschwinden. Ihr gesamtes Leben lief im Zeitraffer vor ihr ab. In der Pubertät schien es kurz innezuhalten. Das war die Zeit, als ich vom hässlichen Entlein zum schönen Schwan wurde, dachte sie, und dann wurde es schwarz. War diese Ohnmacht bereits die Schwester des Todes?

Spielschulden sind Ehrenschulden

Es war wie ein Staffelstabwechsel. Dominik kam zurück, kurz nachdem Greta gegangen war. Ihm war es hundsmiserabel schlecht. Sein Weg ging als Erstes ins Bad. Ein Blick in den Spiegel versetzte ihm einen Riesenschreck. Sein Gesicht war aufgedunsen, die Augen gerötet, und er hatte einen pelzigen Geschmack im Mund. Er schaffte es gerade noch bis zum Klo. Das Erbrechen war wie eine Erlösung, aber es schmeckte furchtbar. Als er die giftige Brühe in das Klobecken schießen sah, schloss er als Abwehrreaktion die Augen. Er fühlte kalten Schweiß auf der Stirn. Angst stieg in ihm auf. Was hatte er nur getan? Nach und nach traten Bilder der letzten Nacht vor sein inneres Auge. Er kleidete sich nicht mal vollends aus, sondern warf sich verzweifelt aufs Bett. Kaum hatte er die Augen geschlossen, da läutete das Telefon.

Er schreckte auf. War das Greta? Er nahm ab und hörte stattdessen eine Männerstimme: »Hier ist Nicolas Perez. Ich will mein Geld zurück. Mit Zinsen sprechen wir über viertausend Euro.«

Dominik zuckte zusammen. Er hatte sich in Teufels Küche gebracht und war sich selbst zum Feind geworden. Er hatte ein Tabu gebrochen. Der Spielteufel hatte gesiegt. Ihm war, als müsse er sich erneut übergeben. Verdattert stotterte er: »So viel Geld habe ich nicht.«

Perez lachte bitter auf. »Lüg mich nicht an. Ich fühle es. Ich habe nämlich einen gut funktionierenden Lügendetektor in mir.«

»Ich sage die Wahrheit«, antwortete Dominik weinerlich.

»Dann wirst du deine Greta nicht wiedersehen.«

Vor Schreck fiel Dominik fast der Hörer aus der Hand. »Was soll das heißen?« Seine Stimme war voller Furcht.

»Nun ja, wir haben die Kleine als Pfand in Verwahrung genommen. Du entscheidest darüber, was mit ihr geschieht.«

»Was kann ich tun? Ich habe wirklich nicht so viel Geld.«

Berechnend legte Perez eine Pause ein. Er wollte Dominik richtig ängstigen. Und das gelang ihm. »Dann musst du deine Schulden eben abarbeiten. Ich erwarte dich in einer Viertelstunde an der Ausfahrt des Hotelparkplatzes. Dann sehen wir weiter.«

Dominik beeilte sich, ihm war flau im Magen. Erfolgreich versuchte er, eine neu aufkommende Übelkeit zu verhindern, schaute vor sich auf den Boden und bekämpfte die Tränen, die schon seinen Blick verschleierten. Er hatte verkackt. Wie hatte er nur eine so tolle Zeit so dumm beenden können? In seinem Kopf schien ein Band abzulaufen: Wenn ich nur nicht … Wenn, wenn, wenn, immer wenn. Dann stand er schon im Lift auf dem Weg zum Parkplatz.

Er stieg zu Perez in den Wagen. Der Spanier kam direkt zur Sache: »Weißt du, was ein Muli ist?«

Mit einer Gegenfrage antwortete Dominik: »Meinst du so etwas wie einen Esel?«

»Quatsch mit Sauce. Einen Muli nennen wir jemanden, der für Dealer Rauschgift auf die Insel schmuggelt. Mit einem solchen Job wirst du deine Schulden abarbeiten. Du holst für mich Rauschgift von La Gomera.«

Dominik erbleichte und meinte leise: »Aber damit kenne ich mich doch gar nicht aus.«

»Das haben schon Blödere kapiert. Du bekommst von mir klare Anweisungen. Morgen früh reist du mit der ersten Fähre nach La Gomera, übernimmst die Ware und kommst mit der letzten Fähre zurück. Du fährst als Golfer mit einem präparierten Golfbag, in dem du das Rauschgift verstecken kannst. Bisher wurde noch keiner unserer Zuträger erwischt. Wenn du dich normal verhältst, wird auch bei dir alles gut gehen.«

In Dominiks Kopf rasten die Gedanken, ihm fielen keine Widerworte ein. Er erkannte den Ernst seiner Lage und fragte deshalb nur leise nach den Details: »Von wem bekomme ich das Golfbag? Wo übernehme ich den Stoff?«

»Du machst dir die falschen Gedanken. Du musst nur cool bleiben. Alles andere regle ich. Das Golfbag habe ich bereits in der Kofferkammer. Wir fahren jetzt gleich zum Hafen in Los Cristianos und kaufen das Ticket. Dann kennst du auch für morgen früh den Weg, merke ihn dir gut. Du bekommst von mir einen Zettel mit dem Namen einer Bar in San Sebastian de la Gomera. Wenn du dem Wirt ein Losungswort sagst, gibt er dir den Stoff heraus. Damit du es nicht vergisst, habe ich Adeje ausgewählt.«

Dominik nickte stumm und ergeben.

»Auf der Fahrt nach Los Cristianos gebe ich dir noch einige Ratschläge.«

Perez startete den Motor. »Die meisten Gäste der Fähre benutzen sie mit dem Wagen. Morgen früh wirst du eine lange Schlange Wartender sehen. Du kommst nur mit dem Golfbag zu Fuß. An den Wagen kannst du vorbeigehen. Man wird dich als Tagesgast für eine Golfrunde auf La Gomera einschätzen und nicht weiter beachten. Drüben kannst du dir auch noch ein sichtbares Alibi basteln. Mit dem Taxi fährst du zum Golfclub Tecina Golf, damit verschenkst du keine Zeit. Dort suchst du zunächst mal in den Papierkörben nach einem weggeworfenen Greenfee-Schein vom Tag. Den hängst du dir deutlich sichtbar ans Bag. Er zeigt, dass du wirklich zum Golfen da warst. Solltest du wider Erwarten keinen finden, kauf dir einen Schein. Er kostet nur um hundert Euro. Am Abend erwarte ich dich hier an der Landestelle, wir machen die Übergabe. Danach lasse ich dein Mädchen frei und alles ist vergessen.«

Dominik nickte zustimmend.

Mit dem Ticket und dem Golfbag wurde Dominik auf dem Hotelparkplatz wieder abgesetzt. Nun hieß es geduldig bis zum nächsten Morgen warten. Er wollte sehr früh los, um ja nicht die Fähre zu versäumen. ...

160

Unterschiedliche Schicksalsschläge treten ein

Nicolas Perez war mit sich sehr zufrieden. Nun konnte er bedenkenlos auf einer kleinen Tour seinen restlichen Stoff verkaufen. Dann musste er unbedingt zu Greta fahren. Die drehte bestimmt schon am Rad. …

Am frühen Nachmittag machte sich Ramon Perez nach erfolgreichem Drogenverkauf mit Musik auf den Nachhauseweg. Die Latinomusik waberte wellenartig zwischen den vorderen und hinteren Lautsprechern hin und her. Seine gelben Slipper aus Schlangenleder wippten an seinen Füßen im Takt. Er mochte es laut, besonders dann, wenn er, wie jetzt, mit seinen Geschäften zufrieden war. Er hatte gut verkauft. Er fuhr zügig, denn er wollte zu Greta und danach nach Hause, den Feierabend genießen.

Solange die Landstraße geradeaus verlief, war sein Tempo gefahrlos. Doch in einer scharfen Kurve, in die er hineinraste, wurde der Straßenbelag mit dem vielen kleinen Rollsplit zur Schleuderbahn. Seine Augen weiteten sich vor Schreck. Sein Herz trommelte wie die Schuhe eines Stepptänzers. Ich werde keine hundert Jahre werden, war sein letzter Gedanke.

Der Wagen schoss über einen Abhang und überschlug sich in der Luft. Der rechte Vorderreifen traf beim Aufprall einen spitzen Felsen und platzte. Die Fensterscheiben barsten. Fahrer- und Beifahrersitz hatten die Airbags ausgelöst. Aber er war mit der Stirn an das Seitenfenster geschlagen. Sein Genick war gebrochen, und das zertrümmerte Fenster wies ein rotes, blutiges Spinnennetz aus. Der Pkw blieb völlig verknautscht in Seitenlage auf einem Betonpfeiler liegen. Er lag da wie ein riesiger Maikäfer, der nicht mehr auf die Beine kam. Die Xenonlichter waren immer noch an und zum Himmel gerichtet.

Als erste Kräfte am Unfallort eintrafen, fanden sie den Fahrer tot vor, hinter dem Lenkrad eingequetscht mit zertrümmertem Brustkorb. Ein Krankenwagen musste nicht mehr herbeigerufen werden.

Zum Glück hatte der Pkw kein Feuer gefangen. Die linke Fahrzeugseite hing in der Luft und das Fahrzeug musste von den Ersthelfern zunächst mit Stahlbändern gesichert werden. Unter Einsatz von hydraulischen Rettungsgeräten und Schneidewerkzeug wurde der Tote nach dreißig Minuten aus dem Fahrzeug geborgen. Die blinkenden Stroboskoplichter der Polizeiwagen warfen ein unheimliches Licht auf den Unfallort. Der wurde mit Plastikbändern gesichert: Guardia Civil no passar stand darauf. Das Innere des Wagens wurde gründlich abgesucht. Im Handschuhfach befanden sich noch einige Päckchen Kokain. Es war so wenig, dass es durchaus auch der Vorrat des Toten gewesen sein konnte. Man fand eine Geldbörse mit einem Führerschein darin und einen Schlüsselbund in einem Ledermäppchen. In der Kofferkammer lag ein einzelner goldener Ohrring.

Der Tote konnte noch vor Ort als Ruben Lopez identifiziert werden. Schon mehrfach war er im Zusammenhang mit Drogen und Glücksspiel verurteilt worden. Unter seinen Schlüsseln befand sich ein grobes Exemplar, wie man es für Schuppen oder Ähnliches benutzte. Der zuständige Teniente mutmaßte, dass der Schlüssel ein Türöffner zum Drogenlager des Dealers war. Niemand vermutete in ihm den Schlüssel zu Gretas Überleben. …

Für Greta hatte dieser Unfalltod schlimme Folgen. Auch wenn ihr Entführer ein böser Mann war, so war er ihr einziger Versorger. Sie ahnte nichts von dem Schicksalsschlag, aber sie fühlte die Folgen bereits am eigenen Leib: Weitere Stunden waren ohne Nahrung und Wasser vergangen. Gretas Lebens- und Durchhaltewillen ließen immer mehr nach. Wenn jetzt einer käme und mich töten würde, dann wäre die Qual endlich zu Ende, dachte sie in einem lichten Moment.

Die erbarmungslose Hitze, die inzwischen durch das Mauerwerk gedrungen war, hatte die letzten Mineralien aus ihrem Körper gespült.

Krämpfe setzten ein. Greta hatte Brustschmerzen. Bluthochdruck, sie vernahm das Rauschen ihres Blutes in den Ohren und den eigenen Herzschlag. Ein Satz ihrer Mutter blitzte durch ihr Hirn und ängstigte sie: »Man muss schon ganz schön gepiesackt werden, wenn man sich nach dem Tod sehnen soll.« Dann fiel sie in Lethargie und Verwirrung. Ihr Kopf stand vor dem Zerbersten. Immer wieder fiel sie in Phasen der Bewusstlosigkeit. Das Zeitgefühl war ihr vergangen. Waren Stunden, Tage, Wochen vorbei? Gab es auf der anderen Seite der Tür denn keine Rettung? Eine Panikattacke ließ sie in tiefe Bewusstlosigkeit sinken. Als sie wieder aufwachte, hatte sie keine Ahnung, wie lange sie bewusstlos gewesen war. Als sie zu sich kam, rasten ihre Gedanken wild und suchten vergeblich einen Ausweg. Völlig entkräftet fiel sie erneut in Ohnmacht.

Weitere Stunden vergingen. Sie wurde lethargisch.

Dominik hatte sich in das Hotelzimmer zurückgezogen. Das Unheil, dass Greta ereilt hatte, stellte er sich nicht einmal annähernd vor. Er dachte nur an den nächsten Tag. Dann wollte er unbedingt seine Schulden tilgen und Greta retten. Schuld übernehmen und Schuld tilgen waren das Einzige, was er zu seiner Ehrenrettung als Möglichkeit sah. Er vertrieb sich die Zeit damit, Bilder von La Gomera zu googeln und sich über die Hauptstadt sowie den Golfplatz zu informieren. Diese digitale Vorbereitung sollte ihm erleichtern, die zugesagte Aufgabe zu erfüllen. Alle Erkenntnisse, die er gewann und die ihm wichtig erschienen, prägte er sich fest ein. Da er sehr gründlich vorging, vergingen dabei zwei Stunden seiner schlimmen Wartezeit.

Schulden tilgen und Ehrenrettung

Dominik verließ das Hotel in aller Herrgottsfrühe. Mit Berechnung fragte er an der Rezeption, ob seine Freundin, Greta Neumayer, sich gemeldet habe. Er wollte sich darauf beziehen können, wenn eine offizielle Nachforschung nach ihr doch notwendig würde. Den Weg nach Los Cristianos fuhr er genau so, wie es Ruben Lopez gezeigt hatte, parkte aber auf einem Parkplatz, der etwa fünfzig Meter von der Abfahrtstelle entfernt lag.

Mit dem Bag über der Schulter machte er sich auf den Weg dorthin. Obwohl er so früh dran war, herrschte schon reger Verkehr. Eine Rollstuhlfahrerin teilte vor Dominik die Menschenmenge wie Gott das Rote Meer. Das war ihm mehr als recht. Voll Tatendrang schritt er ungehindert aus. Er würde mit guter Zeitreserve die Ablegestelle der Fähre erreichen. Der Trip zu der zweitkleinsten Insel der sieben Hauptinseln des kanarischen Archipels war nur kurz. Die Überfahrt nach San Sebastian de la Gomera, der Hauptstadt, würde nur knapp eine Stunde dauern. Eine Schlange von Wagen begann schon lange vor der Abfahrtsstelle. Die meisten gehörten Touristen. Die kreuzten zwischen den Kanarischen Inseln, um über die Urlaubstage möglichst viel zu sehen. An diesem Tag war eben der Besuch von La Gomera an der Reihe. Dominik freute sich, als Fußgänger an ihnen vorbeigehen zu können. Er schaute auf den Ozean. Das bewegte Meer lenkte ihn von seinen Ängsten ab. Es protzte mit all seinen Farben und changierte zwischen Schwarz, Blau, Grün und Weiß. Die Fernsicht war immer wieder von Gischt getrübt.

Seine Fähre gehörte zur Gruppe Fred Olsen Express. Heute hatte sie etwa hundert Passagiere an Bord.

Dominik versuchte, ganz Tourist zu sein. Dabei verlor er vor Sorge um Greta fast den Kopf.

Er stand am Heck und schaute in die Fluten. Die Heckschraube quirlte das Wasser gegen den Strich und hinterließ eine weiße Linie aus Schaum. Die kleinen Strudel aus Bläschen bildeten für kurze Zeit einen Strich hinter der Fahrtrichtung. Doch schnell löste er sich auf. Alles auf unserer Erde ist vergänglich, nur das eine schneller als das andere, dachte er.

Schon längst hatten die Schiffsmotoren und das Meer mit seinem Wellenschlag die lebhaften Geräusche vom Ufer geschluckt. Die Fähre hatte schon etliche Jahre auf dem Buckel. Die Motoren waren nicht abgedämpft, und die Schiffsschraube setzte mit ihren Geräuschemissionen selbst in größerer Tiefe Fischschwärme in den Stressmodus. Dominik ging es aus anderen Gründen genauso. Er stellte sich an die Reling und sinnierte vor sich hin. Plötzlich sprangen Delphine aus dem Wasser, und es sah aus, als wollten sie mit dem Kielwasser der Fähre spielen. Er genoss diese Abwechslung, die ihn von seinen düsteren Gedanken ablenkte, aber das gelang nur für einen kurzen Augenblick.

Die Zeit verging wie im Flug und schon kam La Gomera in Sicht. Die Anlegestelle ragte weit ins Meer hinaus. An ihrer Spitze grüßte ein rot gestrichener Ladekran. Viele Segelboote waren hinter einer Mauer geschützt. Ein öder Bergrücken zeigte sich als wenig ansprechendes Stück Erde. Hoffentlich war die Hauptstadt im Ganzen etwas schöner. Sie lag an der Ostküste und war nach Einwohnern und Fläche die größte Stadt in den sechs Gemeinden der Insel. Aber er wollte keinesfalls Sightseeing machen. Er hatte ernsthaft etwas zu erledigen.

Dominik holte den Zettel hervor. Das Bistro lag in der Calle Real. Doch er beschloss, zunächst zum Golfplatz zu fahren. Er wollte das Rauschgift so kurz wie möglich mit sich tragen. Erst mit ihm begann das Risiko.

Schwere, heiße Luft lag über dem Ort und machte Dominik extrem nervös. Aber die Witterung ließ wenigstens die Schweißflecke unter seinen Achseln nicht als Angstschweiß erkennen.

Die Taxifahrt war angenehm. Der Fahrer hatte seinen Wagen heruntergekühlt. Dominik erklärte ihm, er wolle sich heute nur informieren und dann wieder mit ihm zurückfahren. Der Fahrer wartete bereitwillig auf dem Parkplatz auf ihn. Dominik verharrte einen Moment, denn der Blick auf den Ozean und selbst hinüber bis zum Teide war fulminant. Er musste an die Schweden im Hotel denken. Sie wären von Tecina Golf bestimmt begeistert gewesen.

Zum Glück brauchte er nicht lange, um das Gesuchte zu finden, und fuhr schon nach fünf Minuten mit einem gültigen Greenfee-Schein in die Stadt zurück. Sein Alibi band er deutlich sichtbar an das Bag.

Ein mittelalter Mann in zerschlissenem T-Shirt und einem Dreitagebart kam aus einem dunklen Hinterzimmer auf ihn zu. Er stellte sich unter den Ventilator, der die stickige Luft nur umverteilte, und sah ihn mit leicht geschlitzten Augen fragend an. Er wartet auf mein Losungswort, dachte Dominik. Er sprach es gegen den Lärm, der von der Straße hereindrang, deutlich aus: »Adeje.« Der Alte drehte sich wortlos um und kam nach kurzer Zeit mit einem in Plastik gewickelten Paket zurück, das Dominik problemlos im Boden seines Golfbags verstauen konnte. Er brachte nur ein Adios heraus und war wieder auf der Straße.

Er hatte noch reichlich Zeit bis zur Abfahrt der Fähre, schlenderte hinab an den Hafen und fand ein nettes Restaurant mit Außengastronomie. Sein Hunger war groß, und er bestellte dort fangfrischen Pulpo, gekocht.

Die Speise war gut gemacht. Die Haut, die harten Teile des Körpers und die Augen waren perfekt herausgeschnitten. Die Garzeit war so gewählt, dass das Fleisch noch Biss hatte. Knoblauchzehen, Streifen einer Chilischote und Lorbeerblätter gaben den richtigen Geschmack. Dominik aß den klein geschnittenen Pulpo mit Olivenöl beträufelt zu Weißbrot und trank ein Glas stilles Wasser dazu. Alkohol war heute nicht angesagt.

Bald konnte er an Bord gehen und fuhr in das Abendrot. In seinem waidwunden Zustand hatte er keinen Blick für die Schönheit der Natur. Er wollte Perez unbeschadet treffen und für Gretas Befreiung sorgen. Selbst wenn die für sie beide die Trennung bringen würde. Das war der Mindestanspruch an sein Ehrgefühl. Es war schon schlimm genug, dass er das Gewollte nur mit einer kriminellen Handlung erreichen konnte.

Schon beim Anlanden suchte sein Blick den Pier nach Perez ab. Er wurde unruhig, als er ihn nicht fand. Doch er riss sich zusammen, bis er die Fähre, ohne kontrolliert zu werden, verlassen hatte. Seinen Teil hatte er erfüllt. Aber am vereinbarten Treffpunkt wartete niemand. Er stand dort über eine Stunde mit dem Schmuggelgut. Was war passiert? Was war mit Greta? Er beschloss, zurück ins Hotel zu fahren. Ihn beunruhigte, dass er vorerst das Golfbag mit dem Rauschgift in seiner Kofferkammer lassen musste.

Auf der Fahrt grübelte er, wie er, ohne sein ungesetzliches Tun zu offenbaren, eine polizeiliche Ermittlung nach Greta anstoßen konnte. Als er in Adeje ankam, war in seinem Kopf ein plausibler Plan gereift. Seine Frage an den Rezeptionisten am Morgen bot dafür eine gute Grundlage.

Dominik wandte sich ein zweites Mal an den Mann. Er erklärte ihm freimütig, er habe mit seiner Freundin in der Happy-Hour-Nacht einen kleinen Streit gehabt, weil er zu viel getrunken hatte. Sie sei fortgegangen und er habe sie bis jetzt nicht wieder gesehen. Tagsüber hätte er allein etwas unternommen. Er bat ihn um Rückfrage bei der Guardia Civil, ob eine junge Frau, eine Deutsche ohne spanische Sprachkenntnis, als verunfallt gemeldet worden sei.

Gern war ihm der Mann behilflich.

Als Teniente Luis Bermudez am Telefon erfuhr, dass Dominik Spanisch sprach, wollte er selbst mit ihm reden. Dominik schilderte ihm voll Angst in der Stimme die Situation, genau wie er sie im Hotel vorgetragen hatte. Der Teniente versuchte ihn zu beruhigen: »Wir sprechen von einer volljährigen Frau, mein Herr. Die kann ihren Tag gestalten, wie sie will, und auch zurückkommen, wann sie will. Ihre Freundin Greta kommt bestimmt bald zurück. Um den Streit zu verdauen, ist sie verschwunden. Das ist doch ganz normal. Bleiben Sie also ruhig. Wir haben darin Erfahrung.«

Als Dominik noch weiterlamentierte, machte der Beamte einen Vorschlag zur Güte: »Ich möchte gern etwas zu Ihrer Beruhigung tun. Nennen Sie mir die mobile Nummer vom Gerät Ihrer Freundin. Ich werde eine Ortung veranlassen und versuchen, mit ihr zu sprechen. Sie hören dann von mir.«

Dominik antwortete kleinlaut: »Ihr Handy liegt leider in unserem Zimmer.«

Nun wusste sich der Teniente keinen Rat mehr. »Dann hilft uns nur Geduld. Glauben Sie mir, alles wird gut werden.« ...

Das Unglück rollt wie eine Lawine heran

Der Todesfall von Ramon Perez fand seinen Niederschlag in der Presse und wurde von einigen Beteiligten gelesen.

Die Zeitungsmeldung war knapp und schmerzlos:

Im Einsatz waren zehn Einsatzkräfte mit sieben Fahrzeugen von Feuerwehr und Rettungsdienst sowie drei Einsatzmittel der Polizei. Die Unfallstelle war »geflaggt«, wie man das nennt. Die Spurensicherung hatte bereits kleine dreieckige Wimpel an Fundstellen von relevanten Einzelteilen gesteckt. Das gesamte Gebiet war abgesperrt worden und jeder Quadratmeter wurde abgesucht. Dabei wurde nichts Ungewöhnliches gefunden. Alles sprach für einen Unfall. »Wir haben wieder mal nur für das Protokoll gearbeitet. Da war nichts, was uns weiterhelfen könnte«, meinte der Polizeisprecher resigniert. Der Tote ist ein vorbestrafter Krimineller namens Ramon Perez. Das sagte uns unsere Datei.«

Ein Bild des Kriminellen war beigefügt.

Der kurze Artikel und besonders das Foto des Toten löste an mehreren Stellen Aufregung aus:

Dominik las den Text während des Frühstücks. Das Bild von Perez hatte ihn magisch angezogen. Was sein Tod bedeutete, war ihm sofort klar: Perez hatte nicht auf ihn gewartet, weil er bereits tot war. Keiner der beiden anderen Gauner hatte statt seiner Kontakt zu ihm aufgenommen. Perez hatte wohl allein diesen Teil der Arbeit übernommen, und die Kerle kannten keine Einzelheiten. Also war Greta noch irgendwo gefangen und hatte schon über längere Zeit keinerlei Verpflegung erhalten. Sie konnte verdursten oder verhungern. Dieses Hier und Jetzt verlangte schnelle Schritte von ihm. Er musste die Polizei um Hilfe bitten, und das, ohne sich als Straftäter zu outen. Das Golfbag mit dem Stoff musste er loswerden. Diese harte Nuss musste er nun knacken. Sein Gehirn arbeitete wie im Fieberwahn. Bald hatte er eine Lösung vor Augen.

Auch die beiden Ganoven lasen die Meldung während des Tages. Ihre Reaktion war große Bestürzung.

Sie wussten nicht, wo Ramon die Geißel versteckt hielt. Ohne diese Kenntnis konnten sie auf den Deutschen keinen weiteren Druck ausüben. Vielleicht hatte der sich inzwischen sogar an die Polizei gewandt. Sie befanden es als das Günstigste, ihre Füße ruhig zu halten. Ihr Mitleid um die Deutsche war nicht allzu groß. Vielmehr ärgerten sie sich über die Gewinne, die sie in Gedanken schon verfrühstückt hatten und die nun ausblieben.

Der Kellner Diego Garcia las die Neuigkeit in seiner Frühstückspause. Er konnte das Bild des Toten problemlos einordnen. Es war ein Abbild des Fahrers, den er neben Greta Neumayer im Auto gesehen hatte. Sofort stellte er den angenommenen Grund für den Zustand der Deutschen infrage. Schließlich hatte sie mit einem Kriminellen im Wagen gesessen. Vielleicht hatte er ihr etwas angetan. Er wandte sich, wie auch Dominik, an die Geschäftsleitung.

Man informierte den Teniente. Der beabsichtigte, vorbeizukommen. »Sorgen Sie dafür, dass die Zeugen für eine Befragung zur Verfügung stehen. Bitte kümmern Sie sich um einen entsprechenden Raum«, ordnete er an.

Diese Entwicklung hielt den Ball zwar im Spiel, brachte aber für Greta keine Hilfe. Ihr Zustand wurde immer beängstigender: Orientierungslos schreckte sie hoch. Schmerzen pochten hinter ihren Schläfen. Ihr Kopf stand vor dem Zerbersten. Immer wieder fiel sie in Phasen der Bewusstlosigkeit. Ihr war das Zeitgefühl abhandengekommen. Waren Stunden, Tage, Wochen vorbei? Gab es auf der anderen Seite der Tür denn gar keine Rettung?

Es gibt wirklich keinen Gott, dachte sie, denn ich verspüre keine himmlischen Signale.

Eine Panikattacke ließ sie wieder in tiefe Bewusstlosigkeit sinken. Als sie erneut aufwachte, hatte sie keine Ahnung, wie lange sie bewusstlos gewesen war. Ihre Gedanken rasten durch die Vergangenheit: Dominik an Weiberfastnacht, Dominik beim Kochen mit flüssigem Stickstoff, Dominik zärtlich gestimmt, aber dann auch Dominik beim Spielen. Dominiks Weg in den Abgrund war zwar mit guten Vorsätzen gepflastert gewesen, doch er hatte sie nicht eingehalten. Ihre Bereitschaft zu verzeihen hatte sich als Fehlentscheidung mit fatalen Folgen erwiesen. Das Dilemma hatte sie voll erwischt. Sie merkte, dieses Mal ging es um alles, und sie stand wieder auf der falschen Seite.

Greta fiel in ein Koma. Sie sollte nicht mehr daraus erwachen. Es war tragisch. Sie stand auf einer frühen Schwelle ihres Lebens. Dort hatte sie nicht einmal Zeit gehabt, Bilanz zu ziehen. Sie hatte einfach dahingelebt, ohne darüber nachzudenken. Der Tod kam vor der Mitte eines normal langen Lebens. …

Teniente Luis Bermudez war ein hagerer Typ mit einer ausgeprägten Hakennase. Seine Untergebenen nannten ihn heimlich El Buitre, den Geier. Als Ersten nahm er sich Dominik Müller vor. Bohrend sah er ihn an und sagte barsch: »Nun erwarte ich endlich die Wahrheit von Ihnen, die ganze ungeschminkte Wahrheit.«

Dominik nickte devot und begann mit leiser Stimme eine Schilderung, die mit vielen Entschuldigungen gespickt war: »Es stimmt. Ich habe Ihnen nicht alles erzählt. Aber ich tat dies, um meine Freundin Greta zu schützen. Sie befand sich nämlich als Geisel in den Händen von Verbrechern. Lassen Sie mich von vorn beginnen. Ich habe in der Happy-Hour-Night des Hotels zu viel getrunken und mich dabei wohl schlecht benommen. Das hat Greta veranlasst, unseren Tisch zu verlassen und allein fortzugehen. Statt ihrer haben sich nun drei Spanier meiner angenommen. Sie haben mich zum Glücksspiel verleitet. Einem Laster, dem ich gerade erst abgeschworen hatte. Wir fuhren mit ihrem Wagen in ein Casino.«

Der Teniente unterbrach ihn: »Können Sie mir sagen, wo das Casino liegt? Auch der Typ des Wagens ist von Interesse. Die Wagennummer werden Sie kaum kennen.«

Dominik fühlte sich jämmerlich. Er konnte keine der aufgeworfenen Fragen beantworten.

»Dann fahren Sie einfach fort«, forderte ihn der Beamte mit Resignation in der Stimme auf.

»Ich hatte nur wenig Geld dabei. Der Tote war es, der dieses Problem fortwischte und versprach, mir Geld zu leihen. Also spielten wir und ich verlor. Irgendwann räumten sie mir keinen Kredit mehr ein. Sie fuhren mich zurück und kündigten an, am nächsten Tag ihr Geld zurückzufordern. Das taten sie dann auch. Sie verlangten nicht nur den Betrag, sondern Zins und Zinseszins, insgesamt viertausend Euro. Ich hatte dieses Geld nicht vorrätig und bat um Stundung, bis ich es besorgt hätte. Nun offenbarten sie hämisch ihr Faustpfand. Sie hatten Greta als Geisel genommen. Sie nannten mir für den Abend einen Treffpunkt. Nur wenn ich das Geld bis dahin hätte, würde Greta wieder freikommen. Sonst

Sie werden verstehen, dass ich Ihnen dies bei unserem Telefonat nicht erzählen konnte. Ich wollte Gretas Leben nicht gefährden. Als ich mit dem Geld an der vereinbarten Stelle war, kam Senior Perez nicht zum Treffpunkt. Er war bereits tot. Greta befindet sich möglicherweise mittlerweile in Todesgefahr.«

Die Lüge mit der geplanten Geldübergabe war Dominik flüssig über die Lippen gekommen. Der Teniente nahm sie ihm ab und teilte auch ansonsten seine Einschätzung.

Anscheinend hatte jeder der Kriminellen ein anderes Aufgabenfeld, mutmaßte er. Der Aufenthaltsort von Greta war den zwei anderen deshalb nicht bekannt.

Aus einem kleinen Beutel holte er den Ohrring, den man im Kofferraum des Verunfallten gefunden hatte. Dominik erkannte ihn ohne Zweifel als einen Ohrring von Greta. Nun schien klar, dass Perez die Deutsche in seiner Kofferkammer in ihr Gefängnis gefahren hatte.

Der Teniente wandte sich nun dem Kellner zu. Der konnte nicht nur glaubhaft und exakt beschreiben, wie er Greta im Wagen des Toten gesehen hatte. Er erinnerte sich sogar an die Farbe des Fahrzeugs. Es war dunkelblau gewesen. Der Zeitpunkt, an dem er die beiden gesehen hatte, passte exakt in das Zeitfenster, in dem Greta das Hotel verlassen hatte, um nach Dominik zu suchen.

Der Wagen befand sich auf dem Weg Richtung Hauptstraße. Es sah so aus, als wollte er Adeje verlassen. Das Gefängnis für Greta befand sich also wohl außerhalb.

Luis Bermudez kam zu einem logischen Schluss: Wer den Verunfallten in der Zeitung wiedererkannt hatte, konnte mit großer Wahrscheinlichkeit auch die beiden anderen Spieler identifizieren und dabei helfen, ein Phantombild von ihnen anzufertigen. Die Bereitschaft des Kellners war gegeben.

Mit dem Bild des Toten ließ er alle Casinos in der Umgebung abfahren. Man fragte nach, ob der Mann dort in der Nacht nach dem Fest gespielt habe. Im Casino Playa de Las Americas konnte man sich daran erinnern. Dort fanden sich Zeugen für das gemeinsame Spielen der drei Spanier mit dem Deutschen. Dominik Müller hatte also die Wahrheit gesagt.

Der Teniente hatte aber auch erkannt, dass Greta Neumayer mittlerweile in Lebensgefahr schwebte. Die Suche nach ihr musste sofort forciert werden. Er ordnete an, die weitere Umgebung mit Hubschraubern zu überfliegen.

Die passierten auch das Industriegebiet, in dem die Hütte von Ramon Perez stand. Das dumpfe Schlagen der Hubschrauberrotoren war laut, doch die Gekidnappte konnte es nicht einmal mehr hören. Sie war bereits tot.

Als die Phantombilder fertig waren, leitete die Guardia Civil mit ihnen eine Flächenfahndung ein. Die Bilder erschienen im lokalen Fernsehen, in den örtlichen Zeitungen, und auch im Rundfunk wurde auf sie hingewiesen. Ein kurzfristiger Erfolg trat nicht ein. Vielleicht waren die Zeichnungen zu ungenau, und niemand erkannte in ihnen die gesuchten Täter. Vielleicht, vielleicht, dachte der Teniente. Aber er gab nicht auf und ging alle Erkenntnisse noch einmal durch. Nur für den Moment war er frustriert. Es ist übel, dass wir fast nie bei der Tat zugegen sind. Uns bleibt nur die Ermittlung, und die stockt oft und ist meist schwer, dachte er.

Er hatte schon viele Leichen gesehen, doch ihr Anblick war nie alltäglich geworden: aufgedunsene Wasserleichen, Herztote, die plötzlich der Einsamkeit entflohen waren, sogar jemand, der an einer Fischgräte erstickt war. Am schlimmsten fand er immer noch die an ihren Gliedern Zerschmetterten, vom Baugerüst gestürzt, von einer Steinlawine zerquetscht, totgeschlagen oder auch, wie in diesem Fall, bei einem Verkehrsunfall umgekommen. Ihre physische Zerstörung, das Blut und hervorstehende Knochen berührten seinen Sinn für Ästhetik besonders. Da konnte man sich kein dickes Fell zulegen. Es ging einem immer wieder nahe. Ihm gelang es nicht, dagegen eine emotionale Barriere aufzubauen.

In dem jetzigen Fall wollte er um jeden Preis den Erfolg. Viele seiner Annahmen waren noch höchst spekulativ. Er musste sie dringend mit Fakten untermauern. Wie fand er endlich einen stichhaltigen Ansatzpunkt?

Der Beamte bestellte sich einen Café solo. Meist brachte ihn der auf einen guten Weg. …

Der Café solo half auch dieses Mal. Wie von selbst kam ihm der rettende Gedanke, den Verlauf des Mobiltelefons des Verunfallten auszuwerten. Die Beamten machten die letzten Tage seines Lebens so transparent wie möglich. Als Erstes bekam er Hinweise auf die Adressen, an denen der Tote gedealt hatte. Rauschgift konnte requiriert und Festnahmen vorgenommen werden. Neben dem Bewegungsprofil checkten sie Online-Banking mit Zahlungen und Eingängen sowie Recherchen im Internet.

Das ganze Programm wurde abgespult. Selbst nach temporären Files wurde gesucht. Die blieben schließlich bestehen, wenn die Dateien von ihnen gelöscht worden waren. Und zwar so lange, wie der Speicher, der für sie da war, noch Kapazität hatte. Erst wenn das nicht mehr der Fall war, wurden die alten Files überschrieben.

»Schaut bitte auch noch im Darknet nach«, hatte der Teniente sogar gefordert. Alle Untersuchungen brachten zig Beweise für Straftaten. …

Schließlich entdeckten sie auch einen Ort in einem Industriegebiet, den Perez öfter angefahren hatte. Er erwies sich als das Versteck von Greta. Spekulationen hatten sich durch tüchtige Polizeiarbeit als richtig erwiesen. Aber als man das Versteck von Greta fand, war sie schon tot.

Der Teniente war wütend über den nach wie vor unbefriedigenden Verlauf der Ermittlungen. Er wollte Gerechtigkeit. …

Ein Rachefeldzug wird geplant und durchgeführt

Der Teniente nahm Dominik noch einmal in Anspruch. Er bat ihn, Greta Neumayer zu identifizieren und ihm bei der Benachrichtigung der engsten Angehörigen behilflich zu sein. Dominik wurde dafür von einem Polizeiwagen im Hotel abgeholt.

Zunächst gingen sie in den gekühlten Raum, in dem Greta aufgebahrt lag. Bestimmt war sie für ihn aus einem Fach herausgeholt worden, dachte er und ein Frösteln lief über seinen Rücken. Der Leichnam gehörte unzweifelhaft zu Greta. Die scharfen Desinfektionsmittel überdeckten ihren süßlichen Leichenduft nicht ganz. Dominik beugte sich über ihn. Ihre Gesichter kamen sich so nahe, als wollte er sie küssen. Ihre Augen lagen tief in den Höhlen. Ihre Haut hatte eine graue Färbung. Schließlich richtete er sich ruckartig auf und schlug die Hände vors Gesicht. Er weinte. Seine Welt war in tausend Scherben gebrochen und er hatte Schuld daran. Dann brach eine Welle von Wut über ihm zusammen. Er brauchte Linderung, und Linderung konnte nur Rache bedeuten. Er würde die übrig gebliebenen Falschspieler einen nach dem anderen bestrafen.

Der Teniente ließ ihm einen Moment der Trauer, dann fasste er leicht an Dominiks Schulter und schob ihn sacht aus dem Raum. Erst vor der Tür brachte er sein zweites Anliegen hervor: »Senior Müller, ich möchte Sie bitten, mir bei der Unterrichtung der nächsten Angehörigen behilflich zu sein.«

Dominik nickte und meinte: »Das ist wohl meine traurige Pflicht. Da kommt nur Gretas Schwester Kathrin infrage. Gretas Vater ist schon seit Längerem tot und ihre Mutter ist dement. Ich möchte es direkt hinter mich bringen.«

Der Teniente war einverstanden, ging mit ihm in sein Office und schob ihm das Telefon hin.

Dominik musste zweimal die Nummer wählen. Das erste Mal war sie besetzt. Das zweite Mal meldete sich Kathrin.

Als Kathrin seine Stimme erkannte, fragte sie freudig: »Wie geht es euch? Ist der Urlaub so schön, wie ihr ihn euch erträumt habt?«

Dominik zögerte mit einer Antwort. Als er sich ein wenig gefangen hatte, sagte er leise: »Kathrin, nichts ist schön hier. Ein schlimmes Unglück ist geschehen. Greta wurde ermordet.« Da es auf der anderen Seite der Leitung stumm blieb, erzählte er die Ereignisse, allerdings ein wenig geschönt.

»Wie böse muss man sein, um Greta so etwas anzutun? Sie war doch immer ein Sonnenschein«, flüsterte Kathrin mit tonloser Stimme und zeigte damit ihre tiefe Erschütterung.

Dominik war froh, dass er dabei den Ausdruck in Kathrins Gesicht nicht sehen musste.

Kathrin fasste sich und stieß hervor: »Ich komme, so schnell ich kann. Aber fünf Tage wird es wohl brauchen. Dominik, wirst du dortbleiben und mir helfen? Du weißt, ich kann kein Wort Spanisch. Ich möchte, dass Greta auf der Insel des ewigen Frühlings ihre letzte Ruhe findet.«

Dominik sagte ohne Zögern zu. Er stand dafür in der Schuld. ...

Abschließend äußerte er gegenüber dem Teniente eine Bitte: »Können Sie mir behilflich sein, die behördlichen Bescheinigungen für eine Feuerbestattung hier auf der Insel zusammenzutragen?«

Luis Bermudez sagte das zu: »Sie können auf mich zählen. Die Papiere der Toten sind bereits in unseren Händen. Die haben wir am Unfallort gefunden und vereinnahmt. Der Tod von Frau Neumayer war die Folge eines Unfalls. Sie wurde nicht durch äußere Gewalt getötet. Der Gerichtsarzt hat das nach einer Autopsie festgestellt und den zuständigen Richter entsprechend informiert. Weitere rechtliche Fragen waren nicht zu klären. Der Leichnam konnte freigegeben werden. Der Befund des Arztes ging schon zum Personenregister. Die Ausstellung des Totenscheins ist also möglich. Wenn Sie mit einem Bestatter einig sind, kann er die *fallecida*, so nennen wir hier die Verstorbene, mit in das *tanadorio*, die Leichenhalle, nehmen. Einer Einäscherung steht dann nichts mehr im Wege.«

Dominik war sehr dankbar für diese umfassende Information. Ihn fröstelte es allerdings bei dem Gedanken daran, dass man seine Greta aufgeschnitten hatte.

Nachdem sich die beiden Männer gegenseitig für ihre Hilfe bedankt hatten, ließ der Teniente Dominik zurück ins Hotel bringen.

Schon auf der Fahrt bestimmte Dominik seine nächsten Schritte. Er musste seinen Verbleib im Hotel neu ordnen.

Das Gespräch mit dem Geschäftsführer verlief sehr angenehm. Man bot ihm ein Einzelzimmer an und rabattierte konzilianterweise den Preis so stark, dass er nach menschlichem Ermessen ohne Zuzahlung die noch benötigte Zeit logieren konnte. Man nannte ihm auch ein Bestattungsunternehmen, das einen guten Ruf hatte und mit einer Kompletthilfe zur Seite stehen konnte. Einen Besuch dieses Hauses wollte er etwas nach hinten schieben.

Die nächste Nacht hatte viel Platz für Gedanken. Als er erwachte, stand sein Racheplan fest:

Als Erstes musste er die beiden restlichen Lumpen finden. Dann würden sie auf Nimmerwiedersehen verschwinden. Er war sich im Klaren, dass damit der Fokus der polizeilichen Ermittlungen auf ihn gerichtet würde. Er würde als Liebhaber von Greta der Hauptverdächtige. Also mussten die beiden Verbrecher von ihm so entsorgt werden, dass man sie nie mehr fand. Wo es keine Leichen gab, gab es keinen zu überführenden Mörder. Ihm war über Nacht eine verwegene Idee gekommen. Er dachte an Promession, eine neu entwickelte Bestattungsmethode durch Gefriertrocknen und anschließendes Kompostieren des Granulats. Zu Hause hatte er darüber gelesen. In Skandinavien war dieses Verfahren schon längst wegen Platzmangel für die Toten zu einer beliebten Bestattungsform geworden. Ihm würde sie die Möglichkeit erschließen, die Toten endgültig verschwinden zu lassen: Die Leichen wurden in Flüssigstickstoff getaucht.

Mit dem Vorgang hatte er beim Kochen schon Erfahrungen gewonnen. Sie wurden dadurch steif und zerbrechlich gemacht. Dann konnte man das Ganze rütteln, bis es in millimeterkleine Teile zerfiel. Man musste nur vorher Zahngold und andere Fremdkörper entfernen. Der menschliche Körper selbst bestand aus über siebzig Prozent aus Wasser. Durch die Gefriertrocknung der Masse mit flüssigem Stickstoff würde ihr das Wasser entzogen. Am Ende blieb nur ein nicht definierbares Granulat übrig, das spätestens innerhalb eines halben Jahres verrottete. Das Ganze würde er, wie einst General Franco, in den Spalten am Teide entsorgen. Selbst ein ausgefuchster Kriminalautor hätte sich das kaum ausdenken können, was er sich damit vornahm, dachte er voll Stolz. In einem Baumarkt würde er eine große Flasche Stickstoff, Arbeitshandschuhe und weitere Hilfsmittel bekommen. …

Schon am kommenden Morgen machte sich Dominik auf die Suche nach seinen Mitspielern.

Die Straßen waren noch verwaist. Es wehte ein kühles Morgenlüftchen. Fürs Erste wollte er rund um die Abfahrtsstelle der Fähre suchen. Ein paar Möwen schwebten im Wind und stießen krächzende Schreie aus. Vielleicht stand einer der Kerle dort und beobachtete einen weiteren Muli, der für sie Drogen abholen sollte. Sein Unterbewusstsein befahl ihm, möglichst schnell dorthin zu eilen. Die Abfahrtszeit stand nahe bevor. Er beschleunigte seine Schritte.

Er wählte einen geschützten Platz für sich aus, von dem er alles gut überschauen konnte, wobei er selbst nahezu unsichtbar blieb. Dominik musste nicht lange warten, anders als im Spiel hatte er Glück. Einer der Kerle erschien wirklich und verfolgte von Weitem mit einem Fernglas die Passagiere, die auf die Fähre gingen. Ganz plötzlich beendete er seine Observation, drehte ab und machte sich auf den Weg. Anscheinend hatte er gesehen, was er sehen wollte.

Dominik folgte ihm in gehörigem Abstand, aber so, dass er ihn nicht aus den Augen verlor. Die Straßen wurden dunkler und enger. Ihm wurde klar, dass sie dem gewünschten Ziel näher kamen. Diese Gegend war für solche Gelichter und Nachtschwärmer prädestiniert. Zigarettenkippen, Einwegflaschen, Coladosen und gebrauchte Nadeln bedeckten den Rand des Gehwegs. Hier liefen nicht nur nachts finstere Gestalten herum.

Vor einem alten Haus blieb der Mann stehen, schloss die Haustür auf und verschwand im Flur, ohne dort Licht anzumachen. Dominik kannte nun schon seine Adresse.

Schnell ging er auf die andere Straßenseite und betrachtete von dort die Hausfront gegenüber. Seine Rechnung ging auf. Schon nach einer Minute flammte hinter den Fenstern im zweiten Stock das Licht auf. Mit Sicherheit war der Spieler gerade in seine Wohnung gegangen. Über diesen Kerl würde er auch die Adresse des anderen erfahren, nötigenfalls mit Gewalt, dachte er grimmig, aber zufrieden.

Rache wird am besten kalt serviert, den werde ich mir so bald als möglich holen, dachte er, willens, schnell zu handeln. Andererseits wollte er nicht riskieren, dass etwas schiefging.

Zunächst musste er auf Kathrin Neumayer warten und ihr helfen. Seine Zusage dafür wollte er nicht gefährden.

Für die Rache konnte er alles vorbereiten, die würde danach flott von der Hand gehen.

Er beschloss mit dem Wagen zum Baumarkt LEROY MERLIN zu fahren. Dort besorgte er die benötigten Dinge. Er erstand eine große Flasche flüssigen Stickstoff und Arbeitshandschuhe, einen großen hölzernen Stößel, eine Taschenlampe, Klebeband und einige Müllsäcke. Die Flasche lagerte er unter einer Decke verborgen auf der Rückbank seines Wagens. Der Rest kam in die Kofferkammer.

Von dort aus fuhr er durch den Esperanza-Wald in die Dämmerung hinauf zum Eingang des Nationalparks, wo er Greta die Stelle gezeigt hatte, an der General Franco die Leichen seiner Gegner nach ernst zu nehmenden Gerüchten verschwinden ließ. Dort wollte er auch seine Leichen entsorgen und fürs Erste die Stickstoffflasche und den Stößel verstecken. Auch der Golfbag musste endlich aus der Kofferkammer. Er hatte einen besonderen Felsspalt dafür im Sinn. Es war nur schade um den entgangenen Gewinn, den er beim Verkauf des Rauschgifts hätte erzielen können. Aber letztendlich war er klug genug, damit nicht eine weitere Spur zu sich zu legen. Er war nun ganz ruhig, denn er hatte alle Schritte zigmal überdacht und auch Änderungsvarianten durchgespielt.

Als er seine Aufgabe erledigte, war es schon so dunkel, dass er die gerade erworbene Taschenlampe zu Hilfe nehmen musste. So ganz allein hier oben war es selbst für ihn mit seinen finsteren Plänen ein wenig gruselig. Er beeilte sich sehr, wieder hinab unter die Leute zu kommen.

Am Abend zog er sich früh zurück. Er musste zur Ruhe kommen. Am nächsten Morgen wollte er seine Planung fortführen und ein Gespräch beim Bestattungsunternehmen suchen.

Dominik war so erschöpft, dass er wie bewusstlos bis 8 Uhr durchschlief. Er machte sich fertig, frühstückte reichlich, dann fuhr er zu dem Bestatter. Der seriös aussehende, grauhaarige Mann empfing ihn mit großer Freundlichkeit. Er war erleichtert, dass Dominik der spanischen Sprache mächtig war. Er hörte sich seine Schilderungen aufmerksam an, ohne ihn zu unterbrechen. Das fand Dominik wohltuend.

Erst als Dominik fertig war, drückte der Mann sein Beileid aus und meinte: »Ich bin bereit, Ihnen mit ganzer Tatkraft zu helfen. Und ich bin sicher, wir finden für alles, auch in der von Ihnen gewünschten Kürze, eine angemessene Lösung. Wir mussten unsere Leistungen schon oft innerhalb von vierundzwanzig Stunden erbringen. Eine rasche Lösung Ihres Falls sollte also keine Schwierigkeit sein. Ich bereite den Erwerb eines Urnengrabs vor, stelle schon einmal eine Auswahl von Urnen zusammen, nehme Kontakt zum katholischen Pfarrer auf wegen der Predigt zur Bestattungszeremonie und lasse den Blumenschmuck kalkulieren. Sie können sich ganz auf mich verlassen.«

Zum Schluss nannte er auch noch, ohne dass Dominik fragen musste, einen Circabetrag für die zu erwartenden Kosten. Der schien Dominik akzeptabel.

Auch wenn der Mann nicht ohne Eigeninteresse tätig wurde, war Dominik dankbar für diese Hilfe. Er versprach Nägel mit Köpfen zu machen, wenn Kathrin Neumayer eingeflogen war. Darauf mussten sie nun einfach nur warten.

Diese Wartezeit wurde kürzer als angenommen. Karin hatte ihm per Mail an die Hoteladresse geschrieben, dass sie morgen um die Mittagszeit ankommen würde. Sie bat ihn, für sie im Hotel ein Zimmer zu reservieren und sie abzuholen. Ihr schnelles Kommen freute Dominik sehr. Er gierte nach dem Rachefeldzug und wollte schnell alles andere erledigt wissen. Er rief Kathrin noch von der Lobby aus an und bestätigte ihr, die Wünsche zu erfüllen.

Kathrins Flug war pünktlich. Sie kam sogar als eine der Ersten aus dem Ausgang. Wahrscheinlich, weil sie nicht am Gepäckband warten musste. Sie hatte nur einen kleinen Handkoffer dabei. Die Hitze schlug ihr entgegen wie eine Wand. Das war für diese Jahreszeit zu Hause völlig ungewohnt. Als sie Dominik sah, eilte sie auf ihn zu. Er bemerkte sofort, dass sie zwar leicht, aber in der Trauerfarbe Schwarz gekleidet war. Behutsam nahm er sie in seine Arme. Sie blieb so und begann hemmungslos zu schluchzen. Er ließ ihr Zeit, sich wieder zu fangen. Diese Zeit war auch für ihn Gold wert, denn er musste nicht sofort etwas sagen oder gar erklären. Das wollte er in aller Ruhe später tun.

Doch Kathrin stellte schon auf der Fahrt ins Hotel die wichtigsten Fragen. Er beantwortete sie notgedrungen mit ruhiger Stimme, vermied allerdings eine Schuldzuweisung auf sich. Gretas Kidnapping und ihr grausamer Tod war nach ihm das schlimme Ergebnis einer Kausalkette, an deren Anfang ein geldgieriger Gauner nur Lösegeld erpressen wollte.

Sie checkten im Hotel ein, aßen und tranken eine Kleinigkeit. Es kam keine Ruhe auf, denn Kathrin wollte ihre Schwester unbedingt noch einmal sehen. Dominik fand bei Teniente Luis Bermudez telefonisch Verständnis dafür. Der ließ im Leichenhaus alles dafür vorbereiten.

Als sie damit fertig waren, schaute Dominik auf seine Uhr und meinte:

»Es ist noch früh genug, beim Bestatter vorbeizuschauen. Vielleicht können wir heute noch zu Entscheidungen kommen. Wenn du willst « Kathrin wollte.

Sie war von dem Mann genauso eingenommen wie Dominik. Er hatte in der kurzen Zeit für alles Vorschläge ausgearbeitet. Er erklärte auch, wie die Beerdigungszeremonie ablaufen würde. Dominik übersetzte für Kathrin. Die gesamten Bestattungskosten lagen weit unter denen in Deutschland. Kathrin zeigte sich sehr entscheidungsfreudig. Dominik merkte ihr an, dass auch sie die Last von ihren Schultern haben wollte. Gemeinsam wählten sie eine schlichte Urne aus und bestimmten den Blumenschmuck. Auch die Beschreibung der Urnenwand mit dem leeren Fach in halber Höhe fand ihre Billigung. Der Pfarrer hatte bereits in zwei Tagen vormittags einen Bestattungstermin frei. Kathrin bestätigte alles mit ihrer Unterschrift und leistete die erbetene Anzahlung durch Kreditkarte. Das Ende der Besprechung war für beide wie eine Erlösung.

Den Abend verbrachten sie bei lauer Luft im Hotelgarten. Sie aßen frischen Fisch und tranken Weißwein dazu. Der Abend wurde lang und eine Reminiszenz an Greta.

Ganz zum Schluss erst bat Dominik Kathrin um Verständnis, dass er den morgigen Tag für sich allein nutzen wolle. »Ich möchte den freien Tag mit einem Besuch bei meinen Freunden von früher ausfüllen und mich endgültig von ihnen verabschieden. Denn mich wird sicher, anders als dich vielleicht, nichts mehr auf diese Insel treiben, die mich so unglücklich gemacht hat. Meine Erinnerung an Greta kann ich auch im Herzen tragen.«

Kathrin nickte gerührt. Sie hatte dafür Verständnis. »Mich wird nichts auf dem Zimmer halten. Ich werde draußen herumlaufen, schon einmal den Friedhof besuchen. Du kannst ja versuchen mich zu erreichen, wenn du wieder zurück bist. Ansonsten sehen wir uns am nächsten Tag morgens zu Gretas letztem Gang.«

Sie nahmen sich noch einmal in die Arme, dann gingen sie auseinander.

Dominik war froh, dass sie seiner Bitte so leicht gefolgt war. Er hatte mit dem gewonnenen Tag ganz anderes im Sinn. Schon frühmorgens würde er vor der Tür seines ersten Opfers auf der Lauer liegen. ...

Der Tod von Pablo Ramos

Früh am nächsten Morgen fuhr Dominik vom Hotelparkplatz vor die Wohnung des Spielers. Er fand einen Parkplatz direkt vor der Tür. Wiederum hatte er Glück, und das sogar mehrfach.

Obwohl er darauf eingerichtet war, den Mann in seiner Wohnung zu überwältigen, blieb ihm das erspart.

Gerade als er vor dem Haus stand, öffnete sich die Haustür und Pablo Ramos trat heraus. Er starrte Dominik verblüfft an. Schnell erkannte er die Situation, riss die Augen weit auf und zeigte eine Miene voller Angst. Ramos versuchte, zurück in die Wohnung zu fliehen. Dominik zauderte nicht und versetzte ihm einen harten Schlag in den Nacken. Dem Mann wurde es dunkel vor den Augen. Das Sträßchen war und blieb derweilen zum Glück menschenleer. Dominik hievte sein Opfer in die Kofferkammer. Dort spritzte er ein Betäubungsmittel, das mindestens eine halbe Stunde vorhalten sollte.

Er setzte sich ans Steuer und suchte nach einem geschützten Platz, wo er Pablo Ramos in Ruhe fesseln und knebeln konnte. Danach atmete er tief durch. Nun hatte er alle Zeit der Welt.

Als Ramos aufwachte, lag er in einem dunklen Raum, der nach Motoröl und Reifengummi stank. Nach der Geräuschkulisse befand er sich in der Kofferkammer eines fahrenden Pkws.

Er war zu einem Bündel verschnürt und hatte einen Klebestreifen über dem Mund. Panik brach in ihm aus. Seine Angst war mit den Händen zu greifen. Trotz Knebel versuchte er zu schlucken. Seine Kehle war völlig ausgedörrt, allerdings nicht annähernd so sehr, wie die von Greta in deren

Endstadium. Aber wenn ihm niemand zur Hilfe kam, würde er zugrunde gehen, dachte er. Entsetzen schlug über ihm zusammen. …

Am Zielort öffnete Dominik die Kofferkammer und riss dem Gefangenen den Klebestreifen vom Mund, damit er mit ihm kommunizieren konnte. Dann zischte er sein Opfer ohne Vorrede an: »Meine Greta ist gestorben. Das ist eure Schuld. Du wirst einen hohen Preis dafür zahlen. Auge um Auge, Zahn um Zahn.«

Dominik fühlte enorme Mitleidlosigkeit. Die machte ihm die Absicht zu morden leicht. Er würde es nicht nur wie eine Maschine tun, die dafür konstruiert war. Man sah ihm vielmehr die Lust am tödlichen Handwerk an.

Sein Gegenüber fühlte das und litt Todesängste. Er bettelte um Gnade: »Ramon Perez war der große Drahtzieher. Wir beiden anderen waren nur Mitläufer. Gott hat Perez doch schon bestraft. Dass sollte dir genügen.«

Dominik tat, als dächte er nach. Der Name des zweiten Manns fiel ihm ganz plötzlich ein. »Wo wohnt Ruben Lopez? Lass mich ihn fragen.«

Pablo Ramos plapperte wie ein willfähriges Kind die Adresse herunter und sah Dominik flehend an. Doch der zeigte nun sein wahres Gesicht: »Auch du wirst sterben. Du wirst hier oben verschwinden. Dort findest du höchstens das Paradies mit Schlange.« Seine böse Stimme ließ keine Zweifel an seinem Vorhaben, und das war sehr perfide: Er würde sein Opfer zunächst ersticken. Diese Todesart war unblutig. Er wollte nicht, dass die Kleider blutbesudelt wurden. Die musste er Ramos ausziehen, bevor er ins Stickstoffbad kam. Danach wollte er sie in einem Altkleidercontainer entsorgen, der auf seinem Rückweg am Straßenrand stand. Er zog seine Handschuhe an und schritt zur Tat.

Ersticken bedeutete den Tod durch Sauerstoffmangel zu realisieren. Die Reihe der notwendigen Mechanismen kannte er aus dem Internet. Er kniete sich, völlig unerwartet von seinem Opfer, auf dessen Brustkorb und hielt ihm mit den behandschuhten Händen Mund und Nase zu. Das Atmen wurde für Ramos physisch unmöglich. Selbst als sein Opfer sich nicht mehr bewegte, machte Dominik damit weiter. Er überschritt dabei die im Internet genannte Zeitspanne. Als er schließlich aufhörte, konnte er sich davon überzeugen, dass Ramos tot war.

Er begann damit, ihn auszukleiden. Die Kleidungsstücke verstaute er in einem der Müllbeutel. Mit Ekelgefühl schleppte er den Toten zu dem wannenartigen Stein, den er damals entdeckt hatte, und legte ihn hinein. Ramos lag jetzt bereit für das Stickstoffbad. Dominik holte die Flasche aus dem Versteck und begann vorsichtig damit, ihn zu begießen. Er tat dies reichlich. Die Gefriertrocknung trat alsbald ein. Danach war es ihm möglich, den Körper mit dem Stößel zu granulieren. Auch das gelang problemlos. Unter dem Schein seiner Taschenlampe fand er keine Fremdkörper, die er herausklauben musste. Pablo Ramos war anscheinend völlig gesund gewesen. Mit der Decke aus dem Wagen wedelte er die winzig kleinen Granulate in alle Richtungen. Pablo Ramos war damit unauffindbar geworden. Die leere Flasche und den Stößel ließ er in dem tiefen Spalt verschwinden. Er hörte ein Scheppern, als sie tief unten aufschlugen. Er brauchte die Dinge nicht mehr. Für sein nächstes Opfer hatten sich inzwischen andere Überlegungen in seinem Kopf konkretisiert. Die restlichen Dinge verstaute er wieder in der Kofferkammer und verließ den Tatort ohne erkennbare Rückstände. Inzwischen war es dunkel geworden und er benötigte Licht für die Rückfahrt. Die Scheinwerfer des Wagens warfen zwei leuchtende Balken auf die kurvige Straße. Vor jeder Kehre drifteten sie in den Kiefernwald ab.

Als er den Sack mit den Kleidern entsorgte, war die Straße menschenleer. …

Die Bestattung von Greta Neumayer

Dominik hatte, als er abends ins Hotel zurückgekommen war, Kathrin noch im Zimmer angerufen. Sie hatten sich für ein gemeinsames Frühstück verabredet und wollten danach zum Friedhof fahren. Der Tag begann wolkenlos und sonnig, ganz wie es Greta verdient hatte. Die beiden trugen beste Garderobe und aßen recht lustlos. In Gedanken waren sie schon auf dem schweren Gang. Es war ein unheimliches Gefühl, dass nur sie beide den letzten Weg mit Greta gehen würden. Greta war doch allseits beliebt gewesen. Aber ihre Freunde waren in der Ferne.

Sie betraten den Friedhof und wurden angenehm überrascht. Der Bestatter hatte sich nicht nehmen lassen, ebenfalls da zu sein. Er grüßte sie still und wurde von Dominik herzlich für sein Kommen bedankt.

»Nur so kann ich ausdrücken, wie ich mit Ihnen fühle«, wiegelte der alte Mann ab.

Er ging voran auf die kleine Kapelle zu. Die Eingangstür war weit geöffnet. Die Sonne strahlte so durch die bunten Glasfenster, dass der Innenraum mit Farbtupfen übersät war. Auf einem Tisch vor dem Altar stand Gretas Urne, umringt von farbenfrohen Blumenkissen. Dominik fühlte sich spontan an eines seiner Gedichte erinnert: Der Tod trägt auf Teneriffa ein buntes Kleid.

Der Alte wies ihnen die erste Bankreihe zu und setzte sich in die dahinter. Er wollte sie in ihrem Kummer nicht stören. So verharrten sie in einem Moment der Stille, bis die Totenglocke blechern läutete.

Der Geistliche trat in den Raum. Er wandte sich der Urne zu und entbot der Verstorbenen einen Abschiedssegen. Im Hintergrund ertönte leise Orgelmusik. Vom Band, mutmaßte Dominik. Doch sie wirkte sehr friedlich.

Vielleicht der Sprachbarriere geschuldet, begnügte sich der Priester mit einem Gebet in lateinischer Sprache. Danach ließ er die beiden Deutschen in Stille Abschied nehmen. Abschließend sprach er in seiner Sprache das Vaterunser; Kathrin und Dominik stimmten in ihrer Sprache ein. Der Geistliche schloss die würdige Zeremonie mit einem Segen über den wenigen Anwesenden. Ein Totengräber trat vor, räumte die Urne und die Blumenkissen auf einen kleinen Wagen. Die Glocke klang dazu noch einmal kurz, bis der Trauerzug die Kapelle verlassen hatte und sich Richtung Urnenwand bewegte. Die leuchtete schon von Weitem im Bunt der Blumen, mit dem die Tinerfeños die Liebe zu ihren Toten unter Beweis stellten.

Greta zog in den kleinen Schacht in der Wand, die auch mit ihren Blumen geschmückt wurde. Ihr deutscher Name unter dem Fach der Urne war eine Besonderheit.

Der Priester gab Kathrin und Dominik zum Abschied die Hand und fand auf Spanisch einige tröstende Worte für sie: »Bitte nehmen Sie die Gewissheit mit, dass Greta direkt in Gottes Hände gefallen ist. Sanfter konnte sie nicht fallen.«

Dominik übersetzte leise für Kathrin.

Still und traurig verließen sie den Friedhof.

Zurück im Hotel berieten sie sich über das weitere Prozedere. Sie brachten in Erfahrung, dass sie bereits am nächsten Nachmittag einen Flug nach Köln buchen konnten. Den wollten sie nehmen. Das Hotel nahm für sie die Buchung vor.

Sie setzten sich nochmals in den schönen Park und aßen eine Kleinigkeit. Dann entschuldigte sich Dominik ein weiteres Mal. Er wollte noch von weiteren Freunden Abschied nehmen. Kathrin war nicht traurig, mit ihrem Kummer allein zu sein.

Der Tod von Ruben Lopez
und eine überraschende Zugabe

Dominik beschäftigte sich mit seinen weiteren Plänen, die in seinem Hirn längst Gestalt angenommen hatten.

Er sah keine Möglichkeit mehr, seinen Kopf auf Dauer aus der Schlinge zu ziehen. Irgendwann würden die polizeilichen Ermittlungen seine Rolle in den bösen Geschehnissen zutage bringen. Gretas Tod war mit seinen Spielschulden und den drei Verbrechern verbunden. Auch sein Rauschgiftschmuggel würde möglicherweise ins Gespräch kommen. Er konnte dann keine Straffreiheit mehr erwarten.

Sein Leben war niemals nur Karneval gewesen. Ihm halfen keine weitere Lebenslüge und auch keine Notlügen. Er war ohne Zukunft. Er hatte nie an Gott geglaubt. Jetzt fehlte ihm auch noch Hoffnung und Liebe. Die waren für immer verloren. Es war ihm zur Gewissheit geworden, dass er Greta niemals mehr in den Armen halten würde. Nie mehr würde er mit ihr schlafen gehen. Sie war unwiederbringlich von ihm gegangen. Wenn sich das Schicksal nicht so grausam gegen uns verschworen hätte … ja wenn, dachte er.

Seine Gedankenkette ging weiter. Er hatte den drei Männern Rache geschworen und das als Ehrenschuld gegenüber Greta bezeichnet. Unterdrückt hatte er, dass er sich auch selbst von der Rache eine Verbesserung seines Seelenzustands versprochen hatte. Die war beim Tod von Pablo Ramos nicht eingetreten. Er hatte vergeblich gemordet.

Auf Ruben Lopez würde er nicht die gleichen Anstrengungen verwenden wie auf Ramos. Er sollte erschlagen oder erstochen werden. Das musste er noch entscheiden, und er wollte mit ihm gehen. Er wollte die Strafe für seine Schuld annehmen. Was danach kam, war ihm völlig egal. Er wünschte sich höchstens eine Feuerbestattung, so wie Greta sie hatte. Dann muss meine Leiche über den Maden nicht Samba tanzen, dachte er voll Sarkasmus. Sowieso würde niemand um ihn weinen oder trauern.

Ihm war bewusst: Was er vorhatte, war eine weitere Grenzüberschreitung, aber er würde sie in der Manier eines Spielers angehen. Immer wieder Sonntag, dachte er trotzig wie im Lied.

Er hatte nicht mal die Hoffnung auf ein Wiedersehen mit Greta im Jenseits. Dafür fehlte ihm der Glaube. Dafür hatte er aber bereits entschieden, wie er gehen wollte: Auf Wunsch seiner Eltern hatte er vor Längerem ein Sterbemittel besorgt. Sie hatten ihm abverlangt, ihnen beim letzten Weg zu helfen, wenn sie selbst nicht mehr entscheidungsfähig waren. Dieses Mittel gab es europaweit nur in der Schweiz. Dort hatte er Nembutal, ein Natrium-Pentobarbital, besorgt. Das gab es sogar rezeptfrei. Man garantierte bei richtiger Anwendung eine hundertprozentige Sicherheit, nicht zu überleben. Zur Verstärkung des Effekts wurde die Kombination mit viel Alkohol empfohlen.

Seitdem hatte Dominik das Mittel immer in der Nähe. So etwas konnte man nirgendwo einfach ablegen. Nun wollte er es für sich selbst nutzen, was für ein Hohn! Natürlich hatte er es auch in seiner Reiseapotheke mitgenommen. Er war also für seinen eigenen Abgang gerüstet. Der Schleier einer tödlichen Melancholie legte sich über ihn. ...

Für eine Alternative zu diesem Tötungsmittel hatte er noch im Internet gegoogelt. Schlafmittel in hoher Dosis wurden dafür empfohlen. Zu Zeiten des Freitods von Marlin Monroe war das noch ein guter Rat. Doch inzwischen hatte man die Inhaltsstoffe so abgemildert, dass der Tod selbst bei Überdosis nicht garantiert war. Dominik hatte diese Möglichkeit schnell wieder verworfen. Aber sein Entschluss zu sterben stand fest: Er hatte auf dieser Welt nichts mehr verloren. Er wollte mit Greta gehen. Seiner Selbsttötung sah er ohne jegliche Angst entgegen. Nun brauchte er nur noch die Tötungsmittel, eine Flasche Rum, Nembutal und ein langes scharfes Küchenmesser. ...

Am späten Nachmittag ging er zu Fuß zum Haus, in dem Ruben Lopez wohnen sollte. Er hatte eine Golfmütze auf und deren Schirm tief in die Stirn gezogen, damit ihn Lopez nicht sofort erkennen konnte. Alle benötigten Utensilien hatte er zur Hand. Und richtig, Pablo Ramos hatte nicht gelogen. Er fand den Namen Lopez auf einem der Klingelschilder. Nach der Lage des Namensschilds musste Lopez im ersten Stock wohnen. Die Haustür war angelehnt. Er schlich die Treppe hinauf und klingelte erst neben der Tür. Er lauschte. Drinnen näherten sich Schritte. Dominik machte sich kampfbereit, nahm das lange Messer in die rechte Hand und verbarg sie hinter dem Rücken. Die Tür ging auf und vor ihm stand Lopez. Der Mann war völlig arglos. Nun passierte alles auf einmal: Dominik ließ seine Tasche auf den Fußboden gleiten, stürzte auf Lopez zu und stach ihm das lange Messer in den Hals. Dann gab er ihm einen Schubs, dass er nach innen fiel. Er folgte ihm und schloss die Wohnungstür. Lopez röchelte stark. Das Geräusch war aber so schwach, dass man es vor der Tür schon nicht mehr hören konnte. Das Blut schoss ihm aus dem Hals.

Der Kerl ist erledigt, dachte Dominik triumphierend und sollte mit der Einschätzung recht behalten. Lopez gab innerhalb kürzester Zeit seinen Geist auf. Eine gute Art zu sterben war es nicht gewesen. Von Dominik fiel jede Anspannung ab. Den Toten ließ er achtlos liegen und ging mit seiner Tasche ins Wohnzimmer. Nun war er selbst dran und wollte es sich dafür bequem machen. Er ließ sich in einen schweren Sessel fallen, der zum Fernseher ausgerichtet war. Den Schwung für seine Tat wollte er mitnehmen und begann deshalb sofort mit den Vorbereitungen. Aus der Rumflasche nahm er mehrere kräftige Schlucke, dann öffnete er das Päckchen mit den Tabletten, schob sich die empfohlene Dosis in den Mund und spülte mit weiteren Schlucken Rum nach. Seine Innereien schienen von dem harten Alkohol förmlich Feuer zu fangen, aber er trank einfach weiter. Es dauerte einige Zeit, bis er erste Reaktionen an sich fühlte. Ich muss sie mit weiterem Alkohol beschleunigen, dachte er und schüttete ihn weiter in sich hinein. Das gelang nicht mehr so genau wie zuerst. Ein Teil der Flüssigkeit rann ihm das Kinn hinab. Bald fühlte er erste Lähmungserscheinungen des Atemzentrums. Es war nicht mehr weit bis zum

Ersticken und der Herzstillstand trat ein. Dominiks weit geöffnete Augen zeigten keinerlei Reue. Greta war sein letzter Gedanke. ...

Ausklang

Kathrin wartete schon am Abend vergeblich auf ihn. Das änderte sich auch nicht am nächsten Tag, am Tag ihrer Abreise. Dominik hatte im Hotel keine Nachricht hinterlassen. Auch der Teniente und der Bestatter konnten ihr nicht helfen. Auf einen Anruf über sein Mobiltelefon bekam sie keinen Empfang. Irgendetwas musste passiert sein. Sie war verzweifelt. Letztendlich sah sie aber keine Möglichkeit, etwas für Dominik zu tun. Sie würde den Flug nehmen, musste nach Hause ins Geschäft.

Den ganzen Rückflug über fand sie keine Ruhe. Sie stellte sich die schlimmsten Dinge vor. In Köln Bonn fühlte sie sich so kraftlos, dass sie ein Taxi bis nach Münstereifel nahm.

In gewohnter Umgebung wurde sie etwas ruhiger. Sie konnte sogar schlafen.

Die Leichen der beiden Männer fand man erst nach anderthalb Wochen. Der strenge Verwesungsgeruch war durch die Tür in den Flur gedrungen und hatte bei den Mitbewohnern Aufmerksamkeit erregt. Der Hausmeister hatte daraufhin die Wohnung inspiziert.

Für Teniente Luis Bermudez ergab sich ein neuer Stand seiner Ermittlungen. Er arbeitete sich durch das Labyrinth seiner Feststellungen: Er hatte den jungen Deutschen für verständiger gehalten und ihm einen solchen Rachefeldzug nicht zugetraut. Auch seine Selbsttötung hatte seine Vorstellungskraft übertroffen. Nun trieb ihn nur noch die Frage um, was mit dem dritten Spieler geschehen war.

Er blieb weiter verschwunden. Die Fahndung nach ihm war erfolglos. Eine kleine Hoffnung gab ihm Trost: Selbst Vermisste, die längst abgeschrieben waren, waren irgendwann zurückgekommen. Doch die Suche nach diesem Vermissten verlief im Sand. Im Sand des Teide, wo ihn flüssiger Stickstoff atomisiert hatte. ...

Für Kathrin Neumayer ergab sich eine neue Aufgabe in ihrem Leben. Sie hatte von da an ein Ziel für ihre seltenen Urlaube. Bald lag ihr Teneriffa am Herzen. Wenigstens für sie blieb die Insel eine Liebesgeschichte, und sie war jedes Mal ganz nah bei ihrer Schwester Greta.

Personenverzeichnis

Bermudez, Luis, Teniente Guardia Civil auf Teneriffa

Boll, Detlef, Kommilitone von Dominik Müller

Garcia, Diego, Kellner in Adeje

Herze, Dr. Erich, Dozent und Chemiewissenschaftler der Universität Köln

Ingham, Harry, Sozialpsychologe (real)

Lang, Veronika, Kommilitonin von Greta und Dominik, Freundin von Thomas

Lewandowski, Gary W., Beziehungswissenschaftler und Professor für Psychologie an der Monmouth University, USA (real)

Lopez, Ruben, Spieler und Drogendealer in Adeje

Luft, Joseph, Sozialpsychologe (real)

Martínez, Ramon, Cabo Mayor Guardia Civil auf Teneriffa

Messi, Eugenio, Kellner im Hotel in Adeje

Müller, Dominik, Chemiestudent in Köln und Gretas Freund

Neumayer, Kathrin, Schwester von Greta

Neumayer, Greta, Soziologiestudentin in Köln

Perez, Ramon, Spieler und Drogendealer in Adeje

Ramos, Pablo, Spieler und Drogendealer in Adeje

Reker, Henriette, Oberbürgermeisterin von Köln (real)

Strömer, Josef, Student der Betriebswirtschaftslehre in Köln

Winter, Thomas, Kommilitone von Greta und Dominik

Literaturverzeichnis

Beziehungskrise: Der Weg raus in 10 Schritten, Herbstlust Redaktion, 28.6.2020

Bewaffneter Täter überfiel Spielcasino in Elsdorf, Kölner Stadtanzeiger Rhein Erft, 15.9.2021

Black Jack online spielen – darauf ist zu achten, Casino Erfahrungen. org, 21.7.2021

BROWSER EXPERTEN, MOLEKULARES KOCHEN

Casino Playa de las Americas, TripAdvisor

Die Sehenswürdigkeiten von Teneriffa auf der Karte (digital)

Flunitrazepam / Rohypnol, My Way Betty Ford Klinik, aktualisiert am: 10.3.2021

Haigis, Dr. Peter, Pfarrer, Einer trage des anderen Last ...« – Predigt zu Galater 5,25-6,10, eine Seite von evangelisch.de, 9.9.2018

Historisches Rathaus, Stadt Köln.de

Kokain: heilige Pflanze, medizinisches »Wundermittel« und Modedroge, Sucht Info Schweiz, Mai 2010

Konflikte & Trennung, beziehungsweise-magazin.de

Los Organos Orotava, TK Teneriffa Kreativ (digital)

Mit der Bimmelbahn durch Santa Cruz, wochenblatt.es

Remke, Michael, »Wenn mir was passiert, dann ist es Alix gewesen«, Die Welt, 17.7.2014

Richtig streiten – So führt man ein Streitgespräch, Lebensidealisten.de, 30.11.2020

Schmetterlinge und Falter auf Teneriffa, Teneriffas Fauna (digital)

Schormann, Tobias, Die sieben Todsünden beim Streit mit dem Partner, Welt Home, 22.4.2020

Seidenberg, Dr. med. André, Kokain Memo update, Februar 2004

Streit in der Partnerschaft: Wer kämpft, verliert, DW made for minds (digital)

Teneriffa: Karte mit den Attraktionen der Insel Teneriffa (digital)

Teneriffa Reiseführer (digital)

Wagner, Daniel, Bleiben oder gehen?, Magazin Kölner Stadtanzeiger, 11.9.2021

Was versteht man unter Molekularküche? 1000 Fragen, 1000 Antworten, präsentiert von ihren Edeka-Experten

Wikipedia, Araukarien

Wikipedia, Black Jack

Wikipedia, Calima

Wikipedia, Das Johari-Fenster

Wikipedia, Der Spieler

Wikipedia, Pentobarbital

Wikipedia, Promession

Wikipedia, Reker Henriette

Wikipedia, Verdursten

Wikipedia, Weiberfastnacht